KB083732

정선육방옹시집 3
精選陸放翁詩集

An Anthology of Lu You' Poems

지은이

육유 陸游, 1125~1209

남송(南宋)의 시인으로, 자(字)는 무관(務觀)이고 호(號)는 방옹(放翁)이며 월주(越州) 산음(山陰, 지금의 절강성(浙江省) 소흥시(紹興市)) 사람이다.

이른바 남송사대가(南宋四大家)의 한 사람으로서 남송의 시단을 대표하는 시인이자, 평생 일만 수에 달하는 시와 우국의 열정으로 가득한 시편으로 인해 중국 최다 작가이자 대표적인 우국 시인으로서의 명성을 지니고 있다. 풍부한 문학적 소양과 방대한 지식, 부단하고 성실한 창작 태도 등을 바탕으로 시집 『검남시고(劍南詩稿)』 85권 외에 『위남문집(渭南文集)』 50권, 『남당서(南唐書)』 18권, 『노학암필기(老學庵筆記)』 10권, 『가세구문(家世舊聞)』 등 시와 산문, 역사 방면에 있어서도 많은 저작들을 남기고 있다.

옮긴이

주기평 朱基平, Ju Gi-Pyeong

호(號)는 벽송(碧松)이다. 서울대학교 중어중문학과를 졸업하고 같은 대학원에서 문학석사, 문학박사 학위를 취득하였다. 서울대학교 규장각한국학연구원의 책임 연구원과 서울대학교 인문학연구원의 객원 연구원을 역임하였으며, 현재 서울대와 서울시립대 등에서 강의하고 있다.

주요 저서로 『육유시가연구』, 『조선 후기 유서와 지식의 계보학』(공저), 역서로 『향렴집』, 『천가시』, 『육유사』, 『육유시선』, 『잠삼시선』, 『고적시선』, 『왕창령시선』, 『당시삼백수』(공역), 『송시화고』(공역), 『악부시집 · 청상곡사』(공역) 등이 있다.

정선육방옹시집 3

초판인쇄 2023년 6월 15일 **초판발행** 2023년 6월 25일

지은이 육유 **옮긴이** 주기평 **펴낸이** 박성모 **펴낸곳** 소명출판 **출판등록** 제1998-000017호

주소 서울시 서초구 사임당로14길 15 서광빌딩 2층

전화 02-585-7840 **팩스** 02-585-7848

전자우편 somyungbooks@daum.net **홈페이지** www.somyong.co.kr

값 40,000원

ISBN 979-11-5905-806-6 94820
ISBN 979-11-5905-803-5 (전4권)

이 저서는 2019년 대한민국 교육부와 한국연구재단의 지원을 받아 수행된 연구임 (NRF-2019S1A5A7068701)

한 국 연 구 재 단
학술명저번역총서

정선육방옹시집 3

精選陸放翁詩集

An Anthology of Lu You' Poems

육유 저
주기평 역

일러두기

1. 이 책의 원문은 『정선육방옹시집(精選陸放翁詩集)』(상해고적출판사, 1922)을 저본으로 하였으며 모진(毛晉)의 급고각(汲古閣) 본 『검남시고(劍南詩稿)』와 전중련(錢仲聯)의 『검남시고교주(劍南詩稿校注)』를 참고 자료로 하였다.
2. 주석의 표제음은 두음 법칙을 적용하여 표기하였으며, 한 글자인 경우 이를 적용하지 않고 원음을 표기하였다.
3. 이 책에 사용된 부호는 다음과 같다.

   『 』: 서명.

   「 」: 편명 또는 작품명.

   ( ) : 한자 병기 및 인용문의 원문.

   [ ] : 한글 표기와 한자 표기의 음이 다른 경우.

   " " : 인용문.

   ' ' : 강조.

『정선육방옹시집精選陸放翁詩集』은 현전 육유 시선집 중 가장 이른 시기에 편찬된 것으로, 남송南宋 나의羅椅가 편찬한 『간곡정선육방옹시집澗谷精選陸放翁詩集』 10권과 남송南宋 유진옹劉辰翁이 편찬한 『수계정선육방옹시집須溪精選陸放翁詩集』 8권 및 명明 유경인劉景寅이 편찬한 『육방옹시별집陸放翁詩別集』 1권의 합본으로 이루어져 있다. 여기에 수록된 작품 수는 총687수이다.

『간곡』에는 시체詩體에 따라 고시 39수, 7언 율시 159수, 7언 절구 61수, 5언 율시 33수, 5언 절구 3수 등 총295수가 수록되어 있으며, 『수계』에는 『간곡』의 체제를 따라 고시 93수, 7언 율시 44수, 7언 절구 62수, 5언 율시 18수, 5언 절구 3수 등 총220수가 수록되어 있다. 『별집』은 원元 방회方回가 편찬한 『영규율수瀛奎律髓』에 수록된 육유의 시 중에서 『간곡』 및 『수계』에 선록된 것과 중복된 것을 제외하고 따로 보충한 것으로, 5언 율시와 7언 율시 총172수가 수록되어 있다.

육유의 시전집은 명대까지도 아직 완정한 간본이 없이 필사본으로만 전해지고 있다가, 명대 모진毛晉, 1599~1659의 급고각汲古閣에서 시전집 『검남시고劍南詩稿』가 간행되어 오늘날까지 전하고 있다. 『정선육방옹시집』은 『검남시고』보다 백여 년 전에 간행된 것으로, 남송南宋의 나의羅椅와 유진옹劉辰翁 및 명明 유경인劉景寅이 편찬한 개별 선집을 하나로 엮어 각각 전집, 후집, 별집으로 구분하여 간행한 것이다. 이 책은 육유의 시전집이 나오기 이전에 육유의 시를 보존하고 유통시키는 데 커다란 기여를 했을 뿐 아니라, 비평가의 관점에서 적절한 평점과 평어를 병기함으로써 육유시의 전모를 잘 드러내 보여주고 있는 대표적인 시선집이라 할 수 있다.

이 책은 선록된 시가의 구성면에 있어 육유시의 서로 다른 풍격을 살펴볼 수 있는 매우 유용한 선집이다. 『간곡』에는 육유의 시 중에서 청신하고 맑은 감성을 노래한 시가나 자연의 풍광을 노래한 산수시 등이 수록된 반면, 『수계』에는 침략당한 나라를 애통해하는 비분강개한 감정과 강한 투쟁 정신을 표출하는 애국주의 정신을 담고 있는 시가들이 많다. 이러한 두 가지 풍격은 전종서錢鍾書가 『송시선주宋詩選注』에서 "육유의 작품에는 두 가지 측면이 있다. 하나는 비분과 격앙에 찬 감정으로 나라를 위해 설욕하고 잃어버린 국토를 찾아 도탄에 빠진 백성들을 구하고자 하는 것이다. 다른 하나는 한적하고 섬세한 느낌으로 일상생활 속의 깊은 재미를 음미하고 눈앞의 경물의 다양하게 굴곡진 모습을 세밀하게 그려내는 것이다"라고 밝힌 바와 같이, 육유의 시세계를 구성하는 커다란 두 흐름이라고 할 수 있다.

육유의 시는 그 문학사적 의의와 중요성에도 불구하고 일만 수에 달하는 방대한 분량으로 인해 아직 모든 시에 대한 완역은 이루어져 있지 않다. 다만 전중련錢仲聯의 『검남시고교주劍南詩稿校注』상해고적, 1985에서 명대 모진毛晉의 급고각汲古閣 본 『검남시고』를 저본으로 하고 『정선육방옹시집』 및 기타 잔본殘本을 참고하여 자구의 교정과 함께 간략한 주석을 병기하였다. 선집류의 경우 중국 최고의 우국시인으로서의 명성에 걸맞게 중국 내에서는 이미 수십 종에 달하는 선집본이 간행되었으며, 국내의 경우에도 『육유시선』이라는 이름으로 역자지만지, 2011를 비롯하여, 이치수문이재, 2002, 류종목민음사, 2007이 총3종의 시선집을 출간한 바 있다. 그러나 이들은 모두가 다만 50여 수에 불과한 시만을 수록하고 있고 주석과 작품의 해설 또한 다소 소략한 한계가 있었다.

따라서 본 역서에서는 『정선육방옹시집精選陸放翁詩集』을 번역의 대상으로 삼아 육유시의 전체적인 면모와 문학적 성취를 보다 분명하게 알 수 있도록 하고자 하였다. 아울러 전중련의 『검남시고교주』에서의 연구성과를 최대한 수용하여 『정선육방옹시집』에 수록된 시와 모진의 급고각본 『검남시고』와의 제목이나 자구 상의 차이를 밝혔으며, 중국에서 기출간된 다른 선집류의 견해를 참고하여 주석과 해설을 보충하였다.

본 번역은 매 작품마다 번역문, 원문, 해제, 주석, 해설의 총5부분으로 이루어져 있으며, 각 부분마다 다음과 같은 사항에 중점을 두어 번역하였다.

1) 번역문

번역문은 맨 앞에 제시하여 작품 자체를 읽고 감상할 수 있도록 하였고, 시 원문은 번역문 뒤에 따로 실어 원문과 대조하며 읽을 수 있도록 하였다. 아울러 번역시의 가독성을 높이기 위해 원문의 의미를 손상하지 않는 범위 내에서 추가적인 어휘나 용어를 보충하였으며, 한자어 어휘는 가능한 한 풀어서 번역에 반영하였다.

2) 해제

해제에서는 작품의 작시 시기와 배경 및 당시 육유의 나이를 밝힘으로써 육유의 생애 속에서 작품을 이해할 수 있도록 하였으며, 전체적인 시의 대의를 밝혔다. 아울러 급고각본『검남시고』와 비교하여 제목이나 자구상의 차이를 밝힘으로써 이에 따른 다른 해석의 가능성도 열어 놓았다. 다만 판본 상의 단순 이체자의 경우에는 따로 밝히지 않았다.

또한『정선육방옹시집』에는 시인의 자주自注가 많은 부분 누락되어 있는데, 시를 이해하는 데 있어 필수적인 자주가 적지 않다. 따라서 급고각본『검남시고』에 수록되어 있는 자주自注는 모두 해제에서 원문과 번역을 추가하여 보충하였다.

3) 주석

주석은 가능한 한 상세히 달아 특정 자구의 의미나 활용의 예를 설명하고, 의미나 독음이 다소 어려운 글자나 어휘들에 대해 보충 설명을 하였다. 아울러 전고典故의 경우 해당 전고의 원전 출처를 직접 인용하거나 원전의 내용을 요약 설명함으로써 해당 작품의 이해뿐 아니라 원전 해독 능력 또한 높일 수 있도록 하였다.

4) 해설

해설은 해당 작품의 구조분석을 위주로 작품의 내용과 함의 및 표현상의 특징 등을 설명하고, 육유의 생애와 사상에 근거하여 해당 작품이 가지는 의의를 보충 설명하였다. 아울러 작품에 따라 창작 배경에 대한 소개를 추가하거나 작품 분석의 내용을 보충함으로써 전체적인 해설 분량을 균등하게 안배하였다.

스스로 돌이켜 보면 지금까지 적지 않은 한시 작품들을 역해하고 출간한 듯하다. 하지만 늘 느껴왔듯이 한시 번역은 최고이자 최종의 번역이 없다는 것을 이번 번역 과정을 통해 다시 한번 깨닫게 되었다. 번역을 완료하고 검토가 진행될수록 이전에 미처 깨닫지 못했던 번역상의 오류들이 발견되었고, 문의가 보다 잘 통하도록 다듬고 수정해야 할 부분이 적지 않았다. 작품 해설도 나름 충실히 했다고는 하나 여전히 부족함이 느껴지는 부분이 있으며, 주석 또한 최대한 보충하고 보완하였지만 완벽하게 했다고 자신할 수도 없다. 하지만 이 또한 역해자의 식견과 역량의 한계 때문임을 인정하지 않을 수 없다. 앞으로도 부족한 부분들을 지속적으로 보완할 것을 약속하며 독자 제현의 질정을 기다린다.

2023년 6월

벽송碧松 주기평 삼가 씀

수계정선육방옹시집(須溪精選陸放翁詩集) 권1

고시(古詩)

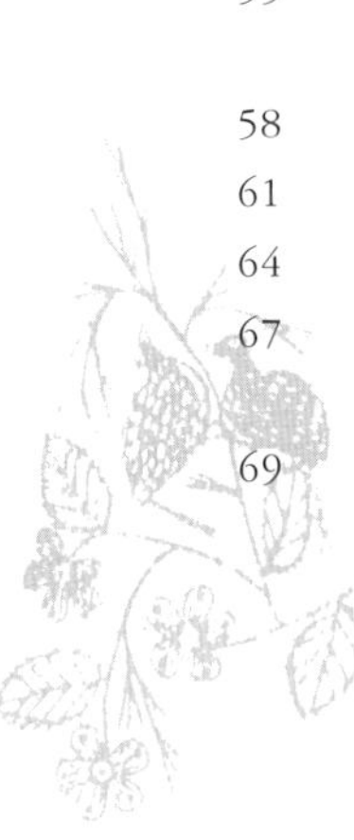

권2

고시(古詩)

권3

고시(古詩)

권4

고시(古詩)

권5

고시(古詩)

칠언율시(七言律詩)

권6

칠언율시(七言律詩)

권7

칠언절구(七言絶句)

정선육방옹시집 전체 차례

3

수계정선육방옹시집(須溪精選陸放翁詩集)

수계정선육방옹시집

須溪精選陸放翁詩集

권1

육유(陸游) 무관(務觀) 찬(撰)

유진옹(劉辰翁) 회맹(會孟) 선(選)

고시古詩

배에서 술 마주하며

백 개의 항아리에 술 싣고 능운산을 노닐다
취하여 소매 흔들며 친구와 이별하네.
아쉬움으로 나를 향하며 차마 헤어지지 못하나니
누가 아미산의 반달과 같은가?
달은 선창을 엿보며 서늘함을 걸어두고
유주에 다다르려 함에 술은 막 깨었네.
텅 빈 강에 낚싯줄 바람에 하늘거리고
사람은 고요한데 갈포 두건 그림자는 나부끼네.
시 읊조리며 잠 못 드니 달은 배에 가득하고
맑고 차가운 기운이 뼈에 스미니 신선이 되려 하네.
인간 세상의 시간이 다다르지 않는 곳에
이따금 모래톱 물새들이 배를 등지고 지나가네.

舟中對酒

百壺載酒遊凌雲,[1] 醉中揮袖別故人.
依依向我不忍別,[2] 誰似峨嵋半輪月.[3]
月窺船窗挂淒冷, 欲到渝州酒初醒.[4]
江空裊裊釣絲風,[5] 人靜翩翩葛巾影.[6]

哦詩不睡月滿船, 淸寒入骨我欲仙.
人間更漏不到處,[7] 時有沙禽背船去.[8]

【해제】

54세 때인 순희淳熙 5년1178 4월, 성도成都를 떠나 임안으로 돌아오던 도중 가릉강嘉陵江에서 쓴 것으로, 친구와 이별하는 아쉬움을 나타내고 있다.

급고각汲古閣본 『검남시고劍南詩稿』에는 제목에서 '주酒'가 '월月'로 되어 있다.

【주석】

1 凌雲(능운) : 산 이름. 당시 가주(嘉州)에 속했다. 지금의 사천성 낙산시(樂山市) 지역에 있다.

2 依依(의의) : 아쉬움에 미련이 남는 모양.

3 峨嵋(아미) : 산 이름. 지금의 사천성 아미현(峨眉縣)에 있다. 두 개의 산봉우리가 길게 이어져 마주하고 있는 모양이 눈썹과 같다 하여 이와 같이 불렀다. 半輪月(반륜월) : 반달. 이백의 「아미산의 달(峨眉山月歌)」에 "아미산의 가을 반달, 달그림자가 평강의 강물에 흘러 들어가네(峨眉山月半輪秋, 影入平羌江水流)"라 하며 고향을 떠나는 감회를 나타내었는데, 이 구는 이백의 이 시구를 인용하여 촉을 떠나는 자신을 이백에 비유한 것이다.

4 渝州(유주) : 지명. 사천성 가릉강(嘉陵江) 유역으로, 당시 치소(治所)는 파현(巴縣)이었다. 지금의 중경시(重慶市)이다.

5 裊裊(요뇨) : 하늘거리며 간드러진 모양.

6 翩翩(편편) : 바람에 나부끼는 모양.

7 更漏(경루) : 물시계.

8 沙禽(사금) : 모래톱의 물새.

【해설】

육유는 46세 때인 건도乾道 6년1170 10월 기주통판으로 부임하며 촉에서의 관직 생활을 시작하였으며, 이후 10년 가까운 기간 동안 남정南鄭, 성도成都, 가주嘉州, 영주榮州 등지를 전전하였다. 54세 때인 순희淳熙 5년1178 정월, 도성으로 소환하는 황명을 받아 그해 2월 성도成都를 출발하여 가을에 임안臨安으로 돌아오게 된다.

이 시에서는 친구와 능운산을 노닐며 차마 헤어지지 못하고, 시간이 멈춰진 선경仙境과도 같은 고요하고 적막한 밤 경관을 바라보며 밤새 잠 못 이루는 모습이 나타나 있다.

늙은 어부

강어귀 어부의 집은 띠 풀로 엮은 오두막집이요
푸른 산을 문으로 삼으니 그림도 이보다 못하네.
강 안개 옅게 피어나고 성긴 비 내리는데
늙은이 물결 헤치며 고기잡이 나가네.
저 사람 태어난 후로 독서를 하지 않아
강산이 이와 같음에도 시구 하나 없는 것이 한스럽네.
나 또한 늙고 게을러 필력을 부끄러워하니
함께 강산 마주하며 깊게 탄식한다네.

漁翁

江頭漁家結茆廬,[1] 青山當門畫不如.[2]
江煙淡淡雨疎疎,[3] 老翁破浪行打魚.
恨渠生來不讀書,[4] 江山如此一句無.[5]
我亦衰遲慚筆力, 共對江山三歎息.[6]

【해제】

54세 때인 순희淳熙 5년1178 임안臨安으로 돌아오며 합강合江에서 부주涪州로 향하는 도중 늙은 어부를 만나 쓴 것으로, 아름다운 산수 자연을 마주하고서도 이를 시로 표현하지 못하는 어부와 자신의 무능함을 안타까워하고 있다.

급고각汲古閣본 『검남시고劍南詩稿』이하 『검남시고』에는 제4구의 '타打'가 '포捕'로 되어 있다.

【주석】

1 茆(모) : 띠 풀. '모(茅)'와 같다.

2 畫不如(화불여) : 그림도 이와 같지 못하다. 산의 정경이 그림보다 아름다움을 말한다.

3 淡淡(담담) : 안개가 엷게 깔린 모양

疎疎(소소) : 성긴 모양.

4 渠(거) : 지시사. 그 사람. 어부를 가리킨다.

5 一句(일구) : 시구 하나.

6 三歎息(삼탄식) : 세 번 탄식하다. 깊게 탄식하는 것을 말한다.

【해설】

촉지蜀地에 있을 때 육유는 금金의 섬멸을 통한 중원수복의 열정으로 가득했지만, 주화파가 장악한 남송 조정에서 이는 실현될 수 없는 이상에 불과했으며 결국 그는 절망과 회한만을 간직한 채 도성인 임안臨安으로 돌아올 수밖에 없었다.

이 시에서는 아름다운 산수 경관과 함께 그 속에서 자연과 더불어 살아가는 늙은 어부의 소박한 삶을 묘사하고 있다. 이어 비록 아름다운 경관이 펼쳐져 있어도 글을 알지 못해 한 구의 시로도 이를 표현할 수 없는 늙은 어부에게 연민을 나타내고 있다. 아울러 자신 또한 늙고 게을러 시로 표현할 수 없음을 말하며, 공업 수립의 기회가 주어졌건만 이를 실현하지 못하고 노쇠해 버린 자신의 무능함을 빗대어 나타내고 있다.

공안현에 정박하며

함곡관과 촉의 길은 어찌 이리 멀었던가?
공안현 나루로 지금에야 돌아왔네.
가없는 강물은 하늘에 닿아있고
쉼 없는 바닷바람은 달을 불어오네.
선창에 주렴 걷으니 반딧불 어지럽고
모래톱에 이슬 내리니 네가래꽃 피었네.
젊어 나라에 헌신하다 홀연 노쇠해져 버렸나니
마음은 끊어지고 높은 선실에 긴 피리 소리 슬프기만 하네.

泊公安縣[1]

秦關蜀道何遼哉,[2] 公安渡頭今始回.[3]
無窮江水與天接, 不斷海風吹月來.
船窗簾捲螢火鬧, 沙渚露下蘋花開.[4]
少年許國忽衰老,[5] 心折柁樓聞笛哀.[6]

【해제】

54세 때인 순희淳熙 5년1178 5월, 임안으로 돌아오던 도중 공안현公安縣을 지나며 쓴 것으로, 공업 수립의 꿈을 이루지 못하고 헛되이 늙어버린 자신의 처지를 비관하고 있다.

『검남시고』에서는 제8구의 '문聞'이 '장長'으로 되어 있다.

【주석】

1 公安縣(공안현) : 지명. 지금의 호북성 공안현(公安縣)이다.

2 秦關(진관) : 진나라 지역의 관문. 본래 함곡관(函谷關)을 가리키며, 여기서는 촉 땅을 의미한다.

3 始回(시회) : 비로소 돌아오다. 육유는 건도(乾道) 6년(1170) 9월 촉 땅으로 들어가며 공안현에 머무른 적이 있는데, 8년 만에 다시 돌아오게 되었음을 말한 것이다.

4 蘋花(빈화) : 네가래꽃. '빈(蘋)'은 양치식물 네가래과에 속하는 여러해살이 물풀. 잎이 클로버 모양의 4장으로 되어 있으며 흰색 꽃이 핀다.

5 許國(허국) : 나라를 위해 몸을 바치다.

6 柁樓(타루) : 배의 키를 조종하는 누대. 배의 조타실을 가리키며, 배의 뒤쪽에 높이 솟아 있어 이와 같이 부른다.

【해설】

이 시에서는 과거 기주통판夔州通判이 되어 촉으로 들어가던 도중 잠시 머물렀던 공안현에 8년 만에 다시 돌아오게 되었음을 말하며, 아득히 먼 촉 땅의 길로써 오랜 시간의 흐름을 말하고 있다. 이어 하늘과 구분 없이 펼쳐진 아득한 강물과 바닷바람 속 떠오른 저녁달을 통해 깊은 밤의 시간적 배경을 말하고, 어지러이 나는 반딧불과 활짝 핀 네가래꽃으로 여름의 계절적 배경을 나타내고 있다. 마지막 두 구에서는 위국헌신의 포부로 가득했던 젊은 시절을 회상하며 이제는 노쇠해져 버린 자신을 안타까워하고 있다.

합강원을 노닐며 놀이 삼아 쓰다

연못 누대 사이로 울긋불긋
따스한 바람 고운 햇살에 피어 시들지 않는데,
나는 와 술 취하기만 구하며 불안함에 괴로워하니
한가로운 꽃의 마음만 못함을 늘 한스러워하네.
산닭 날아오르니 꽃은 어지러이 떨어지고
위아래 푸른 숲은 비췻빛 골짜기를 관통하는데,
세상에서의 걸음걸이는 구속됨이 있나니
즐거운 날짐승의 마음만 못함을 늘 한스러워하네.
사람들은 공명은 벗어날 수 없음이 걱정이라 말하지만
나는 노닐며 인생의 만년을 즐기기 원하니,
깊이 생각하며 책 속에 빠져 좀벌레를 알기보다는
마음껏 사냥하며 누런 개 끌고 다니는 것이 어떠하리?
성도의 사방 교외는 숫돌처럼 평평한데
어찌하면 두 개의 화살통 메고 말 달려 성을 나설 수 있을지?
말 재갈 날리고 먼지 일으켜 아득히 보이지 않고
송골매 울음소리 말을 좇아 나를 찾아오겠지.

遊合江園戲題[1]

朱朱白白池臺間, 好風姸日開未殘.[2]
我來覓醉苦草草,[3] 常恨不如花意閑.

山鷄飛起亂花落,[4] 下上青林穿翠壑.
世間動步卽有拘,[5] 常恨不如禽意樂.[6]
人言功名恐不免, 我願徜徉娛歲晚.[7]
熟計淫書理白魚,[8] 何如縱獵牽黃犬.
成都四郊如砥平,[9] 安得雙鞬馳出城.[10]
鞚飛塵起望不見,[11] 從騎尋我鳴鶻聲.[12]

【해제】

52세 때인 순희淳熙 3년1176 3월 성도成都에 있을 때 쓴 것으로, 무기력하고 구속적인 일상에서 벗어나 교외로 나가 말을 달리고 사냥을 즐기는 자유롭고 호쾌한 모습을 노래하고 있다.

【주석】

1 合江園(합강원) : 성도 동문 밖에 두 강이 합류되는 곳에 있는 명승지로, 당대(唐代)에 조성되었다. 정원 안에 합강정(合江亭), 방화루(芳華樓) 등이 있다.

2 好風姸日(호풍연일) : 따스한 바람과 아름다운 햇살.

3 草草(초초) : 흔들리고 안정되지 않은 모양.

4 山鷄(산계) : 야생 닭.

5 動步(동보) : 걸음걸이. 세상에서의 모든 행동을 가리킨다.

6 禽意樂(금의락) : 날짐승의 뜻이 즐겁다. 여기서는 산닭이 자유롭게 날아다

니며 합강원을 노니는 것을 말한다.

7 徜徉(상양) : 거닐다, 노닐다.

8 熟計(숙계) : 깊이 헤아리다, 따지다.

淫書(음서) : 책에 빠지다. 독서에 열중하는 것을 가리킨다.

白魚(백어) : 좀벌레. 처음에는 황색이었다가 늙어서는 몸에서 은색 가루가 나온다 하여 이와 같이 부른다.

9 砥(지) : 숫돌.

10 鞬(건) : 말 위에 걸어 활과 화살을 담는 통.

11 鞚(공) : 말 재갈.

12 尋我(심아) : 나를 찾아오다. 말을 타고 먼지를 일으키며 내달리는 자신을 송골매가 뒤쫓아 날아오고 있음을 말한다.

鶻(골) : 송골매.

【해설】

육유는 51세 때인 순희淳熙 2년1175 6월 성도成都로 돌아와 사천제치사참의관四川制置使參議官을 지냈는데, 중원수복의 뜻을 실현하지 못한 좌절감으로 성도의 관사에 칩거한 채 줄곧 잠이나 자고 술이나 마시는 등 무료하고 무의미한 일상을 보냈다. 이 시의 전반부에서는 합강원 누대 연못가에 한가로이 피어 있는 형형색색의 꽃을 묘사하며 술에 취해 안정되지 않은 현실의 괴로움을 잊고자 하는 자신과 대비하고, 꽃 사이 자유로이 날아다니는 산닭과 골짜기 사이 드리워진 푸른 숲을 묘사하며 관직 생활에 얽매여 매사에 제약을 받는 자신과 대비하고 있다. 이어 공업 성취의 강박감에서 벗어나 한가하고 자유롭게 노니는 만년의 삶에 대해 동경을 나타내고, 사색하며 책에 빠져 지내는 것보다는 개 끌고 사냥하며 다니는 것이 더욱 나은 삶임을 말하고 있다. 마지막에는 성도 사방 교외로 너른 들판이 펼쳐져 있건만 성문 밖으로 나가 사냥할 수 없는 현실을 안타까워하고, 말을 달려 송골매를 날리며 사냥하는 모습을 상상하고 있다.

취중에 지은 초서권에 제목을 쓴 후

가슴속 가득히 다섯 가지 무기 쌓여 있는데
사용하려 해도 길이 없어 헛되이 솟아 있기만 하네.
술로 깃발과 북을 삼고 붓으로 칼과 창을 삼으니
기세는 하늘에서 떨어져 내려 은하수를 기울이네.
단계의 석지에 진하게 먹물을 만들어
촛불 비추어 종횡으로 휘갈기네.
순식간에 두루마리 거두어들이고 다시 술잔 잡으니
만 리의 봉화와 먼지가 깨끗해짐을 보는 듯.
장부로 태어나 마땅히 공업이 있어야 하니
반역의 오랑캐 운은 다하여 정벌하면 응당 평정되리로다.
어느 때나 밤중에 오원새를 나서며
사람 소리는 들리지 않고 채찍 소리만 들리게 될 수 있으리.

題醉中所作草書卷後

胸中磊落藏五兵,[1] 欲試無路空崢嶸.[2]
酒爲旗鼓筆刀槊, 勢從天落銀河傾.
端溪石池濃作墨,[3] 燭光相射飛縱橫.
須臾收卷復把酒, 如見萬里烟塵淸.[4]
丈夫身在要有立, 逆虜運盡行當平.
何時夜出五原塞,[5] 不聞人語聞鞭聲.

【해제】

52세 때인 순희淳熙 3년1176 3월 성도成都에 있을 때 쓴 것으로, 초서草書의 필법을 적과 대적하는 군사행동과 결합시켜 시인의 격정적인 기개를 강렬하게 표출하고 있다.

【주석】

1 磊落(뇌락) : 돌이 첩첩이 쌓인 모양

五兵(오병) : 다섯 가지 창. 고대의 무기로, 과(戈)・수(殳)・극(戟)・추과(酋戈)・이과(夷戈)를 가리킨다.

2 崢嶸(쟁영) : 산이 우뚝 솟아 있는 모양

3 端溪(단계) : 지명. 지금의 광동성 고요현(高要縣) 동남쪽 난가산(爛可山) 서쪽 기슭. 벼룻돌이 생산되어 '단연(端硯)'이라고도 부른다.

4 烟塵(연진) : 봉화 연기와 먼지. 적군의 침입을 의미한다.

5 五原塞(오원새) : 지명. 지금의 내몽고 자치구 오원현(五原縣). 서한(西漢) 때 한(漢)의 군대가 흉노족(匈奴族) 정벌을 위해 출병한 곳으로, 이 구는 송(宋)의 군대 또한 한(漢)의 군대와 같이 금(金)을 정벌하러 출병할 수 있기를 바란 것이다.

【해설】

이 시에서는 가슴속 가득한 울분과 오랑캐 섬멸의 기개를 거침없이 휘갈기는 초서의 글쓰기를 통해 나타내고, 남아로서의 공업 수립의 당

위성과 북벌의 소망을 나타내고 있다.

육유에게 서예는 단순히 무료함을 달래는 소일거리나 혹은 다만 군자가 기본적으로 지녀야 할 기예에 국한되는 것이 아니었으니, 그에 있어 초서草書는 이상의 대리만족이면서 또한 현실적 울분의 배출구이기도 하였다.

육유는 당시에 이미 저명한 서예가였으며, 그만의 독특한 개성과 풍격이 담긴 초서로써 높은 명성을 얻고 있었다. 초서의 일필휘지一筆揮之하는 필법은 「팔월이십이일, 가주에서 크게 열병하며八月二十二日嘉州大閱」에서 '은하수의 물을 끌어와 일시에 적을 쓸어 버리고 단숨에 중원을 회복하고자要挽天河洗洛嵩' 했던 그의 기개와 완전히 일치하는 것이었으며, 이러한 까닭에 그는 많은 시에서 초서 쓰는 모습을 통해 자신의 의지를 투영하여 나타내었다.

저녁에 오문을 지나며

오문의 길이여,
사월에 새끼까마귀 푸른 나무에서 우네.
한가로이 거닐며 해가 막 길어짐을 기뻐하고
가벼운 더위에 비로소 봄이 이미 지났음을 안다네.
누대 끝에 바람은 높아 쌍 깃발은 춤추고
호각 소리 속에 해는 저녁으로 돌아가네.
말발굽 소리 따각따각 끊일 때가 없는데
지나는 사람은 늙었건만 길은 옛날과 같네.

晩過五門

五門路,[1] 四月乳鴉啼綠樹.[2]
閑遊但喜日初長, 薄暑始知春已去.
樓頭風高舞雙旗,[3] 畫角聲中日還暮.[4]
馬蹄特特無斷時,[5] 老盡行人路如故.[6]

【해제】

52세 때인 순희淳熙 3년1176 4월 성도成都에 있을 때 쓴 것으로, 초여름의 경관을 묘사하며 헛되이 흐르는 시간을 아쉬워하고 있다.

【주석】

1 五門(오문) : 누각 이름. 『화양현지(華陽縣志)・고적(古蹟)』에 따르면 성도 남쪽 옥국화(玉局化)에 오봉루문(五鳳樓門)이 있었다고 한다.

2 乳鴉(유아) : 젖먹이 까마귀.

3 樓頭(누두) : 누각 꼭대기. 여기서는 오봉루(五鳳樓)를 가리킨다.

4 畫角(화각) : 아름다운 장식이 새겨져 있는 호각(號角). 군영에서 사용하는 나팔이다.

5 特特(특특) : 의성어. 말발굽 소리.

6 行人(행인) : 지나가는 사람. 시인 자신을 가리킨다.

【해설】

이 시에서는 성도에서의 무료한 일상과 공업 성취의 좌절감이 잘 나타나 있다. 전반부에서는 알에서 깨어난 지 얼마 되지 않은 새끼까마귀와 한층 길어진 해, 약간의 더위가 느껴지는 기후를 통해 사월의 초여름으로 들어선 시기를 특징적으로 나타내고 있다. 후반부에서는 바람에 날리는 깃발과 저물어가는 시간을 묘사하며 불안정하고 암울한 자신의 심사를 비유하고, 길은 변함이 없건만 길 위의 사람만 헛되이 늙어가고 있음을 탄식하고 있다.

봄날의 시름

봄날의 시름은 무성히 천지간에 가득하고
나의 길은 이르지도 못한 채 시름만 먼저 이르렀네.
눈 가득히 구름처럼 홀연 다시 생겨나고
열병처럼 사람에게 찾아오니 어찌 피할 수 있으리?
객이 와 내게 술에 흠뻑 취하라 권하지만
내 웃으며 객에게 그대도 그만두시라 말하네.
취하기야 절로 취하고 오히려 시름은 절로 시름겨워지니
시름과 술은 아무 상관이 없다네.

春愁

春愁茫茫塞天地,[1] 我行未到愁先至.
滿眼如雲忽復生, 尋人似瘧何由避.[2]
客來勸我飛觥籌,[3] 我笑謂客君罷休.[4]
醉自醉倒愁自愁,[5] 愁與酒如風馬牛.[6]

【해제】

52세 때인 순희淳熙 3년1176 겨울 성도成都에 있을 때 쓴 것으로, 술로도 달랠 수 없는 깊은 시름을 말하고 있다.

【주석】

1 茫茫(망망) : 번성한 모양.

塞(색) : 막다. 채우다.

2 瘧(학) : 학질(瘧疾). 열병.

何由(하유) : 무엇을 통해, 어떤 방법으로.

3 飛觥籌(비굉주) : 뿔 술잔과 산가지를 날리다. 술에 흠뻑 취하는 것을 말한다. '굉(觥)'은 물소 뿔로 만든 큰 술잔을, '주(籌)'는 술잔의 수를 세는 산가지를 가리킨다.

4 罷休(파휴) : 그만두다. 멈추다.

5 倒(도) : 오히려. 도리어.

愁自愁(수자수) : 시름은 절로 시름겨워진다. 이 구는 취하는 것과 시름은 아무런 상관없이 없는 것을 말한다.

6 風馬牛(풍마우) : 말과 소의 암수가 서로를 유혹하지만 함께할 수 없거나 서로 멀리 떨어져 있어 달려가도 만날 수 없음을 의미하는 '풍마우불상급(風馬牛不相及)'의 줄임말로, 서로 아무런 상관이 없는 것을 비유한다.

【해설】

육유의 성도에서 삶은 좌절과 시름의 나날이었다. 이 시에서는 만물이 생기로 가득한 봄날에 오히려 천지에 가득한 시름을 느끼고 있으며, 그 원인이 자신이 가고자 하는 길에 이르지 못했기 때문임을 말하고 있다. 구름처럼 무단히 생겨나고 열병처럼 불현듯 찾아오는 시름에 고통스러워하는 시인에게 지인은 술로써 시름을 잊어볼 것을 권하지만, 취하는 것과 시름은 아무런 상관이 없으며 자신의 시름은 그 어떠한 것으로도 달랠 수 없음을 말하고 있다.

매화

얼음 벼랑 눈 계곡에 나무의 싹도 아직 트지 않았건만
조물주께서 황량함을 깨치고 이 꽃을 피우셨네.
운치는 가득하고 형체는 메마르니 도가 있는 것과 가깝고
뜻은 장엄하고 색은 순수하니 그릇됨이 없음을 알겠네.
높고 굳세어 걱정과 근심으로 배를 채우려 하니
내쳐져 버려진들 어찌 먼 변방을 시름겨워하리?
부귀한 정원에 옮겨 심는 것은 또한 잘못된 계책이요
대나무 울타리 초가집이 참으로 그대의 집이라네.
내 평생의 삶을 스스로 싫어하다 또한 자부하기도 하였으니
삶의 묘처를 알 수는 있어도 드러내 보일 수는 없네.
금 술 동이와 푸른 술 구기는 속됨을 면치 못하니
대나무 화로로 강남의 차를 맛본다네.

梅花

冰崖雪谷木未芽,[1] 造物破荒開此花.[2]
神全形枯近有道,[3] 意莊色正知無邪.[4]
高堅政要飽憂患,[5] 放棄何遽愁荒遐.[6]
移根上苑亦過計,[7] 竹籬茅舍眞吾家.[8]
平生自嫌亦自許,[9] 妙處可識不可誇.[10]
金樽翠杓未免俗,[11] 篝火爲試江南茶.[12]

【해제】

52세 때인 순희淳熙 3년1176 겨울 성도成都에 있을 때 쓴 것으로, 한겨울에 피어난 매화의 운치와 기상을 칭송하고 있다.

『검남시고』에서는 제8구의 '사舍'가 '옥屋'으로 되어 있다.

【주석】

1 冰崖雪谷(빙애설곡) : 얼음 덮인 벼랑과 눈 쌓인 계곡.

2 造物(조물) : 조물주(造物主).

3 神全(신전) : 신묘함이 충만하다. 운치가 가득한 것을 말한다.

4 色正(색정) : 색이 올바르다. 잡색이 섞이지 않은 순수한 것을 말한다.

5 政(정) : 바로. 꼭. '정(正)'과 같다.

6 何遽(하거) : 어찌.

荒遐(황하) : 먼 변방. '황(荒)'은 '황복(荒服)'의 뜻으로 도성에서 멀리 떨어져 있는 곳을 말한다. 주대(周代)에 천자가 다스리는 사방 천 리 땅을 왕기(王畿)라 하고, 그 바깥 지역을 오백 리 단위로 나누어 각각 후복(侯服), 전복(甸服), 수복(綏服), 요복(要服), 황복(荒服)이라 칭하며 이를 '오복(五服)'이라 하였다.

7 上苑(상원) : 황가(皇家)의 원림. 크고 화려한 정원을 가리킨다.

8 竹籬茅舍(죽리모사) : 대나무 울타리와 띠풀 집. 소박하고 누추한 집을 가리킨다.

吾(오) : 그대. 상대에 대한 존칭으로 '오자(吾子)'와 같으며, 여기서는 매화를 가리킨다.

9 平生(평생) : 일평생의 삶. 자신의 삶을 가리킨다.

自嫌(자혐) : 스스로 싫어하다. 자신의 삶에 만족하지 못하는 것을 말한다.

自許(자허) : 스스로 허락하다. 자부하는 것을 말한다.

10 誇(과) : 과시하다.

11 杓(표) : 물이나 술을 뜨는 구기.

12 篝火(구화) : 대나무 덮개를 씌운 화로. 차를 달이는 도구이다.

試(시) : 시험하다. 맛보다.

【해설】

육유는 많은 시에서 매란국죽梅蘭菊竹과 같은 사군자四君子를 노래하였다. 그 중에서도 특히 매화를 좋아하였으니 『검남시고劍南詩稿』에서 매화를 언급하고 있는 시가 114제 199수이며 「매화절구梅花絶句」, 「매화梅花」와 같이 아예 시제로써 매화를 읊고 있는 시만 해도 30제 115수에 이르고 있다.

이 시에서는 먼저 얼음과 눈이 덮인 한겨울 깊은 계곡에 그윽한 운치와 고고한 기상으로 피어난 매화의 모습을 칭송하고, 이어 영화를 추구하지 않고 부귀에 영합하지 않는 자신의 품성과 지향을 매화에 빗대어 나타내고 있다. 마지막에는 불만과 자부가 교차해왔던 자신의 일생을 되돌아보며, 고아한 매화와 함께하기에는 술보다는 차가 더욱 잘 어울림을 말하고 있다.

범 사인에 화운하여 영강의 청성 도중에서 쓰다

바람이 내몰고 비가 눌러 떠 있는 먼지 없는데
천 마리 말 달려 동쪽으로 오네.
즐거이 유람하니 공께서는 왕도와 사안을 짝하시고
정결히 결사하니 나 또한 종병과 뇌차종을 따른다네.
민산의 누각 위로 함께 옮겨가 기대니
땅이 막 펼쳐지고 하늘이 처음 열린 듯하네.
광활히 시야는 삼만 리요
산은 개미둑 같고 물은 잔에 담긴 것 같네.
세상의 헛된 망상들 몇 번이나 변해 사라져 버렸던가?
진정 스스로 만족하지 못하는 우리들이 우습기만 하네.
대장부 본디 보통의 서민으로 늙기 원하니
달관한 사람이 어찌 늙음의 촉급함을 두려워하리?
그대 보았는가, 신군이 해마다 사만 마리 양을 먹고
곳곳에 뼈를 버려 높이 언덕을 이룬 것을.
서산의 노옹은 소나무 가루로 배를 채우거늘
조물주가 내게 부여한 것은 어찌 멀기만 한지?

和范舍人, 永康青城道中作[1]

風驅雨壓無浮埃, 驂驔千騎東方來.[2]
勝遊公自輩王謝,[3] 淨社我亦追宗雷.[4]

嵔山樓上一徙倚,[5] 如地始闢天初開.
廓然眼界三萬里,[6] 山一螘垤水一杯.[7]
世間幻妄幾變滅, 正自不滿吾曹咍.[8]
丈夫本願布衣老, 達士詎畏蒼顔催.[9]
君看神君歲食羊四萬,[10] 處處棄骨高成堆.
西山老翁飽松麨,[11] 造物賦予何遼哉.[12]

【해제】

53세 때인 순희淳熙 4년1177 6월 영강군永康軍 청성青城에서 조정으로 돌아가는 범성대范成大를 전송하며 그의 「숭덕묘崇德廟」 시에 화답하여 쓴 것으로, 인간사의 부질없음과 허망함을 말하며 달관의 심경을 나타내고 있다.

【주석】

1 范舍人(범사인) : 범성대(范成大). 남송(南宋) 오현(吳縣, 지금의 강소성(江蘇省) 소주시(蘇州市)) 사람으로 자가 치능(致能)이고 호는 석호거사(石湖居士)이다. 예부원외랑(禮部員外郎), 중서사인(中書舍人), 부문각대제(敷文閣待制), 사천제치사(四川制置使) 등을 역임하였으며, 참지정사(參知政事)로 있다 파직되어 석호(石湖)로 물러나 한거하였다. 사후에 숭국공(崇國公)에 추증되었으며, 시호는 문목(文穆)이다. 우국애민 의식을 바탕으로 많

은 우국시와 사회시를 썼으며 특히 전원생활을 소재로 한 전원시에 높은 성취를 이루어 육유(陸游), 양만리(楊萬里), 우무(尤袤)와 함께 '남송사대가(南宋四大家)'라 불린다.

永康(영강) : 지명. 영강군(永康軍)을 가리키며 관구(灌口)라고도 칭한다. 지금의 사천성 강도언시(江都堰市)이다.

靑城(청성) : 지명. 영강군에 속했던 현(縣)이다.

2 驂驔(참담) : 말이 달리는 모양.

3 勝遊(승유) : 즐겁게 유람하다.

王謝(왕사) : 왕도(王導)와 사안(謝安). 동진(東晋)시기 최고의 세도가였다.

4 宗雷(종뢰) : 종병(宗炳)과 뇌차종(雷次宗). 은자를 의미한다. 종병은 동진(東晉) 남양(南陽) 사람으로 자가 소문(少文)이다. 승려 혜원(慧遠)이 여산(廬山)에 동림정사(東林精舍)를 세우고 정토종(淨土宗)을 창시하였을 때 그와 함께 백련사(白蓮社)를 결성하였다. 뇌차종은 동진(東晉) 남창(南昌) 사람으로 자가 중륜(仲倫)이다. 일찍이 여산에 들어가 승려 혜원을 섬겼고 은거하며 세상사에 관여하지 않았다.

5 峄山(민산) : 민산(岷山). 지금의 사천성 강도언시(江都堰市) 서쪽에 있으며 민강(岷江)이 산의 북쪽에서 나온다.

樓(루) : 누각. 숭덕묘(崇德廟)의 누각을 가리킨다. 숭덕묘는 진(秦)나라 때 촉군태수(蜀郡太守)를 지냈던 이빙(李氷) 부자의 사당으로, 당시 물길을 뚫고 제방을 쌓아 치수하여 선정을 베풀었다.

6 廓然(곽연) : 아득히 펼쳐져 광대한 모양.

7 螘垤(의질) : 개미둑.

8 吾曹(오조) : 우리들.

咍(해) : 가소롭다. 우습다.

9 詎(거) : 어찌.

蒼顔(창안) : 창백한 얼굴. 노년을 가리킨다.

10 神君(신군) : 숭덕묘(崇德廟)의 신주(神主). 이빙 부자를 가리킨다.

羊四萬(양사만) : 사만 마리 양. 범성대의 『오선록(吳船錄)』에 따르면, 당시 숭덕묘에 제사를 지내는 것이 매우 성대하여 해마다 오만 마리의 양을 잡아 백성들에게 이를 사서 사당에 바치도록 하였다고 한다. 이에 범성대는 「숭덕묘(崇德廟)」 시를 써서 그것의 폐단을 비판하였다.

11 西山老翁(서산노옹) : 서산(西山)의 늙은이. 청성산(靑城山)의 상관노인(上官老人)을 가리킨다. 육유의 『노학암필기(老學庵筆記)』에 따르면, 북방 사람으로 청성산의 둥지에서 살며 소나무 가루를 먹었으며 나이가 90세였다고 한다.

12 造物(조물) : 조물주.

【해설】

범성대는 육유와 절친한 사이로, 육유가 성도成都에 있을 때 사천제치사四川制置使로 부임하여 함께 지냈다. 그러다 건강이 악화되어 조정의 허락을 받아 순희淳熙 4년1177 5월에 도성인 임안臨安으로 돌아가게 되었는데, 당시 육유를 비롯한 촉 땅의 지인들이 청성까지 함께 가며 그를 전송하였다.

이 시에서는 먼저 범성대가 동쪽의 도성으로 돌아가고 있는 상황임을 말하고, 그를 동진東晉의 세도가였던 왕도와 사안에 비유하며 높이고 자신은 여산에 은거했던 종병과 뇌차종에 비유하고 있다. 이어 함께 누각에 올라 사방 경관을 바라보며 세상 만물이 작고 하찮으며 영속되지도 않음을 말하고, 허망한 것을 좇으며 늘 만족하지 못하고 살아가는 자신들을 가련하게 여기고 있다. 마지막으로 사당의 신주조차도 탐욕에서 벗어나지 못하고 있음을 말하며, 언제쯤 세상의 욕망에서 벗어나 달관의 경지에 들어설 수 있을지 탄식하고 있다.

완화계의 여인

강가의 여자아이 양쪽으로 쪽머리 하고
늘 어머니 따라다니며 뽕잎 따고 길쌈하네.
방문 마주하고 밤마다 베 짜니 소리는 찰칵찰칵
아궁이의 콩짚으로 토속차를 달이네.
장성하여 근처 이웃으로 시집가니
시댁이 마주하고 있어 수레도 타지 않는다네.
푸른 치마와 대바구니에 무슨 탄식 있으리?
쪽머리엔 빛나는 나팔꽃이 꽂혀 있네.
도시의 아리따운 여인은 저녁놀 같은 얼굴로
다투어 관원 집안으로 시집가 부귀영화를 흠모하지만,
혹마 한 번 하늘가로 나간 뒤엔
해마다 봄을 아파하며 비파를 껴안고 있네.

浣溪女[1]

江頭女兒雙髻丫,[2] 常隨阿母供桑麻.
當戶夜織聲咿啞,[3] 地爐豆䕸煎土茶.[4]
長成嫁與東西家,[5] 柴門相對不上車.[6]
靑裙竹笥何所嗟,[7] 插髻爗爗牽牛花.[8]
城中妖姝臉如霞,[9] 爭嫁官中慕高華.
靑驪一出天之涯,[10] 年年傷春抱琵琶.

【해제】

53세 때인 순희淳熙 4년1177 7월 성도成都에서 쓴 것으로, 소박하고 성실한 시골 여인의 삶을 노래하며 부귀영화를 추구하는 도시 여인의 삶과 대비시키고 있다.

『검남시고』에서는 제목이 「완화녀浣花女」로 되어 있으며, 제10구의 '중中'이 '인人'으로 되어 있다.

【주석】

1 浣溪(완계) : 완화계(浣花溪). 지금의 사천성 성도시(成都市) 근교에 있다. 백화담(百花潭)이라고도 하며 일찍이 두보가 이곳에 살았다.

2 髻丫(계아) : 머리 위에 좌우 양쪽으로 쪽을 튼 머리.

3 咿啞(이아) : 베틀 움직이는 소리.

4 豆秸(두개) : 콩짚. 콩을 털고 난 줄기.

地爐(지로) : 땅에 있는 화로. 주방의 아궁이를 가리킨다.

5 東西家(동서가) : 인근의 이웃집.

6 柴門(시문) : 사립문. 여기서는 시댁을 가리킨다.

7 青裙竹笥(청군죽사) : 푸른 치마와 대상자. 소박한 혼수를 가리킨다.

8 爗爗(엽엽) : 빛나는 모양.

牽牛花(견우화) : 나팔꽃.

9 妖姝(요주) : 아리따운 여인.

10 青驪(청려) : 푸른빛이 도는 흑마(黑馬).

【해설】

이 시에서는 두 부분으로 나누어 완화계에 사는 시골 여인과 도시 여인의 삶을 대비하고 있다. 제1~8구에서는 순박한 시골 여인이 어머니를 도와 성실히 가사 일을 하다가 장성하여 소박한 혼수로 가까운 이웃에 시집가는 모습을 묘사하며, 그녀의 행복하고 즐거운 삶을 나타내고 있다. 이어 제9~12구에서는 아름답게 외모만 가꾸다가 부귀영화를 좇아 관원의 집안으로 시집갔지만 멀리 관직 생활을 떠난 남편으로 인해 그리움만 간직한 채 살아가는 도시 여인의 모습을 묘사하며, 부귀영화가 행복의 충분조건이 아님을 말하고 있다.

8월 14일 밤에 삼차시에서 달을 구경하며

작년에 주변루에서 달을 볼 때는
구름 사이로 희미한 빛이 옥고리와 같았네.
주인이 객의 탄식을 좋아하지 않아
맑은 노래를 부질없이 금술잔에 실어 보냈지.
올해 삼차시에서 달을 보니
엷은 구름이 좋은 밤을 훼방 놓지 않네.
항아가 달을 몰아 객의 시름을 쓸어 버리게 하니
나 또한 술잔 기울여 함께 취하네.
바람 이슬 속 만 리 밖은 아득하고
얼음 수레바퀴는 자취도 없이 푸른 하늘을 지나네.
가득한 번민에 생각은 다함이 없고
차마 지지 않는 달에 사람은 잠을 잊었네.
한마디 말로 달 속 광한전에 보답하려 하니
초가집이나 화려한 집이나 모두에게 보여준다네.
내년의 온갖 일이야 족히 말할 것이 못 되고
다만 달 가득 차고 사람 늘 건강하기 바란다네.

八月十四夜三叉市觀月[1]

去年看月籌邊樓,[2] 雲罅微光如玉鉤.[3]
主人不樂客歎息, 淸歌空送黃金舟.[4]

今年看月三叉市, 纖雲不作良宵祟.[5]

素娥命駕掃客愁,[6] 我亦傾杯邀共醉.

風露萬里方渺然, 冰輪無轍行碧天.[7]

盈盈耿耿意無盡,[8] 月不忍落人忘眠.

一言欲報廣寒殿,[9] 茅簷華屋均相見.[10]

明年萬事不足論, 但願月滿人常健.

【해제】

53세 때인 순희淳熙 4년1177 8월 삼차시三叉市에서 달을 감상하며 쓴 것으로, 옛날을 회상하며 미래에 대한 소망을 나타내고 있다.

『검남시고』에서는 제목에서 '관觀'이 '대對'로, 제7구의 '소掃'가 '세洗'로 되어 있다.

【주석】

1 三叉市(삼차시) : 지명. 공주(邛州, 지금의 사천성 공현(邛縣))에 속한 지역으로 여겨지나 분명하지 않다.

2 籌邊樓(주변루) : 누각 이름. 성도 서남쪽에 있었다. 육유의 『위남문집(渭南文集)·주변루기(籌邊樓記)』에 따르면 순희(淳熙) 3년(1176) 8월 보름에 세워졌으며, 이때 육유가 기문(記文)을 쓰고 당시 사천제치사(四川制置使)로 있던 범성대(范成大) 등 촉 지역의 여러 사람과 함께 올라 노닐었다.

3 罅(하) : 틈. 사이.

4 黃金舟(황금주) : 황금으로 만든 배. 술잔을 비유한다.

5 祟(수) : 해코지, 훼방. 하늘이나 귀신 등이 인간에게 입히는 화를 의미한다.

6 素娥(소아) : 전설상 달의 여신인 항아(姮娥).

7 冰輪(빙륜) : 얼음 수레바퀴. 달을 비유한다.

8 盈盈(영영) : 가득 찬 모양.

耿耿(경경) : 번민으로 인해 불안하고 생각이 많은 모양.

9 廣寒殿(광한전) : 전설상 당(唐) 현종(玄宗)이 노닐었다고 하는 달의 궁전으로, 광한궁(廣漢宮)이라고도 한다.

10 茅簷華屋(모첨화옥) : 초가집과 화려한 집.

【해설】

이 시에서는 작년의 보름달은 구름 사이로 한 귀퉁이만 희미하게 보이는 것이 마치 절망에 빠진 자신을 보는 것 같았으나, 지금의 달빛은 어느 것에도 방해받지 않고 빛나며 시름 또한 잊게 해주고 있음을 말하고 있다. 이어 달빛이 흐르는 밤의 경관을 묘사하며 여전히 온전히 떨쳐낼 수 없는 고뇌와 번민을 나타내고 있다. 마지막에는 빈부와 귀천에 상관없이 누구에게나 공평히 빛을 발하고 있는 달을 칭송하며, 내년에도 그저 사람들이 건강하게 지낼 수 있기만을 기원하고 있다.

풍교의 여관에서 쓰다

나는 산림 사람으로
마음은 속세 밖에 있기를 기약하였네.
문을 나서면 어떠한 일도 상관 않고
두 발은 만사를 그만두어 버렸네.
소인배들이 어찌 나를 미워할 수 있으리?
저들 때문에 늘 시름겨워한다네.
오늘 아침 산중의 길에서
아는 사람 적어 더욱 기쁘기만 하네.
삼차시 사람들 취하여 나와 자리다툼하고
풍교의 여관에 머물게 하며 음식을 대접하네.
어린 아낙은 한 척이나 높이 쪽머리를 하고
북소리 찰칵거리며 문 마주하고 베를 짜네.

豐橋旅舍作[1]

我是山林人, 心期在塵表.[2]
出門消底物,[3] 兩屩萬事了.[4]
群兒何足慍, 爲爾常悄悄.[5]
今朝山中路, 更喜相識少.
三叉市人醉爭席,[6] 豐橋逆旅留饋食.[7]
小婦髻鬟高一尺,[8] 梭聲札札當戶織.[9]

【해제】

53세 때인 순희淳熙 4년1177 8월 삼차시三叉市의 풍교豐橋에서 쓴 것으로, 성도 생활의 무력감과 시골 사람들의 순박한 인정을 노래하고 있다.

『검남시고』에서는 제1구의 '시是'가 '본本'으로, 제11구의 '계환髻鬟'이 '소계梳髻'로 되어 있다.

【주석】

1 豐橋(풍교) : 다리 이름. 공주(邛州, 지금의 사천성 공래시(邛崍市))에 있었다.

2 塵表(진표) : 세속의 바깥.

3 消(소) : 없애 버리다. 내버려 두고 상관하지 않는 것을 말한다.

底物(저물) : 어떠한 일이든. 모든 일을 가리킨다.

4 屩(교) : 짚신.

5 悄悄(초초) : 근심하는 모양. 이상 두 구는 『시경(詩經)·패풍(邶風)·백주(柏舟)』에서 "근심스런 마음 시름겨우니, 소인배들에게 미움을 받네(憂心悄悄, 慍于群小)"라 한 뜻을 차용하였다.

6 爭席(쟁석) : 자리를 다투다. 시골 사람들이 자신과 스스럼없이 지내는 것을 말한다. 『장자(莊子)·우언(寓言)』에 따르면, 양주(楊朱)가 노자에게 배움을 얻으러 갔을 때 노자는 그의 교만하고 과시하는 모습을 지적하였다. 전에 양주가 여관에 있을 때 함께 묵는 사람들은 그를 전송하고 맞이하였으며 주인은 방석을 들고 오고 주인댁은 수건과 빗을 가져왔다. 또한 그를 보면 함께 묵는 사람들은 자리를 피하고 불을 때던 사람도 부뚜막을 피해 갔다. 그러나 양

주가 노자의 가르침을 받고 난 후에는 사람들이 자리를 다투며 그와 함께 어울리게 되었다.

7 逆旅(역려) : 여관.

饋食(궤식) : 음식을 대접하다.

8 髻鬟(계환) : 틀어 올려 쪽 찐 머리.

9 札札(찰찰) : 의성어. 베틀 북이 움직이는 소리.

【해설】

육유의 성도成都 생활은 공업 수립의 좌절감과 그로 인한 무력감의 연속이었다. 이 시에서는 만사에 관심과 흥미를 느끼지 못하고 있는 무기력한 자신의 상태를 말하고, 자신의 심정을 모르고 이를 비난하는 사람들에 대해 반감을 나타내고 있다. 이어 자신에 대한 시골 사람들의 순박하고 도타운 인정과 성실한 삶의 모습을 묘사하며 그들로 인해 마음의 평안과 위안을 얻고 있음을 말하고 있다.

대설가

장안성에 사흘 동안 눈 내리니
동관 길에 지나는 사람도 끊기고
황하의 무쇠 소는 굳어 움직이지 않으며
황금 승로반은 얼어 꺾어지려 하네.
구레나룻의 호협이 흰 여우털 갖옷 입고
밤 되어 보차루에서 취해 잠들었다가
오경에 술도 채 깨지 않은 채 이미 말에 올라서는
눈 부딪히며 남산 유람을 시작한다네.
천 년 묵은 늙은 호랑이를 사냥하여 잡지 못했으나
화살 하나가 옆을 관통하여 눈은 온통 핏빛이고,
하늘로 튀어 올라 죽음을 다투며 황소 울음소리 내니
산림을 진동하고 벼랑의 바위를 갈라놓네.
끌고 돌아오니 길 에워싸며 수천 사람들이 구경하고
해골로 베개 삼고 껍질로 말안장을 덮는다네.
인간 세상 장사 중에 이 같은 사람이 있으니
어찌 한나라 천자께 돌아오지 않으리?

大雪歌

長安城中三日雪, 潼關道上行人絶.[1]
黃河鐵牛僵不動,[2] 承露金盤凍欲折.[3]

虯髯豪客狐白裘,[4] 夜來醉眠寶釵樓.[5]
五更未醒已上馬, 衝雪却作南山遊.
千年老虎獵不得, 一箭横穿雪皆赤.
拏空爭死作牛吼,[6] 震動山林裂崖石.
曳歸擁路千人觀, 髑髏作枕皮蒙鞍.[7]
人間壯士有如此, 胡不來歸漢天子.[8]

【해제】

53세 때인 순희淳熙 4년1177 10월 성도成都에 있을 때 쓴 것으로, 당대唐代 호협의 용맹스러운 모습과 호쾌한 기상을 칭송하고 있다.

『검남시고』에서는 제4구의 '욕欲'이 '장將'으로, 제5구의 '염髯'이 '수鬚'로, 제11구의 '우牛'가 '뢰雷'로 되어 있다.

【주석】

1 潼關(동관) : 지명. 지금의 섬서성 동관현(潼關縣) 지역이다.

2 鐵牛(철우) : 철로 주조한 소. 고대에 제방이나 교량 아래에 무쇠로 만든 소를 설치하여 물의 기운을 억눌렀다.

3 承露金盤(승로금반) : 이슬을 받는 황금 쟁반. 신선 동상이 두 손으로 쟁반을 받쳐 들고 하늘의 이슬을 받는 것을 말한다.

4 虯髯(규염) : 용의 형상으로 말려 올라간 구레나룻.

狐白裘(호백구) : 흰 여우 갖옷.

5 寶釵樓(보차루) : 누대 이름. 한(漢) 무제(武帝) 때 건립되었으며 지금의 섬서성 함양시(咸陽市) 부근에 있다.

6 拏空(나공) : 공중으로 튀어 오르다. 호랑이의 모습을 묘사한 것이다.

7 髑髏(촉루) : 해골.

8 漢(한) : 한(漢)나라. 여기서는 당(唐)나라를 가리킨다.

【해설】

이 시에서는 당대의 호협에 자신을 투영하여 불굴의 기상과 항전의 의지를 나타내고 있다. 제1~4구에서 오랜 눈에 인적이 끊기고 만물이 얼어붙은 장안성의 모습은 암울한 남송의 현실을 비유하고, 제5~8구에서 눈보라를 뚫고 나가 호랑이를 사냥하는 호걸의 모습은 금金과의 항전을 갈구하는 시인의 모습을 보여준다. 제9~14구에서 사나운 기세로 대항하는 호랑이를 마침내 사냥하여 돌아오고 수많은 사람들이 에워싸며 이를 구경하는 모습에서 금과의 전쟁에서의 승리와 백성들의 환호를 연상할 수 있다. 마지막 2구에서는 호걸의 용맹함을 칭송하며 나라를 위해 헌신한 것을 다짐하는 모습으로 자신의 의지와 바람을 나타내고 있다.

큰바람 속에 성에 올라

바람이 북으로부터 불어와 감당할 수 없고
거리에 비껴 부니 사람과 말이 굳어 버리네.
서쪽 집 계집은 한낮에 화장도 않고
휘장 안의 화로는 붉은데 시름겨워 침상을 내려오네.
동쪽 집에선 객을 불러 화려한 집에서 잔치하니
옥 같은 손가락 나란히 관현을 연주하네.
수놓은 비단으로 담장처럼 사방을 두르니
미풍도 일지 않고 금사자 향로는 향기롭네.
나 홀로 성에 올라 먼 곳을 바라보며
용맹히 나라 위해 하황 땅을 평정하고자 하건만,
재주는 적고 뜻만 웅대함을 스스로 헤아리지 못했으니
사람들이 내가 미쳤다고 비웃네.

大風登城

風從北來不可當, 街中橫吹人馬僵.
西家女兒午未粧,[1] 帳裏爐紅愁下牀.
東家喚客宴畫堂, 兩行玉指調絲簧.[2]
錦繡四合如垣牆, 微風不動金猊香.[3]
我獨登城望大荒,[4] 勇欲爲國平河湟.[5]
材疎志大不自量, 西家東家笑我狂.

【해제】

53세 때인 순희淳熙 4년1177 11월 성도成都에서 쓴 것으로, 금金의 침략을 받는 엄중한 시기임에도 불구하고 사치와 향락에 빠져 있는 사람들을 비판하고 있다.

『검남시고』에서는 제3구의 '장粧'이 '장妝'으로, 제4구의 '리裏'와 '상床'이 '저底'와 '상牀'으로, 제11구의 '재材'가 '재才'로 되어 있다.

【주석】

1 粧(장) : 꾸미다. 화장하다.

2 絲簧(사황) : 현악기와 관악기.

3 金猊(금예) : 향로의 일종. 뚜껑이 사자 형상으로 되어 있으며 향을 피우면 입으로 연기가 나온다.

4 大荒(대황) : 멀리 떨어진 곳. 여기서는 금(金)에 점령당한 북쪽 지역을 가리킨다.

5 河湟(하황) : 하수(河水)와 황수(湟水) 사이 지역. 당시 금의 치하에 있었다.

【해설】

성도成都시기에 갈수록 요원하기만 한 중원수복의 기대는 육유로 하여금 스스로에 대한 자조 섞인 비하에까지 이르게 하였으니, 자호自號를 '방탕한 늙은이'라는 뜻의 방옹放翁으로 삼은 것도 이 시기였다.

이 시에서는 북에서 불어오는 차가운 바람으로 금金의 침략을 상징적으로 나타내고, 화려하게 치장한 집에서 연회를 즐기고 있는 사람들을 대비시키며 나라의 엄중한 현실에 아랑곳하지 않고 사치와 향락에만 빠져 있는 비루한 세태를 비판하고 있다. 이어 포부만 크고 아무것도 이루지 못하고 있는 자신을 비하하며 스스로도 제어할 수 없는 울분을 토로하고 있다.

작교로 가는 도중 용사에서 잠시 머무르며

강가의 용사는 언제 지어졌나?

흰 물결 사이에 붉은 누각을 꽂았구나.

아침 해 점차 떠올라 간밤의 안개를 거두고

봄기운 이미 생동하니 새벽 서리는 엷기만 하네.

내 와서 난간에 기대어 서글퍼하니

갈대꽃은 허공 가득 버들솜과 같네.

어찌하면 이 몸 한 쌍 백로가 되어

여울 위로 비상하여 날아갈 수 있을까?

過筰橋道中龍祠小留[1]

江邊龍祠何年作,[2] 白浪花中揷朱閣.[3]

朝暾漸上宿霧收,[4] 春氣已動晨霜薄.

我來倚欄一悵然, 蘆花滿空如柳綿.[5]

安得身爲雙白鷺, 飛上灘頭却飛去.

【해제】

53세 때인 순희淳熙 4년1177 12월 성도成都에서 쓴 것으로, 용사龍祠의 경관을 묘사하며 고달픈 현실에서 벗어나고 싶은 마음을 나타내고 있다. 『검남시고』에서는 제1구의 '사祠'가 '묘廟'로 되어 있다.

【주석】

1 笮橋(작교) : 성도 교외에 있던 다리 이름으로, 완화계(浣花溪)에 있었던 것으로 여겨진다.

2 龍祠(용사) : 용신(龍神)에게 제사 지내는 사당.

3 浪花(낭화) : 포말(泡沫). 절벽이나 기둥 등에 부딪혀 생겨나는 물거품.

4 朝暾(조돈) : 아침 해.

5 蘆花(노화) : 갈대 꽃.

【해설】

이 시에서는 봄을 앞둔 용사龍祠의 아름답고 생기 있는 경관과 시인의 비통하고 절망적인 심정이 극명하게 대비되고 있다. 전반부에서는 색채와 시각 및 촉각의 대비를 통해 용사의 외관과 주위의 경관을 생동감 있게 묘사하고 있다. 후반부에서는 허공 가득한 갈대꽃을 이리저리 떠다니는 버들솜에 비유하며 현실에 안주하지 못하는 자신의 비통함을 나타내고, 백로가 되어 날아올라 고통의 현실에서 벗어나고 싶은 마음을 토로하고 있다.

제갈무후의 서대를 노닐며

면양 길에 풀은 무성한데
와룡은 늙어 버렸고 헛되이 사당만 남았네.
당시 사마의는 교활한 적에 어울렸으니
기세 잃고 왕의 군사를 대적할 수 없었네.
정군산 앞 한식날 길에
지금도 사람들이 승상의 묘를 참배하고
소나무 바람에 「양보음」을 떠올리며
돌변하여 삼고초려에 보답한 일을 여전히 기억한다네.
「출사표」 하나는 천 년에 없는 것으로
옛날 관중과 악의에 비교해도 남음이 있으니,
세상의 속된 선비들이 어찌 이 같은 일을 할 수 있으리?
높다란 서대에서 그때 무슨 책을 읽었을까?

遊諸葛武侯書臺[1]

沔陽道中草離離,[2] 臥龍老矣空遺祠.[3]
當時典午稱猾賊,[4] 氣喪不敢當王師.[5]
定軍山前寒食路,[6] 至今人祠丞相墓.[7]
松風想像梁甫吟,[8] 尙憶幡然答三顧.[9]
出師一表千載無, 遠比管樂蓋有餘.[10]
世上俗儒寧辨此, 高臺當日讀何書.

【해제】

54세 때인 순희淳熙 5년1178 1월 성도成都에서 쓴 것으로, 제갈량의 서대를 유람하며 그의 우국충정을 칭송하고 있다.

『검남시고』에서는 제2구의 '로老'가 '왕往'으로 되어 있다.

【주석】

1 諸葛武侯(제갈무후) : 제갈량(諸葛亮). 자가 공명이고 낭야(瑯琊, 지금의 산동성 기수현(沂水縣)) 사람으로 유비(劉備)를 도와 촉(蜀)을 건국하였다. 유비 사후에 승상(丞相)으로 후주(後主)를 보좌하고 무향후(武鄕侯)에 봉해졌으며, 사후에 충무후(忠武侯)에 봉해졌다.

書臺(서대) : 누대 이름. 『태평환우기(太平寰宇記)』에 따르면 제갈량이 승상으로 있을 때 성도 북쪽에 누대를 지어 여러 선비들을 모으고 사방의 현사들을 초빙하였다고 한다.

2 沔陽(면양) : 지명. 지금의 섬서성 면현(沔縣).

離離(이리) : 풀이 무성한 모양.

3 臥龍(와룡) : 잠자는 용. 제갈량의 별칭이다.

老(로) : 늙다. 『검남시고』에서의 '왕(往)'을 따라 '떠나 버렸다'로 보는 것을 옳을 듯하다.

4 典午(전오) : 사마(司馬)의 관직을 가리티는 은어(隱語). 여기서는 사마의(司馬懿)를 가리킨다.

稱(칭) : 적합하다. 알맞다.

5 王師(왕사) : 왕의 군대. 촉(蜀)의 군대를 가리킨다.

6 定軍山(정군산) : 산 이름. 지금의 섬서성 면현(沔縣) 동남쪽에 있으며 제갈량의 무덤이 있다.

7 丞相墓(승상묘) : 승상의 무덤. 제갈량의 무덤을 가리킨다.

8 梁甫吟(양보음) : 옛 악부(樂府)의 악곡 이름. '양보음(梁父吟)'이라고도 하며, 제갈량이 유비를 만나기 전 몸소 농사를 지으며 살 때 즐겨 불렀다고 한다.

9 幡然(번연) : 급변하는 모양. 은둔하던 제갈량이 유비의 삼고초려에 감동하여 유비에게 헌신하기로 마음을 바꾸어 먹은 것을 말한다.

10 管樂(관악) : 관중(管仲)과 악의(樂毅). 관중은 춘추시대의 정치가로 제(齊) 환공(桓公)을 보좌하여 패자에 오르게 하였고, 악의는 전국시대 연(燕)나라의 군사가로 연(燕) 소왕(昭王)을 보좌하여 강적인 제(齊)나라를 물리쳤다. 제갈량은 늘 자신을 이들에게 비유하였다고 한다.

【해설】

이 시에서는 제갈량의 공업과 우국충정을 칭송하며 자신 또한 그와 같은 사람이 되고 싶은 바람을 나타내고 있다. 시에서는 먼저 제갈량은 이미 떠나고 그가 세운 서대만 남아 있음을 말하며 아쉬움을 나타내고, 제갈량의 촉蜀이 위魏보다는 정통성이 있음을 말하고 있다. 이어 그에 대한 흠모와 존경이 지금까지도 계속 이어지고 있음을 말하고, 「출사표」에 담긴 제갈량의 충정은 그가 존경했었던 관중이나 악의보다도 훨씬 뛰어나다 칭송하고 있다. 마지막으로 그의 공업과 충정은 보통 사람들이 따를 수 없는 것을 말하고, 당시 제갈량이 무슨 책을 읽었을까 물어보는 말로써 공경과 선망의 뜻을 나타내고 있다.

파려강

파려강 물 천 길이나 깊건만
강가에서 이별하는 사람 마음만 못하네.
그대 떠나 아직 청의현을 지나지 않았을 테지만
소첩의 마음은 먼저 아미산 북쪽에 가 있답니다.
금 술잔 함께 들이키며 새벽 되는 줄 몰랐는데
달 기울고 안개 낀 물가에 은하수 드리웠었네.
수레바퀴에 각이 없으니 머물러 둘 수 없고
말발굽은 둥그니 어디에서 자취 찾을까?
헛되이 흰 비단에 의지하여 깊은 한을 부쳐보지만
설령 좋은 거문고 있다 한들 누가 소리를 알아주리?
시름 찾아들어 그저 병풍 가리고 잠자려 하지만
어찌할까나? 꿈은 깨지고 이따금 들려오는 다듬이 소리를.

玻瓈江[1]

玻瓈江水千丈深, 不如江上離人心.
君行未過靑衣縣,[2] 妾心先到峨眉陰.[3]
金尊共酹不知曉,[4] 月落烟渚天橫參.[5]
車輪無角留不住,[6] 馬蹄不方何處尋.[7]
空憑尺素寄幽恨,[8] 縱有綠綺誰知音.[9]
愁來只欲掩屛睡, 無奈夢斷聞踈砧.[10]

【해제】

49세 때인 건도乾道 9년1173 가을 가주嘉州에서 쓴 것으로, 임과 이별한 여인의 슬픔을 노래하고 있다. 제목 아래에 "미주의 공음정에서眉州共飮亭"라는 자주自注가 있다.

『검남시고』에서는 제1구의 '장丈'이 '척尺'으로, 제4구의 '미眉'가 '미嵋'로, 제5구의 '준尊'이 '준罇'으로, 제7구의 '유불留不'이 '나득那得'으로, 제12구의 '침砧'이 '침碪'으로 되어 있다.

【주석】

1 玻瓈江(파려강) : 강 이름. 파리강(玻璃江)이라고도 하며 사천성 미산현(眉山縣)에 있다.

2 青衣縣(청의현) : 지명. 지금의 사천성 낙산시(樂山市) 지역이다.

3 峨眉(아미) : 산 이름. 지금의 사천성 낙산시(樂山市)에 있으며 중국 4대 불교명산(佛敎名山) 중의 하나이다.

4 金尊(금준) : 황금 술잔.

醻(조) : 들이키다.

5 天橫(천횡) : 은하수.

參(참) : 나열하다. 드리워지다.

6 車輪無角(거륜무각) : 수레바퀴에 사각이 없다. 임을 떠나보내기 싫은 마음을 말한다.

7 馬蹄不方(마제불방) : 말발굽이 모나지 않다. 다른 말발굽 자국과 같아 임의

종적을 찾을 수 없는 것을 말한다.

8 尺素(척소) : 한 자의 흰 비단. 편지를 의미한다.

9 綠綺(녹기) : 옛 거문고 이름. 역대 뛰어난 거문고 중의 하나로, 한대(漢代) 사마상여(司馬相如)가 지니고 있었다고 한다.

10 疎砧(소침) : 성긴 다듬이 소리.

【해설】

강가에서 임과 이별하고 깊은 슬픔과 그리움에 빠져 있는 여인의 모습이 나타나 있다. 시에서는 여인의 직접화법을 통해 이별의 상황과 감정을 말하고 있다. 먼저 천 길 깊이 강물도 임을 떠나보내는 슬픔보다 깊지 않으며 자신의 마음은 떠나는 임보다 먼저 앞서가서 기다리고 있다는 말을 통해 이별의 슬픔과 아쉬움을 말하고, 이어 함께 이별의 밤을 보냈던 일을 회상하며 차마 떠나보내고 싶지 않은 마음을 나타내고 있다. 마지막에서는 편지로도 달랠 수 없는 깊은 회한과 홀로 남겨진 외로움을 말하며, 꿈에서나마 임과 만나고자 잠자리에 들지만 꿈조차 이루지 못하고 들려오는 다듬이 소리에 이별의 현실을 깨닫고 슬퍼하고 있다.

겨울밤 기러기 소리를 듣고 느낀 바 있어

옛날 종군하여 남산 가에 수자리 설 때
봉화는 동쪽 낙곡을 곧바로 비추었지.
전투 끝난 군영에서 장사들은 한가로워
가는 풀 자란 평지에서 마음껏 말 몰아 달렸고,
조주의 준마에 황금으로 머리 씌우고
양주의 타구장에서 날마다 타구를 하였지.
옥잔에 술 따라 사슴피를 섞고
항복한 여진족 포로는 공후를 타는데,
크게 소리 지르고 깃발 뽑으며 전투를 생각하였으니
그때는 살기가 붉게 얼굴에 떠올랐었네.
남으로 촉 땅 길을 떠돌며 기세는 이미 꺾었어도
여전히 호상에 앉아 백 발 화살을 날렸건만,
어찌 알았으리? 비틀거리며 강가로 돌아와
병든 어깨로 다시 활 당길 수 없게 될 것을.
밤에 기러기 소리 듣고 일어나 크게 탄식하니
날아올 때 분명 상건하의 서덜을 지나왔으리.

冬夜聞雁有感

從軍昔戍南山邊,[1] 傳烽直照東駱谷.[2]
軍中罷戰壯士閑, 細草平郊恣馳逐.

洮州駿馬金絡頭,[3] 梁州毬場日打毬.[4]
玉盃傳酒和鹿血, 女眞降虜彈箜篌.[5]
大呼拔幟思野戰, 殺氣當年赤浮面.
南遊蜀道已低摧, 猶據胡牀飛百箭.[6]
豈知蹭蹬還江邊,[7] 病臂不復能開弦.[8]
夜聞雁聲起太息, 來時應過桑乾磧.[9]

【해제】

54세 때인 순희淳熙 5년1178 10월 산음山陰에서 쓴 것으로, 남정南鄭에서의 종군생활을 회상하고 있다.

【주석】

1 南山(남산) : 종남산(終南山). 넓은 의미로는 섬서성 서안시(西安市) 남쪽에 있는 산맥인 진령(秦嶺)을 가리키고, 좁은 의미로는 진령의 한 봉우리인 종남산을 가리킨다.

2 駱谷(낙곡) : 골짜기 이름. 지금의 섬서성 주옥현(盩屋縣) 서남쪽에 있다.

3 洮州(조주) : 지명. 지금의 감숙성 임담현(臨潭縣) 지역이다.
絡頭(낙두) : 머리를 덮다. 씌우다.

4 梁州(양주) : 지명. 옛 구주(九州) 중의 하나로 지금의 사천성 일대를 가리킨다.
打毬(타구) : 공놀이의 일종. 본래 군영(軍營)에서 유래한 것으로, 두 패로 나누어 말을 타고 끝이 반월형으로 된 수 척의 긴 장대를 들고 공을 쳐 상대의 문으로 넣는 경기이다. 오늘날의 서양의 폴로(polo)와 유사하다.

5 箜篌(공후) : 비파 모양의 14현으로 된 고악기(古樂器).

6 胡牀(호상) : 교의(交椅). 팔걸이와 등받이가 있고 다리가 접이식으로 된 이동식 의자로, 외지에서 전래되어 이와 같이 불렀으며 '호상(胡床)'이라고도 한다.

7 蹭蹬(층등) : 곤경에 빠지다, 실의하다.

8 開弦(개현) : 활시위를 당기다.

9 桑乾磧(상건적) : 상건하(桑乾河)의 서덜. 상건하는 지금의 하북성을 흐르는 강으로 혼하(渾河)라고도 한다. 겨울이 되면 물이 말라 모래와 돌만 드러나 보여 이와 같이 불렀다.

【해설】

순희淳熙 3년1176 섭지가주攝知嘉州에서 면직되어 성도成都에서 머물며 황명을 기다리던 육유는 순희淳熙 5년1178 1월 임안臨安으로 소환하는 황명을 받고, 2월에 성도를 출발하여 가을에 임안에 당도하여 제거복건상평다염공사提擧福建常平茶鹽公事에 임명되었다. 이 시는 그해 10월 고향인 산음山陰에 잠시 머무를 때 쓴 것으로, 지난 10년간의 촉 지역에서의 생활을 회상하고 이루지 못한 공업의 아쉬움을 나타내고 있다. 시에서는 먼저 금金과 대치한 최전선이었던 남정에서의 호방하고 기세 높았던 종군생활을 상세하게 기술하고, 기세가 꺾이고 좌절했던 성도에서의 생활 또한 간략히 언급하고 있다. 그러나 그때에도 중원수복의 기대는 잃지 않았지만, 이제는 늙고 병들어 고향으로 돌아와 기회조차 사라져 버렸음을 안타까워하며 북방에서 날아온 기러기에게 이루지 못한 공업 수립의 아쉬움을 기탁하고 있다.

앞에 술 동이 술을 두고

빈집에 비 지나가고 서늘한 바람 이는데
그대에게 한 번 취하라 권하니 그대 사양치 마시게.
작년에는 올해 일을 알 수 없었지만
내년 만사는 지금 알 수 있다네.
옛날 책상 들고 다니며 함께 놀았던 아이들
고향 돌아와 물어보니 사람을 슬프게 하네.
겹겹 무덤에 있는 이 누구인가?
지전은 비에 젖어 나뭇가지를 껴안고 있네.
그대 육십 넘은 지가 언제인데
다시 칠십을 바라니 어찌 어리석지 않은가?
스승 찾아 도를 배우는 것도 이미 늦었으니
객에게 감사하며 힘써 술 부대나 따르시게.

前有樽酒行

虛堂雨過生涼颸,[1] 勸君一醉君勿辭.
去年不知今年事, 明年萬事今得知.
舊時扶床同戲兒,[2] 還鄉問訊令人悲.
冢丘累累在者誰,[3] 紙錢雨濕抱樹枝.[4]
君去六十有幾時, 更望七十何其癡.[5]
求師學道亦已遲, 謝客努力從鴟夷.[6]

【해제】

55세 때인 순희淳熙 6년1179 5월 건안建安에서 쓴 것으로, 인생의 유한함과 덧없음을 말하고 있다.

『검남시고』에서는 제3구의 '년年'이 '세歲'로 되어 있다.

【주석】

1 涼颸(양시) : 시원한 바람.

2 扶床(부상) : 책상을 들다.

3 累累(누루) : 겹겹 쌓여 있는 모양.

4 紙錢(지전) : 종이돈. 망자(亡者)에게 저승길 여비로 주는 돈이다.

5 癡(치) : 어리석다.

6 謝客(사객) : 객에게 감사하다. 시인 자신을 가리킨다.

鴟夷(치이) : 가죽 부대. 술 담는 부대를 가리킨다.

【해설】

이 시를 쓸 때 육유는 촉蜀 지역에서 돌아와 건안에서 제거복건상평다염공사提擧福建常平茶鹽公事를 지내고 있었으니, 공업 수립의 좌절로 인한 삶에 대한 회의적인 태도가 느껴진다. 시에서는 친구에게 술 권하며 인간 만사를 헤아릴 수 없지만 결국은 죽음으로 귀결되는 인생의 필연성과 유한함을 말하고 있다. 어릴 적 함께 공부하며 놀던 친구들은 이미 세상을 떠났고 자신은 그들보다 오래 살았음에도 아무것도 이룬 것이 없다는 자각은 시인을 깊은 슬픔에 빠지게 하고 있다. 따라서 친구에게 장수하려는 욕망을 버리고 하늘이 부여한 명운에 따라 술과 더불어 즐기며 살 것을 권하고 있다.

여름밤 잠 못 이루고 쓰다

소나기 막 지나가 하늘은 축축하고
밝게 빛나는 큰 별은 겨우 수십 개이네.
굶주린 송골매는 처마 스치며 꽥꽥 소리 내고
차가운 반딧불은 물에 떨어져 반짝반짝 빛나네.
장부 이룬 것 없이 홀연 늙어 버리니
화살 깃털은 바래고 칼끝은 무뎌져 버렸네.
배회하다 잠자려 했으나 다시 일어나 다니니
삼경에 홀로 난간에 기대어 서 있다네.

夏夜不寐有賦

急雨初過天宇濕,[1] 大星磊落纔數十.[2]
飢鶻掠簷聲磔磔,[3] 冷螢墮水光熠熠.[4]
丈夫無成忽老大, 箭羽凋零劍鋒澀.[5]
徘徊欲睡復起行, 三更自憑闌干立.

【해제】

55세 때인 순희淳熙 6년1179 5월 건안建安에서 쓴 것으로, 공업을 이루지 못한 아쉬움을 나타내고 있다.

『검남시고』에서는 제3구의 '성聲'이 '비飛'로, 제8구의 '자自'가 '유猶'

로 되어 있다.

【주석】

1 急雨(급우) : 갑자기 내리는 비. 소나기.

天宇(천우) : 하늘. 천공(天空)과 같다.

2 磊落(뇌락) : 밝게 비치는 모양.

3 磔磔(책책) : 새가 우는 소리.

4 熠熠(습습) : 반짝이는 모양.

5 澀(삽) : 껄끄럽다. 창칼 등이 무디다.

【해설】

이 시에서는 여름밤 잠 못 이루고 홀로 난간에 기대어 공업을 이루지도 못한 채 헛되이 지나가 버린 세월을 안타까워하고 있다. 비에 젖어 축축한 세상과 수십 개에 불과한 큰 별은 시인의 슬픈 심정과 암울한 조국의 현실을 비유하고, 굶주린 송골매와 물에 떨어진 반딧불은 초라한 시인의 신세를 대변하고 있다. 이미 바래 버린 화살 깃털과 무뎌져 버린 칼끝에서 이제는 멀어져 버린 북벌의 꿈을 떠올릴 수 있으며, 몇 번이고 잠에서 깨어 배회하는 모습에서 시인의 어찌할 수 없는 깊은 번민을 느낄 수 있다.

수계정선육방옹시집
須溪精選陸放翁詩集

권2

육유(陸游) 무관(務觀) 찬(撰)

유진옹(劉辰翁) 회맹(會孟) 선(選)

고시古詩

성도의 노래

금슬에 기대고 옥병 두드리며
오 땅 미친 사람이 성도를 노니는데
성도의 해당화 십만 그루
성대하고 아름답기가 천하에 그지없었네.
푸른 고삐에 황금 머리덮개의 백마를
날 저물면 아름다운 여인 맞이하도록 달려 보냈으니,
연지는 다 벗겨져 옥 같은 피부 드러나고
아름다운 쪽머리는 반쯤 풀어져도 어여삐 빗어 올리지 않았네.
오 땅 비단으로 만든 얼굴 가리개로 손님 대하며 글을 쓰니
비스듬히 쓴 작은 초서는 간격이 좁았다 넓었다 하였고,
대나무 그림은 수려하고 윤기 있어 여위어도 메마르지 않았으며
바람 부는 가지와 비에 젖은 잎은 무척이나 맑고 산뜻했었네.
달빛이 비단 버선에 스미고 맑은 밤이 지나면
꽃 그림자에 둘러싸여 취한 채 부축할 것을 찾았었네.
동쪽으로 오니 이 같은 환락도 공허함으로 떨어지고
앉아서 새로운 서리에 양 살쩍과 수염 물드는 것을 슬퍼하네.
합포의 천 곡 구슬은 구하기 쉽건만
금강의 두 마리 잉어는 찾기가 어렵구나.

成都行

倚錦瑟擊玉壺,[1] 吳中狂士遊成都.[2]

成都海棠十萬株,[3] 繁華盛麗天下無.

靑絲金絡白雪駒,[4] 日斜馳遣迎名姝.[5]

臙脂褪盡見玉膚, 綠鬟半脫嬌不梳.[6]

吳綾便面對客書,[7] 斜行小草密復疎.[8]

墨君秀潤瘦不枯,[9] 風枝雨葉蕭蕭殊.[10]

月浸羅襪淸夜徂, 滿身花影醉索扶.

東來此歡墮空虛,[11] 坐悲新霜點鬢鬚.

易求合浦千斛珠,[12] 難覓錦江雙鯉魚.[13]

【해제】

49세 때인 건도乾道 9년1173 9월 가주嘉州에서 쓴 것으로, 환락으로 가득했던 성도成都에서의 생활을 회상하고 있다. 저본의 평어評語에서 '이것은 월 지역으로 돌아온 이후에 쓴 것이다此歸越後作也'라 하였는데, 잘못된 것이다.

『검남시고』에서는 제7구의 '연臙'이 '연燕'으로, 제12구의 '소소蕭蕭'가 '필필箳箳'로, 제13구의 '말襪'이 '말韈'로 되어 있다.

【주석】

1 錦瑟(금슬) : 채색의 비단 무늬를 새겨 장식한 거문고.

2 吳中狂士(오중광사) : 오(吳) 출신의 미친 사람. 시인 자신을 가리킨다.

3 海棠(해당) : 해당화. 성도(成都)는 해당화로 유명하였다.

4 靑絲(청사) : 푸른 실. 말고삐를 가리킨다.

金絡(금락) : 황금 말머리 덮개.

5 名姝(명주) : 유명한 미녀. 기녀(妓女)를 가리킨다.

6 綠鬟(녹환) : 검은빛으로 빛나는 쪽머리. 여인의 아름다운 머리를 가리킨다.

7 吳綾(오릉) : 오 땅에서 생산된 비단. 아름다운 무늬에 얇고 가볍기로 유명하다.

便面(편면) : 부채 모양의 얼굴 가리개.

8 斜行(사행) : 옆으로 비스듬히 쓰다.

密復疎(밀부소) : 빽빽했다간 다시 성기다. 초서 글씨의 간격이 일정하지 않고 좁아졌다 넓어졌다 하는 것을 가리킨다.

9 墨君(묵군) : 먹으로 그린 대나무.

10 蕭蕭(소소) : 맑고 산뜻한 모양.

11 東來(동래) : 동쪽으로 오다. 성도를 떠나 동쪽 가주(嘉州)로 온 것을 말한다.

12 合浦千斛珠(합포천곡주) : 합포의 천 곡(斛)의 구슬. 합포는 옛 군(郡) 이름으로, 지금의 광서장족자치구(廣西壯族自治區) 합포현(合浦縣) 동북쪽이다. 예로부터 진주의 산지로 유명하였다.

13 錦江(금강) : 성도 부근을 흐르는 강. 여기서는 촉(蜀) 지역을 가리킨다.

雙鯉魚(쌍리어) : 한 쌍의 잉어. 편지를 가리킨다. 고악부(古樂府) 「장성의 동굴 가에서 말에게 물을 먹이며(飮馬長城窟行)」에서 "반가운 손님이 먼 곳에서 와, 내게 한 쌍의 잉어를 주었네. 아이 불러 잉어 삶게 하니, 뱃속에 한 자 흰 비단 편지가 있었네(客從遠方來, 遺我雙鯉魚. 呼童烹鯉魚, 中有尺素書)"라 한 것에서 유래하였다.

【해설】

이 시에서는 매일 같이 기녀들과 노닐며 술에 빠져 향락과 유희만을 추구했던 시인의 성도에서의 생활이 나타나고 있다. 그러나 시의 첫 부분에서 스스로를 '미친 사람[狂士]'이라 표현하고 있는 것에서 짐작할 수 있듯이, 시인의 이러한 행동들은 다만 현실의 절망과 상실감으로 인한 항거와 저항의 일탈 행위에 불과할 뿐이었다. 육유는 이보다 한 해 전인 건도乾道 8년1172 봄 사천선무사四川宣撫使 왕염王炎의 부름을 받고 남정南鄭의 막부로 들어가며 북벌의 희망과 기대에 부풀었다. 그러나 남정에 도착한 지 6개월 만인 그해 9월에 조정을 장악한 주화파主和派에 의해 왕염은 임안臨安으로 소환되고 막부는 해산되었으며, 육유 또한 안무사참의관安撫司參議官으로 임명되어 11월에 성도成都로 가게 되었다. 따라서 그의 성도에서의 시간은 좌절과 고통의 시간이었다고 할 수 있다.

10월 9일 객과 함께 술 마시다 문득 작년 이때 금병산에서 산남으로 돌아오던 도중 잠시 사냥했던 일이 떠올라, 오늘 다시 이곳으로 가려고 하며

작년에는 장군단 가에서 마음껏 사냥하며
옥 채찍으로 남산의 눈을 탐색하였는데,
올해는 촉강 가에서 마음껏 술 마시며
금 술잔으로 아미산의 달을 들이키네.
죽지가 노래와 춤을 새로 만들게 하니
처량하고 애원하여 삼파 땅의 소리를 이었으며,
성 위에 누관을 쌓으니 구름과 눈이 나오고
아미산은 난간과 나란했었네.
술자리 무르익고 시 다 쓰면 술잔 던지고 나가
취하여 파려강 가 길을 걸었으니,
생각만으로도 알겠네, 깊숙한 개울 끊어진 다리 가에
이미 매화는 피어 나무에 가득할 것을.

十月九日, 與客飮, 忽記去年此時, 自錦屛歸山南道中小獵, 今又將去此矣[1]

去年縱獵韓壇側,[2] 玉鞭自探南山雪.[3]
今年痛飮蜀江邊, 金杯却吸峨眉月.[4]
竹枝歌舞新敎成,[5] 淒怨傳得三巴聲.[6]
城頭築觀出雲雨, 峨眉正與闌干平.

酒酣詩就擲盃去, 醉蹋玻瓈江上路.[7]

懸知幽磵斷橋邊,[8] 已有梅花開滿樹.

【해제】

49세 때인 건도乾道 9년1173 10월 가주嘉州에서 쓴 것으로, 남정南鄭에서 종군했던 때를 회상하고 있다.

『검남시고』에서는 제12구의 '만滿'이 '반半'으로 되어 있다.

【주석】

1 錦屛(금병) : 산 이름. 지금의 사천성 낭중시(閬中市)에 있다.

山南(산남) : 종남산(終南山)의 남쪽. 남정(南鄭)을 가리킨다.

2 韓壇(한단) : 한(漢) 고조(高祖)가 한신(韓信)을 대장으로 임명한 단(壇). 장군단(將軍壇)이라고도 하며 남정(南鄭) 남쪽에 있다.

3 南山(남산) : 종남산(終南山).

4 吸(흡) : 들이키다. 마시다.

峨眉(아미) : 산 이름. 지금의 사천성 낙산시(樂山市)에 있으며 중국 4대 불교명산(佛敎名山) 중의 하나이다.

5 竹枝(죽지) : 민가 이름. 본디 사천성 일대의 민가를 가리켰으나, 당대(唐代) 유우석(劉禹錫)이 곡에 맞춰 새로운 가사를 써서 세상에 널리 유행하였다.

6 三巴(삼파) : 사천성 동부의 파군(巴郡), 파동(巴東), 파서(巴西)를 가리킨

다. 『화양국지(華陽國志)』에 따르면 한(漢) 헌제(獻帝) 건안(建安) 6년(201)에 '영릉(永陵)'을 파군으로, '고릉(固陵)'을 파동으로, '안한(安漢)'을 파서로 바꾸었다 하였는데, 각각 지금의 중경(重慶), 기주(夔州), 합주(合州)를 가리킨다.

7 玻瓈江(파려강) : 강 이름. 파리강(玻璃江)이라고도 하며 사천성 미산현(眉山縣)에 있다.

8 懸知(현지) : 예상하여 알다, 미리 알다.

【해설】

이 시에서는 성도成都를 나와 섭지가주攝知嘉州로 있으며 문득 1년 전 남정南鄭에서의 일들을 떠올리며 당시를 추억하고 있다. 눈밭을 헤치며 거침없이 사냥하고 호탕하게 술 마시며 취한 채 강변을 거닐던 시인의 모습에서 북벌의 강한 의지와 결의가 느껴진다. 또한 「죽지」의 애잔한 민가와 비구름이 나올 정도로 높은 누각, 아미산과 나란한 높이의 난간 등을 통해 촉 지역의 문화와 지형적 특징이 잘 나타나고 있다.

동작대의 기녀

무왕 살아 계실 때 노래하고 춤추게 하셨는데
어찌 알았으리? 서릉의 흙에 눈물 흩뿌리게 될 줄.
임금께선 이미 가셨고 신첩만 홀로 살아남았으니
산들 무엇이 즐거우며 죽는 들 무엇이 괴로우리?
따라 죽는 것이 임금의 뜻이 아님을 알기에
생을 훔쳤으니 스스로 천지에 부끄럽기만 하네.
긴 밤은 어둡기만 하고 죽는 것조차 참으로 어려우니
누가 알리? 신첩이 죽어야 마음 편한 것을.

銅雀妓[1]

武王在時教歌舞,[2] 那知淚灑西陵土.[3]
君已去兮妾獨生, 生何樂兮死何苦.
亦知從死非君意, 偷生自是慚天地.[4]
長夜昏昏死實難, 孰知妾死心所安.

【해제】

49세 때인 건도乾道 9년1173 10월 또는 11월에 가주嘉州에서 쓴 것으로, 죽은 왕을 애도하는 궁녀의 슬픔을 노래하고 있다.

【주석】

1 銅雀(동작) : 동작대(銅雀臺). 한(漢) 건안(建安) 15년(210)에 조조(曹操)가 지은 누각으로, 지금의 하남성 임장현(臨漳縣)에 있다. 꼭대기에 구리로 만든 큰 참새가 있어서 이와 같이 불렀으며, 조조의 애첩과 가녀(歌女)들이 모두 여기에 살았다.

2 武王(무왕) : 위(魏) 무제(武帝) 조조(曹操).

3 西陵(서릉) : 위 무제 조조의 능.

4 偸生(투생) : 삶을 훔치다. 마땅히 죽어야 할 목숨을 부지하고 있는 것을 말한다.

【해설】

이 시는 궁녀의 한을 노래한 궁원시宮怨詩로, 육유의 시 중에서 드물게 보이는 소체騷體의 형식을 사용하고 있다.

시에서는 궁녀의 입을 통해 자신에 대한 생전의 왕의 총애를 말하고, 왕의 죽음을 애통해하며 함께 따라 죽고 싶은 마음을 말하고 있다. 그러나 이 또한 왕이 원하는 바가 아닌 까닭에 살아도 살아 있는 것 같지 않은 하루하루를 견디며 죽는 날만을 고대하고 있다. 이와 같은 궁원류宮怨類의 시들은 육조六朝 이래의 시인들에게서 흔하게 볼 수 있는 것들로, 주로 왕의 총애를 잃은 궁녀의 슬픔을 노래하고 있다. 그러나 육유는 이를 죽은 왕에 대한 신의와 충정을 노래하는 것으로 전환해 자신의 우국충정을 담아내었다.

오랑캐 사신으로 가 동도의 역참에서 연회하며 쓴 짧은 사를 부쳐온 한무구의 편지를 받고

대량 땅 이월이면 살구꽃 피는데
비단옷 입은 공자가 역참 수레를 타고 왔다네.
오동나무 그늘이 집에 가득하도록 돌아오지 못하고
황금 고삐는 상원역에 영롱하였네.
상원역에서 채색 북 두드리니
한의 사신은 객이 되고 오랑캐가 주인이 되었구나.
무녀는 선화 때의 화장을 기억하지 못하고
아이 종은 모두 여진의 말에 능하였네.
연회 때 쓰신 사를 내게 편지로 부쳐오니
돌아오시는 살쩍 머리에 흰 머리 얼마나 더하셨을지 알겠구려.
뜻이 있어 아직은 깊이 비통해하실 필요 없으니
성을 쌓고 반드시 불운사를 차지할 것이리.

得韓无咎書寄使虜時, 宴東都驛中所作小闋[1]

大梁二月杏花開,[2] 錦衣公子乘傳來.[3]
桐陰滿第歸不得,[4] 金轡玲瓏上源驛.[5]
上源驛中槌畫鼓,[6] 漢使作客胡作主.
舞女不記宣和粧,[7] 廬兒盡能女眞語.[8]
書來寄我宴時詞, 歸鬢知添幾縷絲.[9]

有志未須深感慨, 築城會據拂雲祠.[10]

【해제】

49세 때인 건도乾道 9년1173 10월 또는 11월에 가주嘉州에서 쓴 것으로, 금金에 사신으로 간 한무구가 개봉開封 지역의 상황을 전해온 편지를 보고 감회를 나타낸 것이다.

『검남시고』에서는 제5구의 '추椎'가 '추搥'로, 제7구의 '장粧'이 '장妝'으로 되어 있다. 또한 저본과 『검남시고』 모두 마지막 구 다음에 "당나라의 중수항성이 불운사에 있다唐中受降城在拂雲祠"라는 자주自注가 있다.

【주석】

1 韓无咎(한무구) : 한원길(韓元吉). 남송 허창(許昌, 지금의 하남성 허창시(許昌市)) 사람으로 자가 무구(無咎)이고 호는 남간(南澗)이다. 관직은 이부상서(吏部尙書)에 이르렀으며 사(詞)에 뛰어나 사집으로 『남간갑을고(南澗甲乙稿)』가 있다. 육유와의 친분이 돈독하여 30여 수의 창화시와 사를 남기고 있다.

東都驛(동도역) : 역참 명. 지금의 하남성 개봉시(開封市) 지역이다.

小闋(소결) : 짧은 노래. 단조의 사(詞)를 가리킨다.

2 大梁(대량) : 전국시대 위(魏)나라의 도읍. 지금의 하남성 개봉시(開封市) 서북쪽 지역이다.

3 錦衣公子(금의공자) : 비단옷을 입은 공자. 한무구를 가리킨다.

傳(전) : 역참의 말수레.

4 第(제) : 집. 한무구의 집을 가리킨다.

5 玲瓏(영롱) : 영롱하다. 밝게 비치다.

上源驛(상원역) : 역참 명. 지금의 하남성 개봉시(開封市) 교외 지역으로, 상원역(上元驛)이라고도 한다. 당대(唐代) 오랑캐 사신들을 맞이하고 전송하는 곳이었다.

6 槌(추) : 두드리다.

7 宣和(선화) : 북송(北宋) 휘종(徽宗)의 연호(1119~1125)이다.

8 廬兒(여아) : 사내종. 노복(奴僕).

9 縷絲(누사) : 명주실. 흰 머리칼을 비유한다.

10 築城(축성) : 성을 쌓다. 이 구는 당나라가 돌궐(突厥)의 수중에 있던 불운사를 점거하고 이곳에 중수항성을 쌓아 이후 돌궐의 침략을 막아냈듯이 송나라 또한 개봉을 되찾고 금을 평정하게 될 것임을 말한 것이다.

拂雲祠(불운사) : 황하 북쪽 불운퇴(拂雲堆)에 있는 신사(神祠). 당대(唐代)에 돌궐이 황하를 건너 남침할 때 반드시 먼저 이곳 사당에 제사를 지낸 후 도강하였다. 지금의 섬서성 유림시(榆林市) 북쪽에 있다.

【해설】

이 시에 따르면 한무구는 금金에 사신으로 갔다가 당시 금의 치하에 있던 북송의 도성인 변경汴京의 상황을 사詞로 읊어 육유에게 편지를 보낸 것으로 여겨진다. 한무구의 사가 전하지 않아 그 자세한 내용은 알 수 없으나, 이 시를 통해 변경에는 이미 송나라의 풍습이 사라지고 언어 환경 또한 많이 바뀌었음을 말하며 이를 비통해했으리라 짐작할 수 있다.

시에서는 오랫동안 금에 사신으로 가 있으며 돌아오지 못하고 있는 한무구의 노고를 위로하고, 옛날과 주객이 바뀐 상원역의 상황을 통해 오랑캐에게 중원 땅을 빼앗긴 회한을 나타내고 있다. 이어 함락지에 송나라의 전통이 끊어져 가는 것을 비통해하는 한무구를 위로하며, 과거 당나라가 돌궐을 정벌했던 것처럼 송나라 또한 반드시 금을 토벌하고 중원을 수복하게 될 것이라 격려하고 있다.

봄 시름의 노래

복희씨로부터 삼십여 만 년 동안
봄 시름은 해마다 비슷했었네.
바깥의 대영해가 구주를 두르고 있는데
이 시름이 없는 주는 하나도 없다네.
내 원하는 건 시름없이 다만 기쁘고 즐거우며
붉은 얼굴 푸른 머리칼이 항상 어제와 같은 것이라네.
아홉 번 연단한 황금 단약은 그저 들어보기만 했을 뿐이니
옥토끼는 천 년 동안 헛되이 약만 찧었네.
촉 여인의 쌍으로 쪽 찐 머리 곱고 아름다워
취하여 보니 아마도 어여쁜 해당화인 듯.
세상에 시름의 노래 없는 곳이 없으니
어찌하여 만리교는 건너가기 어려운지?

春愁曲

伏羲三十餘萬歲,[1] 春愁歲歲常相似.
外大瀛海環九州,[2] 無有一州無此愁.
我願無愁但歡樂, 朱顔綠鬢常如昨.
金丹九轉徒可聞,[3] 玉兎千年空擣藥.
蜀姬雙鬟妊姬嬌,[4] 醉看恐是海棠妖.
世間無處無愁曲, 底事難過萬里橋.[5]

【해제】

50세 때인 순희淳熙 원년1174 1월 가주嘉州에서 쓴 것으로, 인생의 유한함과 고달픔을 탄식하고 있다.

『검남시고』에서는 제1구의 '삼십三十' 앞에 '지금至今'이 추가되어 있으며, 제1구의 '복伏'이 '복虙'으로, 제3구와 4구의 '주州'가 '주洲'로, 제9구의 '차아姹婭'가 '아차婭姹'로, 제11구의 '곡曲'이 '도到'로 되어 있다.

【주석】

1 伏羲(복희) : 고대 전설상의 임금. 희황(羲皇)이라고도 한다.

2 大瀛海(대영해) : 전설상 중국 밖에 있는 큰 바다. 『사기(史記)·맹자순경열전(孟子荀卿列傳)』에 따르면, 중국을 적현신주(赤縣神州)라 하고 그 안에 우(禹) 임금이 정리한 구주(九州)가 있다고 한다. 또한 중국 바깥에 다시 중국과 같은 아홉 개의 주(州)가 있어 이를 또한 구주(九州)와 칭하는데 이를 비해(裨海)가 둘러싸고 있다. 비해에 싸인 구주는 또 하나의 주(州)로, 이와 같은 것이 다시 아홉 개가 있는데 이를 대영해(大瀛海)가 둘러싸고 있다고 한다.

3 金丹九轉(금단구전) : 아홉 번 연단한 최상의 단약으로, '구전환단(九轉還丹)'을 가리킨다. 『포박자(抱朴子)·금단(金丹)』에 "한 번 연단한 단약은 먹으면 삼 년 만에 신선이 되고, 두 번 연단한 단약은 먹으면 이 년 만에 신선이 되고, (…중략…) 여덟 번 연단한 단약은 먹으면 열흘 만에 신선이 되고, 아홉 번 연단한 단약은 먹으면 사흘 만에 신선이 된다(一轉之丹, 服之三年得仙, 二轉之丹, 服之二年得仙, (…중략…) 八轉之丹, 服之十日得仙, 九轉之丹,

服之三日得仙)"라 하였다.

4 姹婭(차아) : 자태가 곱고 아름다운 모양.

5 萬里橋(만리교) : 다리 이름. 지금의 사천성 성도시(成都市)에 있는 남문대교(南門大橋)이다.

【해설】

이 시에서는 봄의 시름은 어느 시대 어느 곳에서든 늘 존재하였음을 말하고, 자신이 바라는 것은 다만 인생을 즐기며 오래도록 변함없는 젊음을 유지하는 것이라 말하고 있다. 그러나 말로 듣기만 한 황금 단약과 만리교를 건너가 만날 수 없는 아름다운 성도의 여인을 통해, 장생불로長生不老의 소망은 결코 이루어질 수 없고 인생을 즐기며 사는 것 또한 쉽지 않음을 말하며 자신 역시 시름에서 벗어나지 못하고 있다.

새벽에 탄식하며

까마귀 한 마리 울며 날아가니 창은 이미 밝았고
베개 밀치고 일어나려니 탄식만 먼저 나오네.
황제의 어가 남도한 지 오십 년
중국 땅은 오랑캐들로 가득하네.
예로부터 왕의 근심은 신하의 수치라 하였으니
세상에 곡식 있은들 내 먹을 수 있겠는가?
젊었을 적 실로 미친 듯이 군대 일을 논하다
간관에게 탄핵되었으니 쫓겨나 죽는 것이 마땅하거늘,
외로운 죄수로 영해 땅에서 죽지 않게 되었으니
하늘 같은 임금의 은혜 어찌 다함이 있겠는가?
구차히 살며 봉록 받으니 부끄러움은 얼굴에 가득하고
적의 섬멸은 기약 없으니 눈물은 가슴 위를 흐르네.
앵두를 종묘에 바쳤다는 말 듣지 못했으니
지금껏 낙타 동상은 가시덤불에 묻혀있고,
유주와 병주에는 예로부터 열사가 많거늘
시름 가득한 채 오래도록 직분을 잃게 하였네.
왕의 군대 진 땅에 들어가 한 달만 주둔하면
격문 전하여 황하 남북을 평정할 수 있으련만,
어찌하면 말채찍 휘두르고 대산관을 나와
명을 내려 깃발 색깔 한 번에 바꿔버릴 수 있을지?

曉歎

一鴉飛鳴窗已白, 推枕欲起先歎息.

翠華東巡五十年,[1] 赤懸神州滿戎狄.[2]

主憂臣辱古所云, 世間有粟吾得食.

少年論兵實狂妄, 諫官劾奏當竄殛.[3]

不爲孤囚死嶺海,[4] 君恩如天豈終極.

容身有祿愧滿顔,[5] 滅賊無期淚橫臆.

未聞含桃薦宗廟,[6] 至今銅駝沒荊棘.[7]

幽幷從古多烈士,[8] 悒悒可令長失職.[9]

王師入秦駐一月, 傳檄足定河南北.

安得揚鞭出散關,[10] 下令一變旌旗色.[11]

【해제】

50세 때인 순희淳熙 원년1174 여름 촉주蜀州에서 쓴 것으로, 중원 땅이 금金에 점령된 현실을 비통해하며 수복의 의지를 나타내고 있다.

【주석】

1 翠華(취화) : 비취 깃털로 장식한 화려한 수레. 황제의 어가(御駕)를 가리킨다.

2 赤懸神州(적현신주) : 중국. 예로부터 구주(九州)로 이루어진 중국을 변방 지역과 구분하여 이와 같이 불렀다.

3 竄殛(찬극) : 쫓겨나 사형을 당하다.

4 嶺海(영해) : 광동(廣東)과 광서(廣西) 지역. 북으로 오령(五嶺)이 있고 남으로 남해(南海)가 있어 이와 같이 부르며, 영외(嶺外) 또는 영남(嶺南)이라고도 한다. 역대로 해남도(海南島)와 함께 관원들의 주된 유배지였다.

5 容身(용신) : 구차하게 일신을 보존하다.

6 含桃(함도) : 앵두.

薦宗廟(천종묘) : 종묘에 바치다. 『예기(禮記)・월령(月令)』에 오월이 되면 천자가 종묘의 침묘(寢廟)에 앵두를 먼저 바쳤다고 한다. 여기서는 도성을 수복하는 것을 말한다.

7 銅駝(동타) : 낙타 동상.

沒荊棘(몰형극) : 가시덤불에 묻히다. 『진서(晉書)・삭정전(索靖傳)』에 "삭정은 선견지명이 있어 천하가 장차 어지러워질 것임을 알고 낙양 궁문의 청동 낙타를 가리키며 탄식하여 말하기를, '분명 네가 가시덤불 속에 있는 것을 보겠구나'라고 하였다(靖有先識遠量, 知天下將亂, 指洛陽宮門銅駝歎曰, 會見汝在荊棘中耳)"라 하였다.

8 幽幷(유병) : 유주(幽州)와 병주(幷州). 유주는 지금의 하북성 북부와 요녕성 일부 지역이며, 병주는 하북성과 산서성 일대이다. 당시 금(金)의 치하에 있었다.

9 悒悒(읍읍) : 시름이 가득한 모양. 울적한 모양.

10 散關(산관) : 대산관(大散關). 지금의 섬서성 보계시(寶鷄市) 서남쪽에 있는 관문으로, 당시 금과 대치했던 송의 최전선이었다.

11 一變(일변) : 한 번에 바꾸다. 오랑캐 군대가 점령한 지역을 송의 군대가 수복

하는 것을 가리킨다.

【해설】

이 시에서는 50년이 넘도록 오랑캐에게 중원 땅을 점령당하고 있는 상황을 비통해하며, 그 책임을 무능하고 후안무치한 자신에게로 돌리고 있다. 이어 수복의 기약이 없는 암울한 현실과 오랑캐 점령지의 황폐한 모습을 말하며, 왕의 군대가 북벌에 나서 북방의 용맹한 열사들을 동원하여 일거에 오랑캐를 몰아내고 중원을 수복할 수 있기를 갈망하고 있다.

고죽 순

명아주와 콩잎 쟁반 속에서 홀연 눈이 밝아지니
머리 나란히 강보에서 나온 백옥 같은 아이가 있네.
곧고 결백하여 천성이 남다름을 잘 아니
굳건한 절개는 날 때부터 지니고 태어났다네.
내 보기에 위징이 특히 예쁘고 사랑스러웠던 것과 같아
아이 단속하여 많이 캐오지는 말라 하네.
인재는 자고로 양성해야 하니
그대로 두어 하늘 높이 자라 비바람과 싸우도록 해서라네.

苦筍[1]

藜藿盤中忽眼明,[2] 駢頭脫襁白玉嬰.[3]
極知耿介種性別,[4] 苦節乃與生俱生.[5]
我見魏徵殊媚嫵,[6] 約束兒童勿多取.
人才自古要養成, 放使干霄戰風雨.[7]

【해제】

50세 때인 순희淳熙 원년1174 여름 촉주蜀州에서 쓴 것으로, 쟁반에 오른 고죽 순을 보고 굳건한 절개를 지닌 인재를 떠올리고 있다.

【주석】

1 苦笋(고순) : 고죽(苦竹)의 순. 식용으로 사용되며, 약간 쓰면서도 단맛이 나 '첨고순(甛苦笋)'이라고도 한다.

2 藜藿(여곽) : 명아주와 콩잎. 소박한 반찬을 가리킨다.

3 白玉嬰(백옥영) : 백옥 같은 갓난아이. 하얀 고죽 순을 가리킨다.

4 耿介(경개) : 정직하고 결백하다.

種性(종성) : 사물의 특성. 하늘로부터 타고난 본성을 가리킨다.

5 苦節(고절) : 굳건한 절개.

6 魏徵(위징) : 당대(唐代)의 명신(名臣)으로 자가 현성(玄成)이다. 간의대부(諫議大夫), 비서감(秘書監), 시중(侍中) 등을 역임하고 정국공(鄭國公)에 봉해졌으며, 직언을 꺼리지 않고 태종(太宗)을 보좌하여 이른바 '정관치세(貞觀治世)'를 이루었다. 능연각(凌煙閣)에 초상이 그려진 24인의 공신 중 하나이다.

嫵媚(미무) : 아름답고 사랑스럽다. 『신당서(新唐書)·위징전(魏徵傳)』에 태종이 그에 대해 "사람들이 위징의 거동이 오만방자하다고 말하지만, 나는 그 아름답고 사랑스러운 것만 보일 뿐이다(人言徵擧動疏慢, 我但見其嫵媚耳)"라 했던 말을 차용한 것이다.

7 干霄(간소) : 하늘을 범하다. 하늘 높이 자라는 것을 말한다.

【해설】

이 시에서는 소박한 찬만을 먹다 식탁에 오른 고준 순을 보고 기뻐하며 그 타고난 천성과 절개를 칭송하고 있다. 이어 쓴맛 속에 깊은 맛은 지닌 고죽 순을 올곧은 언행으로 인해 사람들이 꺼렸으나 오히려 당 태종의 인정을 받았던 위징魏徵에 비유하며, 아이에게 많이 캐지는 말 것을 당부하고 있다. 아울러 그 이유에 대해 인재는 양성해야 하니, 고죽 순이 자라도록 두어 하늘 높이 솟아 비바람과 대적할 수 있도록 하기 위함임을 말하고 있다.

하원립과 함께 연꽃을 감상하다 경호에서 옛날 노닐던 것을 생각하며

젊어 미친 듯 호통하게 술 마시고 기개는 무지개를 토했으니
천 잔 술 비우지 못함을 한바탕 비웃었네.
서늘한 누대에서 주렴 내리는 사람은 옥 같고
달빛은 차갑게 상수의 대나무를 통과했었네.
삼경의 아름다운 배가 연꽃을 뚫고 가면
꽃은 사면 벽이 되고 배는 집이 되었으며,
꽃 아래 연뿌리 밟을 필요 없고
다만 꽃향기 맡을 뿐 이미 술은 없었다네.
꽃은 깊어 아름다운 배 지나는 것이 보이지 않고
하늘 바람은 공연히 흰 모시풀 소리 불어왔으며,
한 쌍 삿대로 돌아오며 호숫물을 희롱하면
때로 호숫가 사람들이 일어났었네.
지금은 초췌하여 말할 수도 없지만
다행히 하랑이 있어 이러한 존귀함을 함께하네.
홍록색이 성긴 것을 그대는 탄식하지 말지니,
한가에 작년에는 볼 연꽃이 없었다네.

同何元立賞荷花, 懷鏡湖舊遊[1]

少狂欺酒氣吐虹,[2] 一笑未了千觴空.
涼臺下簾人似玉, 月色冷冷透湘竹.[3]

三更畫船穿藕花, 花爲四壁船爲家.

不須更踏花底藕, 但嗅花香已無酒.

花深不見畫船行, 天風空吹白紵聲.[4]

雙槳歸來弄湖水, 往往湖邊人已起.

卽今憔悴不堪論, 賴有何郎共此尊.[5]

紅綠疎疎君勿歎, 漢嘉去歲無荷看.[6]

【해제】

50세 때인 순희淳熙 원년1174 여름 촉주蜀州에서 쓴 것으로, 가주嘉州의 연꽃을 감상하며 고향의 경호에서 연꽃을 감상하던 일을 회상하고 있다.

『검남시고』에는 제목에서 '회懷' 앞에 '추追'가 추가되어 있으며, 제3구의 '대臺'가 '당堂'으로 되어 있다.

【주석】

1 何元立(하원립) : 하예(何預). 자가 원립(元立)으로, 육유가 섭지가주(攝知嘉州)로 있을 때 녹사참군(錄事參軍)으로 있었다.

2 欺酒(기주) : 술을 기만하다. 호방하게 술을 마시는 것을 의미한다.

3 泠泠(영령) : 차갑고 깨끗한 모양.

4 白紵(백저) : 흰 모시풀.

5 此尊(차존) : 이와 같은 존귀함. 연꽃을 구경하는 것을 가리킨다.

6 漢嘉(한가) : 지명. 한대(漢代)의 주(州) 이름으로, 당시 가주(嘉州)를 가리킨다.

【해설】

이 시에서는 호방하게 술 마시며 드높은 기개를 펼치던 젊은 시절을 생각하며, 경호에서 밤늦도록 배를 타고 호수에 가득했던 연꽃을 감상하고 돌아오던 옛일을 회상하고 있다. 마지막 4구에서는 지금은 비록 공업 수립이 좌절되어 말할 수 없이 초췌하고 가주의 연꽃 또한 경호의 연꽃에 비하면 초라할 따름이지만, 그래도 하원립으로 인해 다시 연꽃 구경을 할 수 있게 된 것에 감사해하고 있다.

가을 소리

사람들은 가을이 슬퍼 정을 어쩌지 못한다고 하지만
나는 기뻐하며 베개에서 가을 소리를 듣는다네.
날렵한 매가 버렁에 내려와 발톱과 부리는 날카롭고
장사는 검을 어루만지며 정신이 살아난다네.
나 역시 분발하여 쇠하고 병든 몸을 일으키고
손에 침 뱉으니 오랑캐를 사로잡고자 하는 흥이 생겨나네.
활시위 벌어져 기러기는 떨어지고 시 또한 이루어지니
필력도 활의 힘 못지않게 강하다네.
오원 땅의 풀은 시들어 목숙은 있지도 않고
청해호 가엔 바람이 불어 쑥을 말아 올리네.
첩서를 다 쓰고 다시금 말에 올라
어가를 따라 요동으로 내려가리.

秋聲

人言悲秋難爲情, 我喜枕上聞秋聲.
快鷹下韝爪觜健,[1] 壯士撫劍精神生.
我亦奮迅起衰病, 唾手便有擒胡興.
弦開雁落詩亦成, 筆力未饒弓力勁.[2]
五原草枯苜蓿空,[3] 靑海蕭蕭風卷蓬.[4]
草罷捷書重上馬,[5] 却從鑾駕下遼東.[6]

【해제】

50세 때인 순희淳熙 원년1174 7월 촉주蜀州에서 쓴 것으로, 자신의 굳센 기상과 오랑캐 섬멸의 의지를 나타내고 있다.

【주석】

1 鞲(구) : 버렁. 사냥에서 매를 받을 때 쓰는 두꺼운 장갑.

爪嘴(조취) : 발톱과 부리.

2 未饒(미요) : 양보하지 않다. 뒤지지 않는 것을 말한다.

3 五原(오원) : 한대(漢代)의 군명(郡名). 지금의 내몽고 자치구 오원현(五原縣) 지역이다.

苜蓿(목숙) : 콩과의 식용 식물. 말의 먹이로 사용할 수 있으며, '금화채(金花菜)'라고도 한다.

4 青海(청해) : 호수 이름. 지금의 청해성(青海省) 동북부에 있으며, 중국 최대의 염호(鹽湖)이다.

5 捷書(첩서) : 군대에서 승전을 보고하는 문서.

6 遼東(요동) : 요녕성(遼寧省) 동남부의 요하(遼河) 동쪽 지역. 여진족이 거주하는 지역이다.

【해설】

이 시에서 시인은 계절이나 자연현상에 대해 보통 사람들과는 다른 인식을 보여주고 있다. 보통 사람들이 가을을 서글픈 계절로 여기는 것에 비해, 시인은 오히려 군사작전을 하기에 좋은 계절이라 생각하고 있다.

시에서는 이에 대해 피아彼我의 두 측면으로 나누어 그 이유를 말하고 있다. 먼저 아군의 유리한 점으로 전투의 의지와 근골의 역량이 강해지는 것을 말하고, 이어 적군의 불리한 점으로 북방엔 이미 풀들이 시들어 말의 먹이로 쓰는 목숙이 남아 있지 않은 점과 남방에 비해 열악해진 자연환경을 들고 있다. 마지막에서는 이러한 좋은 조건을 바탕으로 여세를 몰아 요동 끝까지 달려 금金을 완전히 섬멸시키고자 하는 결의와 승리에 대한 확신을 나타내고 있다.

소고산도를 보고

강물 평평하여 바람이 일지 않고
거울 같은 수면은 천 리에 아득한데,
높은 솟은 만 곡의 배도
멀리 한 점으로 보일 뿐이네.
대고산은 강 중앙에 있어
사면이 가파르게 물에 꽂혀 있는데,
소고산은 특히 빼어나게 아름다워
붉고 푸른 빛이 구름을 타고 솟아 있네.
겹겹 누각에 깊숙한 전각은 신의 집이요
휘장 속 미인은 꽃처럼 아름다운데,
노니는 이 지나다니는 난간에
건장한 송골매가 강 가로질러 동북으로 날아가네.

觀小孤山圖[1]

江平風不生, 鏡面渺千里.
軻峨萬斛舟,[2] 遠望一點耳.
大孤江中央,[3] 四面峭插水.
小孤特奇麗, 丹翠凌雲起.
重樓邃殿神之家,[4] 帳中美人粲如花.
遊人徙倚欄干處,[5] 俊鶻橫江東北去.

【해제】

50세 때인 순희淳熙 원년1174 여름 촉주蜀州에서 쓴 것으로, 소고산 그림을 보고 이를 묘사하고 있다.

【주석】

1 小孤山(소고산) : 산 이름. 지금의 강서성 구강시(九江市) 덕안현(德安縣)에 있다.

2 軻峨(가아) : 높이 솟아 있는 모양.

斛(곡) : 용량 단위. 10말.

3 大孤(대고) : 산 이름. 산의 모양이 물 가운데 떠 있는 짚신 같다 하여 '혜산(鞋山)'이라고도 하며, 지금의 강서성 구강시(九江市) 덕안현(德安縣)에 있다.

4 邃殿(수전) : 깊숙이 자리 잡은 전각.

5 徙倚(사의) : 배회하다, 거닐다.

【해설】

이 시에서는 소고산 그림의 각 부분을 세세하게 묘사하며 마치 소고산을 직접 눈앞에서 보는 듯이 사실적으로 그려내고 있다. 아울러 자신이 보았던 대고산의 경관과 비교하여, 형형색색으로 구름을 두른 채 솟아 더욱 빼어나게 아름다운 소고산의 모습을 나타내고 있다.

술 마시며

육 선생이 도를 배웠으나 역량이 부족하여
가슴에 평온함이 가득하게 할 수 없고,
평생에 하고많은 슬픔과 기쁨이 스스로도 우스우니
만사는 그저 흠뻑 취하는 것에 맡겨야 하네.
때로 자그마한 언덕이 높이 솟아오르면
크게 소리쳐 술을 찾아 씻어내어 평탄하게 하니,
세상에 어찌 도사와 선사가 없겠는가만
문 닫고 누룩 선생과 함께하는 것만 못하다네.
옛 친구들은 연래에 물처럼 흩어지고
오직 술 그릇만 있어 생사를 함께하니,
하루라도 보지 않으면 사람을 시름겹게 하고
밤낮으로 함께 있어도 끝내 다툼이 없네.
세상 사람 말하기를, 누룩에 독이 있어
옆구리를 썩게 하고 장을 뚫고 혈맥을 엉기게 한다고 하나,
인생이야 뜻에 맞으면 이를 하는 것이니
취해 죽을 건지 시름겨워하며 살 건지는 그대가 선택하시게.

飮酒

陸生學道缺力量,[1] 胸次未能和盎盎.[2]
百年自笑足悲歡, 萬事聊須付酣暢.[3]

有時堆阜起崢嶸,[4] 大呼索酒澆使平.

世間豈無道師與禪老, 不如閉門參麴生.[5]

朋舊年來散如水, 惟有鐺杓同生死.[6]

一日不見令人愁, 晝夜共處終無尤.

世言有毒在麴蘖,[7] 腐脅穿腸凝血脈.

人生適意卽爲之, 醉死愁生君自擇.

【해제】

50세 때인 순희淳熙 원년1174 여름 촉주蜀州에서 쓴 것으로, 술에 대한 찬미와 술을 즐기는 자신에 대한 합리화가 나타나 있다.

【주석】

1 陸生(육생) : 육씨 선생. 자신을 가리킨다.

2 盎盎(앙앙) : 가득히 넘치는 모양.

3 酣暢(감창) : 술에 흠뻑 취하다.

4 堆阜(퇴부) : 작은 언덕.

崢嶸(쟁영) : 높이 솟은 모양.

5 麴生(국생) : 누룩 선생. 술을 가리킨다.

6 鐺杓(당표) : 술이나 차 등을 데우는 도구. 크기가 비교적 작고 손잡이 하나에 다리가 셋이 있다.

7 麴糵(국얼) : 누룩. 술을 가리킨다.

【해설】

이 시에서는 자신이 술을 마실 수밖에 없는 여러 가지 이유를 서술하며 스스로를 합리화하고 있다. 먼저 자신의 역량이 부족한 탓에 도학道學의 수련으로 이루지 못하는 마음의 평온을 술로 얻을 수밖에 없음을 말하고, 술이 어떠한 도사나 선사보다도 이와 같은 경지에 이르게 하는 능력이 뛰어남을 칭송하고 있다. 또한 사람은 헤어지기 마련이지만 술만은 끝까지 남아 생사를 함께할 수 있음을 말하고, 하루라도 보지 못하면 그리움에 시름겹고 오래도록 함께 있어도 아무런 다툼이 없어 마치 자신의 분신과도 같은 존재임을 말하고 있다. 이어 비록 술이 독이 되어 몸을 상하게 할지라도, 자신은 시름겹게 사는 것보다는 취해 죽는 것을 더 원하는 까닭에 이를 멀리할 생각이 없음을 나타내고 있다.

이공린의 말 그림

나라가 줄곧 서쪽 변경을 잃고 있어
해마다 서남쪽 오랑캐에게서 말을 사 오니,
풍토병의 땅에서 난 것이라 뛰어나지도 않거늘
변방에서 해마다 몇 차례나 들여오네.
우뚝 솟은 수척한 뼈에 불 도장을 두른 채
나란히 서서 부는 바람도 이겨내지 못하려 하고,
마부와 태복들은 헛되이 자리에 열 지어 있으니
용매와 한혈마는 어느 때에나 오리?
이공께선 태평한 시기에 도성에서 관직을 지내어
의장으로 세운 신마의 자태를 익숙하게 보았으니,
비단은 끊어지고 세월은 오래되어 검은색은 바랬어도
뛰어난 기세는 여전히 매어둘 수 없는 것 같네.
빼어난 것을 즐기고 옛것을 좋아하는 것이 나의 취미인데
일을 느끼고 나라를 걱정하며 부질없이 비통함만 더하니,
오호라, 어찌하면 모골이 이와 같은 삼천 필을 얻어
나무 막대 물고 밤에 상건하의 서덜을 건널 수 있으리?

龍眠畫馬[1]

國家一從失西陲, 年年買馬西南夷.[2]
瘴鄉所產非權奇,[3] 邊頭歲入幾番皮.

崔嵬瘦骨帶火印, 離立欲不禁風吹.[4]
圉人太僕空列位,[5] 龍媒汗血來何時.[6]
李公太平官京師, 立仗慣見渥洼姿.[7]
斷縑歲久墨色暗, 逸氣尙若不可羈.
賞奇好古自一癖, 感事憂國空餘悲.
嗚呼安得毛骨若此三千疋, 銜枚夜度桑乾磧.[8]

【해제】

50세 때인 순희淳熙 원년1174 7월과 8월 사이 촉주蜀州에서 쓴 것으로, 이공린의 뛰어난 기세의 말 그림을 보고 그와 같은 말을 얻지 못하는 현실을 비통해하고 있다.

【주석】

1 龍眠(용면) : 이공린(李公麟). 북송 여주(廬州) 서성(舒城, 지금의 안휘성 서성현(舒城縣)) 사람으로 자가 백시(伯時)이고 자호는 용면거사(龍眠居士)이다. 송대를 대표하는 저명한 화가로 인물, 산수, 초목 등을 소재로 많은 작품을 남겼으며, 전인들의 화법을 종합 계승하여 독자적인 화법을 완성하여 후인들에게 '제일대수필(第一大手筆)'의 칭호를 받았다.

2 西南夷(서남이) : 서남쪽 오랑캐. 지금의 감숙성(甘肅省) 남부, 사천성(四川省) 서부와 남부, 운남성(雲南省)과 귀주성(貴州省) 일대의 소수 민족을 가리

킨다.

3 瘴鄕(장향) : 풍토병을 일으키는 장기(瘴氣)가 있는 지역. 서남방 지역을 가리킨다.

權奇(권기) : 비범하고 뛰어나다. 주로 말을 자질을 가리키는 말로 사용된다.

4 離立(이립) : 나란히 서다.

5 圉人(어인) : 마구간 지기, 마부.

太僕(태복) : 말을 관장하는 관원.

6 龍媒(용매) : 용을 불러오는 말이라는 의미로, 준마를 가리킨다.

汗血(한혈) : 준마 이름. 옛날 대완국(大宛國)에 있었다고 하는 천마(天馬)로, 피처럼 붉은 땀이 앞 어깻죽지에서 나오며 하루에 천 리를 갈 수 있었다고 한다.

7 渥洼(악와) : 물 이름. 지금의 감숙성 안서현(安西縣) 지역을 흐르며, 전설상 신마(神馬)의 산지로 알려져 있다. 여기서는 신마를 가리킨다.

8 銜枚(함매) : 나무 막대를 물다. '매(枚)'는 나무 막대의 일종으로, 군영에서 은밀한 작전을 수행할 때 기밀을 유지하기 위해 입에 물었다.

桑乾磧(상건적) : 상건하(桑乾河)의 서덜. 상건하는 지금의 하북성을 흐르는 강으로 혼하(渾河)라고도 한다. 겨울이 되면 물이 말라 모래와 돌만 드러나 보여 이와 같이 불렀다.

【해설】

이 시에서는 역대로 좋은 말의 산지였던 서쪽 지역이 오랫동안 금金

에 함락되어 있어, 부득불 서남쪽 변방에서 열등한 말을 조달하고 있는 현실을 말하고 있다. 또한 조달한 말들이 뼈만 앙상하고 바람도 이겨내지 못할 정도로 나약함을 탄식하며, 하루빨리 실지를 수복하여 준마를 얻을 수 있는 날이 오기를 고대하고 있다. 이어 이공린이 그린 신마의 그림이 비록 오래되어 낡고 색이 바랬어도 그 위용과 기세가 뛰어남을 감탄하며, 이와 같은 말 삼천 필만 있다면 능히 북벌에 나설 수 있을 것이라 아쉬워하고 있다.

미주군 연회에서 크게 취하여 사잇길로 말 달려 성을 나와 석불사에 유숙하다

파려강에 봄이 되니 강물은 맑고
자색 옥 퉁소는 어린 봉황이 우는 듯한데,
물시계 소리는 들리지 않고 등불은 보이며
줄어들지 않은 협기로 날리는 술잔을 기만하였네.
수레 하나로 만 리를 왔건만 참으로 운이 있어
이 년에 세 차례 들러 객수를 잊고,
비녀 머리에 얹힌 백산다화는 천하에 아름다웠으니
경화 나무 한 그루는 진정 헛된 명성이라네.
술 얼큰해져 홀연 단공의 책략을 내어
사잇길로 달아나 성 동문으로 나오니,
맑은 노랫소리 끝나지 않았건만 이미 멀리 떠나왔고
고개 돌려보니 성과 성가퀴는 헛되이 높기만 하였네.
담비 갖옷에 여우 모자 쓰고 취하여 말 달렸으니
길 위에 응당 놀란 행인이 있었으리.
가다가 절에 들어가 단잠을 자는데
어고가 홀연 강과 하늘이 밝았음을 알리네.

眉州郡讌大醉, 中間道馳出城宿石佛寺[1]

玻瓈春作江水淸,[2] 紫玉簫如雛鳳鳴.

漏聲不聞看燈燭, 俠氣未減欺飛觥.[3]
單車萬里信有數,[4] 二年三過寧忘情.
釵頭玉茗妙天下,[5] 瓊花一樹眞虛名.[6]
酒酣忽作檀公策,[7] 間道絶出東關城.
淸歌未斷去已遠,[8] 回首城堞空崢嶸.[9]
貂裘狐帽醉走馬, 陌上應有行人驚.
徑投野寺睡正美, 魚鼓忽報江天明.[10]

【해제】

50세 때인 순희淳熙 원년1174 10월 미주眉州에서 쓴 것으로, 연회장에서 빠져나와 절에서 하룻밤을 보낸 감회를 나타내고 있다.

『검남시고』에는 제목에서 '연讌'이 '연燕'으로, '사寺'가 '원院'으로 되어 있으며, 제3구의 '등燈'이 '타炧'로, 12구의 '성城'이 '루樓'로 되어 있다. 또한 제7구 다음에 "자리에서 백산다화를 보았는데, 격조와 운치가 매우 뛰어났다坐上見白山茶, 格韻高絶"라는 자주自注가 있다.

【주석】

1 眉州(미주) : 옛 주(州) 이름. 지금의 사천성 미산시(眉山市) 지역이다.

石佛寺(석불사) : 사찰 이름. 지금의 사천성 미산시(眉山市)에 있다.

2 玻瓈(파려) : 강 이름. 물이 유리처럼 맑다 하여 붙은 이름으로, '파리강(玻璃

江)'이라고도 한다.

3 飛觥(비굉) : 날리는 뿔잔. 술잔을 전하는 것을 말한다.

4 數(수) : 운수(運數).

5 玉茗(옥명) : 백산다화(白山茶花)의 다른 이름.

6 瓊花(경화) : 꽃 이름. 옅은 황색으로 향기가 있으며, 양주(揚州) 후토묘(后土廟)에 한 그루가 있었다고 한다. 여기서는 진귀한 꽃을 가리킨다.

虛名(허명) : 헛된 명성. 여기서는 경화가 기녀의 비녀에 있는 백산다화 장식보다 아름답지 못함을 말한 것으로, 기녀의 빼어난 아름다움을 칭송한 것이다.

7 檀公策(단공책) : 단공(檀公)의 책략. 단공은 남조(南朝) 송(宋)의 단도제(檀道濟)로, 지략이 뛰어나 고조(高祖)의 북벌을 수행하여 많은 전공을 세웠다. 일반적으로 전장에서의 뛰어난 전략을 가리키나, 여기에서는 단공의 36책 중 가장 상책(上策)인 달아나는 것을 의미한다.

8 淸歌未斷(청가미단) : 맑은 노랫소리가 아직 끊기지 않다. 연회가 아직 한창 진행 중인 것을 말한다.

9 崢嶸(쟁영) : 높이 솟은 모양.

10 魚鼓(어고) : 절에 있는 물고기 모양의 북.

【해설】

이 시에서는 봄밤에 밤늦도록 성대한 연회가 벌어지고 있는 상황을 퉁소 소리와 더는 들리지 않는 물시계 소리, 날리는 술잔과 기녀의 비녀 등을 통해 나타내고 있다. 이어 술에 취해 홀로 술자리에서 빠져나와 사잇길로 말을 몰아 성문 밖으로 달아나온 상황을 말하고, 도중에 절에 들어가 단잠에 빠졌다가 어느새 밝아온 아침을 맞게 되었음을 말하고 있다.

누각에서 취해 부르는 노래

내 사방을 다니며 뜻을 얻지 못해
거리낌 없이 행동하며 성도 시장에서 약을 베풀었으니,
큰 바가지엔 가는 곳마다 얻은 것으로 가득했건만
그저 병든 백성들 때문에 초췌함이 생겨났다네.
바가지 비면 밤에 고요히 높은 누각에 올라
술을 사고 주렴 걷어 달을 맞이하여 취하니,
취중에 검 뽑으면 빛은 달을 쏘고
때로 슬피 노래하며 홀로 눈물 흘린다네.
군산을 깎아내면 상수는 평평해지고
계수나무 베어내면 달은 더욱 밝아지련만,
대장부 뜻이 있어도 이루기 어려움을 괴로워하니
뛰어난 명성을 세우지도 못한 채 흰머리 생겨났네.

樓上醉歌

我遊四方不得意, 陽狂施藥成都市.[1]
大瓢滿貯隨所求, 聊爲疲民起憔悴.
瓢空夜靜上高樓, 買酒捲簾邀月醉.
醉中拂劍光射月, 往往悲歌獨流涕.
剗却君山湘水平,[2] 斫却桂樹月更明.[3]
丈夫有志苦難成, 修名未立華髮生.[4]

【해제】

50세 때인 순희淳熙 2년1175 6월 성도成都에서 쓴 것으로, 공업을 이루지 못하고 헛되이 늙어 버린 비통함을 나타내고 있다.

『검남시고』에서는 제10구 다음에 "이백의 시에 '군산을 깎아내면 좋으리니, 상수가 평평하게 흘러가리'라 하고, 두보의 시에 '달 속의 계수나무 베어내면 맑은 빛이 더욱 많아지리'라 하였다太白詩, 剗却君山好, 平鋪湘水流. 老杜詩, 斫却月中桂, 淸光應更多"라는 자주自注가 있다.

【주석】

1 陽狂(양광) : 광폭함을 드러내다. 거리낌 없이 호탕하게 행동하는 것을 말한다.

2 剗却(잔각) : 깎아내다. 이 구는 이백(李白)의 「시랑이신 숙부를 모시고 동정호에서 노닐다 취한 후에(倍侍郎叔遊洞庭醉後)」 3수 중 제3수의 뜻을 차용한 것이다.

君山(군산) : 산 이름. 지금의 호남성 동정호 안에 있으며, '상산(湘山)'이라고도 한다.

3 斫却(작각) : 베어내다. 이 구는 두보(杜甫)의 「한식날 밤에 달을 대하며(一百五日夜對月)」의 뜻을 차용한 것이다.

4 修名(수명) : 뛰어난 명성.

【해설】

이 시에서는 가슴속의 울분을 어찌하지 못하여 마음 내키는 대로 거리낌 없이 행동하고 백성들에게 약을 나눠주며 지냈음을 말하고, 자신은 가는 곳마다 얻어먹을 수 있어 풍족했지만 병든 백성들로 인해 자신의 몸과 마음은 날로 초췌해져만 갔음을 말하고 있다. 이어 고요한 밤에 높은 누각에 올라 홀로 술 마시고 칼을 뽑으며 비통의 눈물을 흘리고 있다. 마지막에는 상수의 군산과 달의 계수나무를 베는 상상으로 태평성세를 향한 자신의 호방한 기개를 나타내 보지만, 이를 실현하지 못한 채 헛되이 늙어가고만 있는 현실을 안타까워하고 있다.

익양현 강가에서

빼어나도다, 현 앞의 한 줄기 강물이여
저물녘에 바람 부니 푸른 비늘이 일어나네.
객의 한과 나그넷길 먼지가 홀연 씻은 듯하니
금비로 눈동자를 깎을 필요가 없네.
단풍 물든 언덕 가에 눈 색의 갈대가 있고
아래에선 늙은 어부가 바야흐로 고기를 잡네.
뛰어난 화가를 구해 그림으로 그리고 싶건만
왕유와 정건이 지금 세상에 없다네.

弋陽縣江上[1]

縣前奇哉一江水, 日暮風吹碧鱗起.
客恨征塵忽如洗, 不用金篦刮眸子.[2]
丹楓岸邊雪色蘆, 下有老翁方捕魚.
欲求妙師貌畫圖, 王維鄭虔今世無.[3]

【해제】

56세 때인 순희淳熙 7년1179 11월 산음山陰으로 돌아오는 도중 익양弋陽에서 쓴 것으로, 익양현 강가의 아름답고 한가로운 경관을 나타내고 있다.

『검남시고』에서는 제목 다음에 '서촉목書觸目'이 추가되어 있으며, 제7구의 '사師'가 '사思'로 되어 있다.

【주석】

1 弋陽縣(익양현) : 지명. 지금의 강서성 상요시(上饒市)에 속하는 현이다.

2 金篦(금비) : 고대에 눈병을 치료하는 도구. '금비(金錍)' 또는 '금비(錦鎞)'라고도 한다. 화살촉 모양으로 생겼으며 이것으로 눈의 망막을 깎아내었다.

3 王維(왕유) : 당대(唐代) 산수자연시파의 대표적인 시인으로, 그림에도 뛰어났다. 왕유가 그린 「포어도(捕魚圖)」가 있어 이를 언급한 것이다.

鄭虔(정건) : 당대 저명한 화가로, 특히 산수화에 뛰어났다. 현종(玄宗)이 그가 그린 그림에 친히 '정건삼절(鄭虔三絶)'이라 글을 남기기도 하였다.

【해설】

이 시에서는 황혼빛에 은빛 물결이 반짝이고 있는 강물의 아름다운 모습에 객수와 여행길의 고단함이 씻긴 듯 사라져 버림을 말하고, 단풍과 흰 갈대로 가득한 강 언덕 아래에서 한가로이 고기잡이하는 노인의 모습을 묘사하고 있다. 이어 이와 같은 아름다운 풍광을 한 폭 그림으로 남기고 싶지만, 왕유나 정건과 같은 뛰어난 화가가 지금은 없음을 아쉬워하고 있다.

폐허를 거닐며

옛날 낙양을 지날 때는
궁궐이 구름을 뚫고 솟아 있었는데,
지금 낙양을 지나니
쓸쓸히 황량한 보루만 있네.
청동 낙타는 깊은 가시덤불 속에 누워 있어
너무나도 나를 비통하게 하건만,
가련하도다, 길 위의 사람들이여
그래도 다시 웃고 노래하네.
세상사 아득하니 몇 번이고 무너졌고
만 사람이 꽃을 구경하건만 나는 홀로 있다네.
북망산 가을바람은 들녘 쑥에 불어오고
옛 무덤은 점차 평평해지고 새 무덤만 높네.

步虛

曩者過洛陽, 宮闕侵雲起.[1]
今者過洛陽, 蕭然但荒壘.[2]
銅駝臥深棘,[3] 使我惻愴多.
可憐陌上人, 亦復笑且歌.
世事茫茫幾成壞,[4] 萬人看花身獨在.
北邙秋風吹野蒿,[5] 古冢漸平新塚高.

【해제】

57세 때인 순희淳熙 8년1181 여름 산음山陰에서 쓴 것으로, 금金에 함락된 낙양洛陽의 모습을 상상하고 있다. 총4수 중 제3수이다.

【주석】

1 侵雲(침운) : 구름 높이 솟다.

2 壘(루) : 적의 침입을 막기 위해 쌓은 벽.

3 銅駝(동타) : 낙양 궁문에 있던 낙타 동상. 앞의 권2 「새벽에 탄식하며(曉歎)」 주석 7 참조.

4 成壞(성괴) : 괴겁(壞劫)이 되다. 파멸되어 사라지는 것을 의미한다. 불교에서 천지가 한 번 생성했다 소멸하는 시간을 1겁(劫)이라 하는데, 이는 생겁(生劫), 주겁(住劫), 괴겁(壞劫), 공겁(空劫)의 순환으로 이루어지며 괴겁의 말에 물, 불, 바람의 삼재(三災)가 생겨나 모든 것을 파멸시킨다고 한다.

5 北邙(북망) : 산 이름. 본디 이름은 '망산(邙山)'으로, 낙양의 북쪽에 있어 이와 같이 불렀다. 동한(東漢)과 위진(魏晉)시기의 왕후(王侯)와 공경(公卿)들이 이곳에 많이 묻혔다.

【해설】

이 시에서는 황폐해져 있을 낙양 궁궐의 모습을 상상하며 옛날 영화롭던 시절의 장엄했던 모습과 대비하고 있다. 그러나 왕조의 쇠망과 상관없이 여전히 웃고 노래하며 꽃 구경을 즐기고 있는 낙양 사람들이 모습을 생각하며 비통함을 나타내고, 북망산의 무너진 옛 무덤과 새로 만들어진 높은 무덤을 대비하며 흥망성쇠가 교차하는 인간 세상의 무상함을 말하고 있다.

초서의 노래

가산을 기울여 술 삼천 석을 빚었지만
시름은 만 곡이나 되니 술로 감당할 수 없네.
오늘 아침엔 취한 눈이 바위에 튀는 불꽃처럼 빛나
붓 쥐고 사방을 돌아보니 천지가 비좁기만 하네.
홀연 나도 모르게 붓을 휘두르니
풍운이 가슴속으로 들어오고 하늘이 힘을 빌려주어,
신룡이 들판에서 싸운 듯 흐릿한 안개는 비릿한 냄새나고
기이한 괴물이 산을 무너뜨린 듯 북극은 어둡기만 하네.
이때 가슴속 시름을 모두 치달리고
책상 치며 크게 소리치고 미친 듯 두건을 벗어 버리네.
오의 종이와 촉의 비단도 사람을 통쾌하게 할 수 없어
높은 집 세 길 벽에다 기탁하네.

草書歌

傾家釀酒三千石,[1] 閑愁萬斛酒不敵.[2]
今朝醉眼爛崖電, 提筆四顧天地窄.
忽然揮掃不自知, 風雲入懷天借力.
神龍戰野昏霧腥, 奇鬼摧山太陰黑.[3]
此時驅盡胸中愁, 槌牀大叫狂脫幘.
吳牋蜀素不快人,[4] 付與高堂三丈壁.

【해제】

58세 때인 순희淳熙 9년1182 8월에서 9월 사이 산음山陰에서 쓴 것으로, 초서를 쓰는 것에 기탁하여 자신의 울분과 기개를 나타내고 있다.

『검남시고』에서는 제3구의 '애崖'가 '암巖'으로, 제10구의 '탈脫'이 '타墮'로 되어 있다.

【주석】

1 傾家(경가) : 가산(家産)을 기울이다.

石(석) : 용량 단위. 10말.

2 斛(곡) : 용량 단위. 10말.

3 太陰(태음) : 북방 또는 북극.

4 吳牋蜀素(오전촉소) : 오(吳)에서 생산한 종이와 촉(蜀)에서 생산한 비단. 품질이 좋은 것을 의미한다.

【해설】

이 시에서는 전 재산을 기울여 술을 빚는 들 시름이 더 많아 술로 달랠 수 없음을 말하고, 글씨를 쓰는 것으로 가슴속 가득한 울분을 떨쳐버리려 하고 있다. 이어 일필휘지로 거침없이 초서를 쓰는 행동으로 자신의 울분과 기개를 토해내고, 이를 종이와 비단으로는 다 담아내지 못해 세 길이나 되는 벽에다 쏟아내고 있다.

단가행

기구한 인생 백 년에 세상은 슬픔과 함께하니
새벽종부터 저녁 북이 울리도록 그칠 때가 없네.
푸른 복숭아와 붉은 살구는 시들어 떨어지기 쉽고
비췻빛 눈썹과 옥 같은 뺨엔 이별이 많네.
강을 건너 마름을 캐면 바람이 뜻을 망치고
누대에 올라 달을 기다리면 구름이 훼방하네.
공명은 비방과 참소가 생길까 늘 걱정하고
부귀도 노쇠함과 병이 이르는 것은 매양 같다네.
인생의 팔구 할은 탄식하니
자고로 위기에 묘수는 없다네.
설령 날개 꽂고 푸른 구름에 오른다 한들
돈을 얻어 이내 술을 사느니만 못하다네.

短歌行

百年鼎鼎世共悲,[1] 晨鐘暮鼓無休時.
碧桃紅杏易零落, 翠眉玉頰多別離.
涉江采菱風敗意, 登樓待月雲爲祟.[2]
功名常畏謗讒興,[3] 富貴每同衰病至.
人生可歎十八九,[4] 自古危機無妙手.
正令挿翮上靑雲,[5] 不如得錢卽沽酒.[6]

【해제】

58세 때인 순희淳熙 9년1182 9월 산음山陰에서 쓴 것으로, 슬픔과 탄식으로 가득한 인생의 기구함을 탄식하고 있다.

【주석】

1 鼎鼎(정정) : 쓰러지고 넘어지는 모양. 인생의 기구함을 의미한다.

2 祟(수) : 해코지, 훼방. 하늘이나 귀신 등이 인간에게 입히는 화를 의미한다.

3 謗讒(방참) : 비방과 참소.

4 十八九(십팔구) : 십분의 팔구. 대부분을 의미한다.

5 正令(정령) : 설령, 만약.

插翮(삽핵) : 날개를 꽂다.

6 卽(즉) : 이내, 즉시.

【해설】

이 시에서는 백 년 인생 기구하여 아침부터 저녁까지 슬픔이 그치지 않음을 말하며, 젊고 아름다운 시절조차 매우 짧고 그 또한 이별의 슬픔으로 가득함을 말하고 있다. 이어 하늘의 방해로 뜻을 이루지 못하고, 설령 부귀와 공명을 이루었다 할지라도 비방과 참소를 걱정하다 결국 병 들고 노쇠함에 이르고 마는 인간의 삶을 안타까워하고 있다. 마지막에서는 이를 벗어날 묘책이 없음을 탄식하며, 신선이 되어 날아가는 것보다는 인생 세상에 남아 술로 이를 위안하는 것이 차라리 나은 것이라 말하고 있다.

밤에 호수 가운데 고깃배 노랫소리를 듣고

꿈에서 돌아오니 등불 하나 어두웠다가 다시 밝아지고
누워서 호수 위 고깃배 노랫소리 듣노라니,
낮은 소리로 잠시 낮아졌다가 홀연 다시 커지고
가녀린 소리로 끊어질 듯하다가 다시 미세하게 감도네.
처음엔 안개 낀 포구에 떨어진 이지러진 달을 따르다가
이미 강가 성에서 부는 아득한 호각 소리에 섞이니,
슬퍼 아픈 것이 고점리의 축을 두드리는 듯하고
충의에 격분하는 것이 환이의 쟁을 어루만지는 듯하네.
만 리 쫓겨난 신하의 나라 걱정하는 눈물이요
흰머리의 수자리 나간 이의 고향 그리운 정이니,
골짜기 원숭이는 짝을 잃고 홀로 잠자고
모래톱 기러기는 날개 드리우고 먼 길을 날아가네.
파산과 무협의 죽지가에 작은 정자는 저녁 되고
소수와 상수의 「애내곡」에 외로운 배는 가로놓여 있어,
세간의 이 같은 한은 옛날과 비슷하니
나의 온갖 감회를 무엇으로 평정하리?

夜聞湖中漁歌

夢回一燈翳復明, 臥聞湖上漁歌聲.
嗚嗚乍低忽更起,[1] 嫋嫋欲斷還微縈.[2]

初隨缺月墮煙浦, 已和殘角吹江城.
悲傷似擊漸離筑,[3] 忠憤如撫桓伊箏.[4]
放臣萬里憂國淚, 戍客白首懷鄉情.
峽猿失侶方獨宿, 沙雁垂翅猶遐征.
巴巫竹枝短亭晩,[5] 瀟湘欸乃孤舟橫.[6]
世間此恨故相似, 使我百感何由平.

【해제】

68세 때인 소희紹熙 3년1192 겨울 산음山陰에서 쓴 것으로, 한밤중에 들려오는 애달픈 뱃노래 소리에 자신의 슬픈 심정을 기탁하고 있다.

【주석】

1 嗚嗚(오오) : 의성어. 소리가 낮게 가라앉는 모양

2 嫋嫋(요뇨) : 의성어. 소리가 가녀린 모양.

3 漸離(점리) : 고점리(高漸離). 전국시대 연(燕)나라의 악사로, 형가(荊軻)가 진(秦) 시황(始皇)을 암살하러 떠날 때 역수(易水)에서 축(筑)을 연주하며 전송하였다.

筑(축) : 쟁(箏)과 비슷한 고악기. 줄의 수가 5현이나 13현 또는 21현이라는 설이 있다.

4 桓伊(환이) : 남조 진(晉)나라 사람으로 악기 연주에 뛰어났다. 왕휘지(王徽

之)가 그의 명성을 듣고 피리 연주를 청하니, 수레에서 내려 호상(胡床)에 앉아 세 곡을 연주해 주고 다시 수레에 올라 떠났다는 일화가 알려져 있다. 금곡(琴曲) 「매화삼농(梅花三弄)」은 이를 개편하여 만든 것이다.

箏(쟁) : 슬(瑟)과 비슷한 고악기. 줄의 수가 5현에서 12현, 13현, 16현에 이르기까지 매우 다양하다.

5 巴巫(파무) : 파산(巴山)과 무협(巫峽). 촉(蜀) 지역을 가리킨다.

竹枝(죽지) : 죽지가. 사천성 일대의 민가이다.

6 欸乃(애내) : 애내곡. 당(唐) 원결(元結)이 지은 뱃노래이다.

【해설】

이 시에서는 어두웠다가 밝아지는 등불의 모습과 낮아졌다가 높아지며 끊어질 듯 이어지는 뱃노래 소리를 대비하며 끊임없이 이어지고 있는 자신의 상념을 나타내고 있다. 한밤에 들려오는 애달픈 뱃노래 소리는 안개 낀 포구에 내려앉은 조각달과 먼 성에서 들려오는 희미한 호각 소리와 어울려 처연함을 더하고, 마치 고점리와 환이가 연주하는 악기 소리처럼 시인에게 슬픔과 분노 및 외로움과 고달픔 등의 온갖 감정을 떠올리게 하고 있다. 마지막 2구에서는 이러한 회한이 예나 지금이나 다름이 없음을 말하며, 슬픔과 고통으로 가득한 인간의 삶에 연민을 나타내고 있다.

석수현에서 빗속에 배를 매어두고 놀이 삼아 짧은 노래를 짓다

경인년에 오 땅을 떠나 서쪽 초 땅으로 가
가을 저녁 외로운 배를 강가 모래섬에 정박하니,
황량한 숲에 달은 어두워 호랑이가 지나려 하고
옛길에 사람은 드물어 귀신이 서로 말을 하네.
귀신의 말 또한 사람의 말처럼 슬프고
초나라의 번화함은 옛날 같지 않으니,
장화대 앞에는 작은 집이 살고 있어
초가지붕에 빗방울 떨어지며 가을바람이 불고 있네.
비통하도다, 진나라 사람은 참으로 호랑이요 이리인지라
육국을 속여 능멸하고 왕후들을 가뒀으니,
또한 흥하고 폐하는 것은 예로부터 있었음을 알지만
다만 진나라가 먼저 망하는 것을 보지 못한 것이 한스럽네.
창 열고 너에게 술 한 잔 부으니
어찌하여 망한 나라 되어 진나라를 더욱 추하게 하였던가?
여산의 무덤은 부서진 지 이미 천 년이 되었건만
지금 지나는 사람은 슬퍼하고 가련히 여기질 않네.

石首縣, 雨中繫舟短歌[1]

庚寅去吳西適楚,[2] 秋晩孤舟泊江渚.
荒林月黑虎欲行, 古道人稀鬼相語.

鬼語亦如人語悲, 楚國繁華非昔時.
章華臺前小家住,[3] 茅屋雨滴秋風吹.
悲哉秦人眞虎狼, 欺侮六國囚侯王.
亦知興廢古來有, 但恨不見秦先亡.
開窗酹汝一盃酒,[4] 等爲亡國秦更醜.[5]
驪山冢破已千年,[6] 至今過者無傷憐.

【해제】

46세 때인 건도乾道 6년1170 9월 기주夔州로 부임하며 석수현石首縣에서 쓴 것으로, 진秦나라에 멸망한 초楚나라의 옛 유적을 돌아보며 비통함과 위안을 나타내고 있다.

『검남시고』에는 제목에서 '단가短歌' 앞에 '희작戱作'이 첨가되어 있으며, 제8구의 '적滴'이 '루漏'로 되어 있다.

【주석】

1 石首縣(석수현) : 지명. 당시 형주(荊州)에 속했으며, 지금의 호북성 형주시(荊州市) 석수현(石首縣)이다.

2 庚寅(경인) : 경인년. 남송 효종(孝宗) 건도(乾道) 6년(1170)이다.

3 章華臺(장화대) : 초(楚)나라의 이궁(離宮)으로, 춘추시대 초(楚) 영왕(靈王)이 만들었다고 한다. 지금의 호북성 감리현(監利縣)에 옛터가 있다.

4 酹(뢰) : 술을 땅에 붓고 제사하다.

5 等爲(등위) : 어찌하여. '위하(爲何)'와 같다.

6 驪山冢(여산총) : 여산의 무덤. 진(秦) 시황(始皇)의 무덤을 가리킨다.

【해설】

이 시에서는 촉지로 가는 도중 옛 초나라 땅인 형주荊州를 지나게 되었음을 말하고, 호랑이가 다니고 귀신들로 가득한 황량한 모습에 옛날의 번화했던 모습은 찾아볼 수 없음을 말하고 있다. 이어 사납고 잔혹한 진나라가 육국을 패망시킨 일을 떠올리며 진나라와 진 시황에 대한 적의를 나타내고, 한 잔 술을 땅에 부으며 초나라를 추도하고 있다.

도산에서 눈을 만나 천암 주인 각림이 초청했으나 가지 못하고

산중의 큰 눈은 두 자나 쌓이고
길가 호랑이 발자국은 주발처럼 크네
노쇠한 늙은이라 호랑이도 두렵고 추위도 두려우니
불러도 오지 않음을 그대 탓하지 마오.
배꽃 피는 때 풍광 좋은 날에
말 달려 그대 찾아가 한식날을 보낼 터이니,
술 사서 도잠에게 먹일 필요는 없고
뾰족한 죽순과 미나리 싹은 꿀처럼 달콤하리.

陶山遇雪, 覺林遷庵主見招不果往[1]

山中大雪二尺强, 道邊虎跡如椀大.
衰翁畏虎復畏寒, 招喚不來公勿怪.
梨花開時好風日, 走馬尋公作寒食.
不須沽酒飮陶潛,[2] 箭笋蕨芽如蜜甛.[3]

【해제】

58세 때인 순희淳熙 9년1182 겨울 산음山陰에서 쓴 것으로, 지인의 초청에 응하지 못한 미안함과 재회의 기약이 나타나 있다.

『검남시고』에서는 제1구의 '강强'이 '강彊'으로, 제7구의 '음飮'이 '인

引'으로 되어 있다.

【주석】

1 陶山(도산) : 산 이름. 지금의 절강성 서안시(瑞安市) 지역에 있다.

覺林(각림) : 누구인지 알 수 없다.

遷庵(천암) : 암자 이름. 각림이 거처했던 곳이다.

2 飮陶潛(음도잠) : 도잠에게 마시게 하다. 진대(晉代) 도잠(陶潛)이 여산(廬山)에 있을 때 중양절을 맞아 강주태수(江州太守) 왕홍(王弘)이 도잠에게 술을 보내주고 함께 즐겼던 일을 차용한 것으로, 여기서는 중양절이 아닌 까닭에 굳이 도잠에게 술을 마시게 할 필요가 없음을 말한 것이다.

3 箭笋(전순) : 화살촉 같은 죽순. 어린 죽순을 가리킨다.

【해설】

이 시에서는 천암에 사는 각림이 초청했으나 폭설로 인해 가지 못하게 된 상황을 추위와 호랑이가 두려워 가지 못하는 것으로 대신 사과하고 있다. 이어 배꽃 피는 풍경 좋은 봄날에 찾아갈 것을 기약하며, 맛 좋은 음식과 함께할 그때의 즐거운 만남을 상상하고 있다.

수계정선육방옹시집
須溪精選陸放翁詩集

권3

육유(陸游) 무관(務觀) 찬(撰)

유진옹(劉辰翁) 회맹(會孟) 선(選)

고시古詩

은하수 편

은하수 팔월 되어 더욱 선명해져
흰 비단처럼 빛나며 서남쪽으로 기울고,
해마다 황하와 한수를 보니
방방곡곡에 다듬이 소리 들리네.
남편이 만 리 밖 종군하여 떠나니
다듬이 소리 속엔 옥관의 정이 있고,
멀리서도 갑옷이 물처럼 차가운 것을 알아
은하수 가리키며 흰 머리 생겨나네.
서덜에 풀은 죽고 낙타는 울며
만 리 밖 장안성을 바라보니,
아이는 태어나 머리 묶도록 아버지를 보지 못했고
돌아가고픈 마음에 돌연 제후에 봉해지는 것이 가볍게 느껴지네.
한나라에는 예로부터 오랑캐가 있었으니
궁벽한 변방을 줘 버린들 무엇이 아까우리?
다만 태백성이 빛을 잃고 내려와
집으로 돌아가 아내에게 서쪽 평정했다 말하기를 바라네.

明河篇[1]

明河八月轉分明, 烱如素練西南傾.

年年歲歲見河漢,[2] 坊坊曲曲聞碪聲.

良人萬里事征行, 碪聲中有玉關情.[3]

遙知鐵衣冷如水, 指點明河白髮生.

磧中草死駱駝鳴, 萬里却望長安城.

兒生總角爺未見,[4] 歸心頓覺封侯輕.

漢家自古有夷狄, 付與窮荒何足惜.[5]

只願無光太白低,[6] 還家爲婦說安西.[7]

【해제】

59세 때인 순희淳熙 10년1183 8월 산음山陰에서 쓴 것으로, 종군한 남편을 염려하는 아내의 심정과 가족을 그리워하는 남편의 심정이 나타나 있다.

『검남시고』에서는 제17구의 '지원只願' 다음에 '천랑天狼'이 추가되어 있으며, 제18구의 '정征'이 '안安'으로 되어 있다.

【주석】

1 明河(명하) : 은하수.

2 河漢(하한) : 황하(黃河)와 한수(漢水).

3 玉關情(옥관정) : 옥문관(玉門關)을 향한 정. 변방으로 종군 나간 남편을 걱정하고 그리워하는 아내의 마음을 가리킨다. 옥문관은 지금의 감숙성(甘肅省) 돈황현(敦煌縣) 서북쪽에 있으며, 당시 서역으로 통하는 관문이었다.

4 總角(총각) : 어린아이 때 양쪽으로 머리를 묶어 뿔 모양으로 틀어 올린 것.

5 窮荒(궁황) : 궁벽한 변방. '황(荒)'은 '황복(荒服)'의 뜻으로 도성에서 멀리 떨어져 있는 곳을 말한다. 앞의 권1 「매화(梅花)」 주석 6 참조.

6 太白(태백) : 태백성(太白星). 고대에 살육을 주관하는 별로 여겼으며, 전쟁을 비유한다.

7 安西(안서) : 서쪽 지역을 안정시키다. 오랑캐들을 평정한 것을 말한다.

【해설】

이 시에서는 은하수를 매개로 변방에 종군 나간 남편을 기다리는 아내의 모습과 전쟁이 끝나 집으로 돌아가길 바라는 남편의 모습을 대비하여 나타내고 있다. 전반부에서는 8월이 되어 종군 나간 남편을 위해 겨울옷을 장만하며, 남편에 대한 염려와 그리움으로 인해 흰머리가 늘어나고 있는 아내의 모습을 말하고 있다. 후반부에서는 변방의 황량한 풍광 속에 멀리 장안성을 바라보며, 오래전에 떠나온 가족에 대한 그리움으로 인해 공업의 수립조차 부질없이 느끼고 있는 남편의 모습을 말하고 있다.

술 대하고

선문자고와 안기생은 어디에 있나?
황하를 거슬러 올라가니 곤륜산이 펼쳐졌네.
흰 구름은 늙은 도홍경과 함께하지 않고
외로운 학은 내려와 요동 하늘로 오네.
봄 강의 풍물은 참으로 한가롭고 아름다워
조수 잔잔한 푸른 포구에서 배 키를 막 움직여,
저녁에는 긴 피리 불며 파릉을 출발하고
아침이면 높은 돛 걸고 상수를 건너네.
인간 세상 만 번 변해 옛것을 바꾸고 새로워지니
분명 진 시황이 만든 동상을 만지며 크게 탄식하리.
갖옷 벗고 술 가져다 향기로운 풀에 앉아
그대와 더불어 호리병 속 봄에 함께 취하네.

對酒

羨門安期何在哉,[1] 河流上泝崑崙開.[2]
白雲不與隱居老,[3] 孤鶴自下遼天來.[4]
春江風物正閑美, 綠浦潮平柁初起.
暮吹長笛發巴陵,[5] 曉挂高帆渡湘水.
世間萬變更故新, 會當太息摩銅人.[6]
脫裘取酒藉芳草, 與子共醉壺中春.

【해제】

79세 때인 가태嘉泰 3년1203 봄 임안臨安에서 쓴 것으로, 술에 취해 도가의 선경仙境을 상상하며 인간 세상의 유한함을 탄식하고 있다.

『검남시고』에서는 제목 다음에 '작作'이 추가되어 있다.

【주석】

1 羨門(선문) : 선문자고(羨門子高). 전국시대 연(燕)나라의 도사로, 몸을 사라지게 하는 도술을 부렸다고 한다.

安期(안기) : 안기생(安期生). 전설상 동해에서 고래를 타고 다닌다는 신선. 앞의 「나의 오두막집(吾廬)」 주석 3 참조.

2 崑崙(곤륜) : 전설상의 산 이름. 서왕모(西王母)를 비롯하여 신선들이 사는 곳이라고 한다.

3 隱居(은거) : 도홍경(陶弘景). 남조(南朝) 제(齊) 단양(丹陽) 말릉(秣陵, 지금의 강소성 남경시(南京市)) 사람으로, 자가 통명(通明)이고 자호가 화양은거(華陽隱居)이다. 저명한 도학가(道學家)로, 연단술과 의학에 뛰어났다.

4 遼天(요천) : 요동 하늘. 도를 익혀 학이 되어 날아갔다가 천 년 만에 요동으로 돌아온 정령위(丁令威)의 일을 가리킨다. 도잠(陶潛)의 『수신후기(搜神後記)』에 "정령위는 본래 요동 사람으로 영허산에서 도를 익혔다. 후에 학으로 변하여 요동으로 돌아와 성문 앞의 장식 기둥에 모여 있었다. 어느 날 한 소년이 활을 들어 그를 쏘려고 하자 학은 날아올라 공중에서 배회하며 말하기를 '새가 된 정령위, 집 떠나가 천 년 만에 지금 비로소 돌아왔다네. 성곽은 옛날과

같으나 사람은 그렇지 않으니, 어찌하여 신선을 배우지 않아 무덤만 겹겹한가?'라고 하며 마침내 하늘 높이 날아 올라갔다(丁令威, 本遼東人, 學道於靈虛. 後化鶴歸遼, 集城門華表柱. 時有少年, 擧弓欲射之. 鶴乃飛, 徘徊空中而言曰, 有鳥有鳥丁令威, 去家千年今始歸. 城郭如故人民非, 何不學仙塚壘壘. 遂高上衝天)"라 하였다.

5 巴陵(파릉) : 옛 현(縣) 이름. 지금의 호남성 악양시(岳陽市)이다.

6 銅人(동인) : 구리로 만든 사람 형상. 진(秦) 시황(始皇)이 천하를 통일한 후 천하의 병기를 녹여 주조했다고 하는 12인의 호인(胡人) 동상을 가리킨다.

【해설】

이 시에서는 신선을 찾아 황하를 거슬러 곤륜산을 찾아가는 모습을 상상하며, 도학을 익혔으나 신선이 되지 못하고 이미 늙어 버린 도홍경과 득도하여 학이 되어 날아온 정령위를 대비하고 있다. 이어 봄날의 아름다운 풍광을 배경으로 장강을 유람하는 모습을 묘사하고, 인간 세상의 무상함과 인생의 유한함을 탄식하며 술로 위안을 삼고 있다.

가까운 마을에서 술 마시며

방탕한 늙은이 잠이 많아 나다니는 것이 적어
사람들이 부축하고 가 이웃 마을에 모였네.
마음껏 술 마시니 산 꽃은 살짝 머리에 꽂혀 붉고
취해 돌아오니 대추나무 이슬에 옷은 젖어 축축하네.
비단 두건 한 폭은 어찌 그리 펄럭이는지
뜰 가운데서 그림자 희롱하며 잠들지 못하네.
이 늙은이 이젠 너무 노쇠하다 놀리지 말지니
일찍이 고종께서 월 땅 순수하던 해를 보았다네.

飮酒近村

放翁睡多少行立, 人扶往赴鄰里集.
痛飮山花插鬢紅, 醉歸棘露霑衣濕.[1]
紗巾一幅何翩翩,[2] 庭中弄影不肯眠.
莫欺此老今衰甚, 曾見高皇狩越年.[3]

【해제】

79세 때인 가태嘉泰 3년1203 가을 산음山陰에서 쓴 것으로, 이웃 마을에서 여럿이 어울려 술을 마시고 돌아온 감회가 나타나 있다.

【주석】

1 霑衣(점의) : 옷을 적시다.

2 翩翩(편편) : 바람에 나부끼는 모양.

3 高皇(고황) : 남송(南宋) 초대 황제 고종(高宗).

狩越(수월) : 월(越) 땅을 순수(巡狩)하다. 고종이 건염(建炎) 3년(1129)과 4년(1130)에 걸쳐 온주(溫州), 태주(台州), 월주(越州)를 순수했던 일을 가리킨다.

【해설】

이 시에서는 집 안에만 있다가 사람들과 함께 이웃 마을로 건너가 가을꽃을 즐기며 실컷 술 마시고 돌아왔음을 말하고 있다. 집에 돌아온 후에도 흥이 채 가시지 않아 잠을 잊은 채 뜰에서 홀로 그림자놀이하며 즐거워하고 있는 시인에게서 노쇠한 노인의 모습은 전혀 느껴지지 않는다.

황산탑

바람 불어 깃발 끝은 서남쪽으로 펼쳐지고
돛 달고 북 치니 어찌 이리도 빠른가?
고개 돌려보니 이미 망부석은 사라지고
황산의 외로운 탑이 사람 맞이하며 오네.
황산 너에게 한 잔 술 권하니
오가는 이 맞이하고 보내며 참으로 오래도록 견뎠구나.
내년에 내가 고향으로 돌아가게 되면
다시 황산 마주하며 머리 긁고 있겠지.

黃山塔[1]

風吹旗脚西南開,[2] 掛帆槌鼓何快哉.[3]
轉頭已失望夫石,[4] 黃山孤塔迎人來.
黃山勸汝一杯酒, 送往迎來殊耐久.[5]
明年我作故鄉歸, 還對黃山一搔首.[6]

【해제】

41세 때인 건도乾道 원년1165 7월 진강통판鎭江通判으로 있다가 융흥부통판隆興府通判으로 부임하며 당도當塗를 지날 때 쓴 것으로, 뱃길에서 황산을 바라본 감회를 나타내고 있다.

이 시는 『검남시고』에서는 누락되어 있으며 『방옹일고속첨放翁逸稿續添』에 수록되어 있다.

【주석】

1 黃山(황산) : 산 이름. 지금의 안휘성 마안산시(馬鞍山市) 당도현(當塗縣) 북쪽에 있다.

2 旗脚(기각) : 깃발의 끄트머리. '기미(旗尾)'와 같다.

3 槌鼓(퇴고) : 북을 두드리다.

4 望夫石(망부석) : 남편을 바라보는 돌. 전설에 오래도록 서서 남편을 기다리던 부인이 돌로 된 것이라 한다.

5 送往迎來(송왕영래) : 가는 사람을 전송하고 오는 사람을 맞이하다.

6 搔首(소수) : 머리를 긁다. 시름겨워 생각에 잠겨 있는 모습을 의미한다.

【해설】

이 시에서는 서남쪽으로 부는 바람을 타고 매운 빠른 속도로 장강을 거슬러 올라가고 있음을 말하고, 수많은 이들을 떠나보내고 맞이했을 황산을 생각하며 고향으로 다시 돌아갈 날을 기다리는 나그네의 감회를 기탁하고 있다.

조정으로 부임하는 큰 형님을 보내며

형의 나이 열일곱에 동생이 태어나
동생은 지금 백발이 천 가닥이나 빽빽한데,
이루고자 기약했던 바를 이 세상에서 마치시고
한 동이 탁주를 함께 기울이시네.
지난날 비록 궁벽했어도 반이나마 콩 섞인 밥 먹었거늘
두 해 동안 쌀겨 쌀가루조차 힘들고 부족하니,
서생은 뜻이 천하에 미치고자 하건만
빈천하여 가족조차 건사하지 못하네.
너무 슬퍼하여 다시 형님의 마음 아프게 할까 두려워
눈물 참아보지만 나도 모르게 이미 눈물이 비 오듯 하고,
이른 아침 서리와 이슬에 옷이 얇을까 염려하니
이 말을 쓴 것에 기뻐하거나 혹 잊어버리시길 바라네.
문 닫고 병들어 쇠해 있으면 모든 것이 소용없어
날마다 형님께서 돌아오시어 여분의 봉급이 있길 바라니,
일찌감치 승상을 좇아 호주를 달라 청하시고
다른 때 되어 마소유를 생각하지 마시기를.

送三兄赴奏邸[1]

兄年十七弟始生, 弟今白髮森千莖.
所期相就畢此世, 一尊濁酒得共傾.

往年雖窮猶半菽,[2] 兩年糠覈苦不足.[3]

書生志欲及天下, 貧賤不得收骨肉.[4]

過悲復恐兄意傷, 忍涕不覺涕已滂.[5]

早朝霜露戒衣薄, 願書此語歡或忘.

閉門病衰百無用, 日望兄歸有餘俸.[6]

早從丞相乞湖州,[7] 莫待異時思少游.[8]

【해제】

44세 때인 건도乾道 4년1168 산음山陰에서 쓴 것으로, 조정의 관직에 나아가는 형님을 전송하며 그에 대한 사랑과 당부의 말을 나타내고 있다.

이 시는 『검남시고』에서는 누락되어 있으며 『방옹일고속첨放翁逸稿續添』에 수록되어 있다.

【주석】

1 三兄(삼형) : 육송(陸淞). 육유의 부친 육재(陸宰)의 장자이자 육유의 맏형으로, 집안 항렬이 셋째라 이와 같이 불렀다. 자가 자일(子逸)이고 호가 운계(雲溪)이며 비각교리(秘閣校理), 공부낭중(工部郎中), 지진주(知辰州) 등을 역임하였다.

奏邸(주저) : 임금에게 상주(上奏)하는 관서. 조정의 관직을 가리킨다.

2 半菽(반숙) : 콩이 반이 섞인 밥. 보잘것없는 음식을 가리킨다.

3 糠覈(강핵) : 쌀겨와 싸라기. 매우 열악한 음식을 가리킨다.

4 骨肉(골육) : 뼈와 살. 부모, 형제, 자녀 등 매우 가까운 친척을 의미한다.

5 滂(방) : 비가 퍼붓다.

6 餘俸(여봉) : 여분의 봉급. 관직을 그만둔 후에도 받는 급여를 가리킨다.

7 乞湖州(걸호주) : 호주(湖州)를 달라 청하다. 동진(東晉) 사안(謝安)이 오흥군(吳興郡)의 산수를 좋아하여 호주태수(湖州太守)를 청한 것을 차용한 것으로, 여기서는 관직을 그만두고 고향에 내려와 은거하는 것을 의미한다.

8 少游(소유) : 마소유(馬少游). 동한(東漢)의 대장군 마원(馬援)의 동생으로, 평소 높은 관직에 나아가 큰 뜻을 실현하기보다는 고향에서 낮은 관리를 지내면서 안빈낙도하는 삶을 추구하였다.

【해설】

육유는 건도乾道 2년1166에 융흥부통판隆興府通判에서 파직되어 산음山陰으로 돌아와 머물렀다. 그는 이 기간 파직으로 인한 좌절뿐 아니라 경제적인 궁핍 또한 심했으니, 이 시에서는 당시의 빈한했던 생활이 고스란히 나타나고 있다.

시에서는 먼저 조정으로 부임하는 형을 전송하며 평소 지향했던 꿈을 이룬 것에 칭송하고, 궁핍하게 생활하며 가족조차 제대로 건사하지 못하고 있는 자신을 부끄러워하고 있다. 이어 자신의 심정을 토로하며 행여 이를 듣고 형님이 가슴 아파할까 걱정하고, 형님의 고된 여정을 염려하고 있다. 마지막에서는 부디 형님이 때를 놓치고 후회하지 말고, 일찌감치 은거할 것을 청하여 고향으로 돌아와 은전을 받으며 편안한 노년을 보내시길 바라고 있다.

오 땅 여인의 노래

화장 갑에선 천 마리 검은 개미 같은 누에가 나오고
비녀 대엔 한 쌍 푸른 콩처럼 매화가 작네.
오 땅 여인 나이 열넷에 시름을 알지 못하건만
봄을 아파하여 수척해짐을 비단옷은 이미 안다네.
한가로이 여자 친구를 찾아 서쪽 집으로 가
풀싸움하다 돌아오니 해는 아직 기울지 않았네.
졸음 겨운 눈은 몽롱히 어여쁜 모습 닫으려 하고
주렴 너머 이슬비는 버들 꽃을 누르네.

吳娘曲

鏡奩蠶出千黑蟻,[1] 釵梁梅小雙青豆.[2]
吳娘十四未知愁, 羅衣已覺傷春瘦.
閑尋女伴過西家, 鬪草歸來日未斜.[3]
睡睫濛濛嬌欲閉,[4] 隔簾微雨壓楊花.

【해제】

60세 때인 순희淳熙 11년1184 3월과 4월 사이 산음山陰에서 쓴 것으로, 오 땅 여인의 천진하고 아름다운 모습을 노래하고 있다.

【주석】

1 鏡奩(경렴) : 거울이나 빗 등을 담은 화장 갑.

黑蟻(흑의) : 검은 개미. 누에의 어린 새끼를 가리킨다.

2 釵梁(채량) : 비녀의 몸통.

3 鬪草(투초) : 풀싸움. 고대 여인들의 놀이로, '투백초(鬪百草)'라고도 한다. 꽃과 화초를 누가 더 많이 캐는지로 승부를 결정하였다.

4 濛濛(몽몽) : 비나 안개가 자욱하여 흐릿한 모양. 여기서는 정신이 몽롱한 상태를 가리킨다.

【해설】

이 시에서는 화장 갑에서 나오는 어린 누에와 비녀에 꽂은 작은 매화를 통해 양잠하며 살아가는 오 땅 여인의 삶과 순진무구한 마음을 나타내고, 헐거워진 비단옷을 통해 비록 시름을 알 나이는 아니지만 이미 봄날의 상념으로 수척해지고 있음을 말하고 있다. 이어 친구 집을 찾아가 함께 풀싸움을 즐기고 해가 기울기 전에 돌아오는 천진난만한 모습을 말하고, 방안에서 졸음에 겨워 몽롱한 상태로 눈이 감기고 있는 어여쁜 모습을 주렴 바깥에서 자욱한 안개비가 버들 꽃을 누르고 있는 정경과 결부시켜 나타내고 있다.

두보의 초상에 쓰다

장안의 낙엽은 분분하여 쓸 수가 있고
대로의 북풍은 말을 불어 넘어뜨렸네.
두공께선 마흔까지 공명을 이루지 못하여
소매 속에 「삼대례부」이 헛되니 남아 있었네.
수레와 말의 소리가 객의 베개에서 시끄러워
청동전 삼백으로 주루에서 술 마시네.
잔에 술 남고 고기 안주는 식어 참으로 슬프고 괴로웠건만
마주한 궁 사이 투계장에선 재촉하여 비단을 하사하였네.

題少陵畫像

長安落葉紛可掃, 九陌北風吹馬倒.[1]
杜公四十不成名, 袖裏空餘三賦草.[2]
車聲馬聲喧客枕, 三百青銅市樓飮.[3]
杯殘炙冷正悲辛,[4] 仗內鬪鷄催賜錦.[5]

【해제】

60세 때인 순희淳熙 11년1184 4월 산음山陰에서 두보의 초상에 쓴 것으로, 두보의 불우했던 삶을 연민하고 있다.

【주석】

1 九陌(구맥) : 한대(漢代) 장안성에 있던 아홉 개의 대로. 여기에서는 도성의 대로를 가리킨다.

2 三賦草(삼부초) : 두보가 장안에 있으면서 현종에게 올렸던 「삼대례부(三大禮賦)」를 가리킨다.

3 三百靑銅(삼백청동) : 청동전 삼백 냥. 두보의 「이웃의 노래를 지어 필요에게 드리다(偪側行贈畢四曜)」 시에서 "속히 제게로 찾아와 술 한 말 마셔야 하니, 마침 청동전 삼백 냥이 있습니다(速宜相就飮一斗, 恰有三百靑銅錢)"라 한 것을 차용한 것이다.

4 杯殘炙冷(배잔자냉) : 잔에 술이 남고 고기 안주는 식다. 두보의 「위좌승 어른께 받들어 올리는 이십이 운(奉贈韋左丞丈二十二韻)」 시에서 "먹다 남은 술과 식은 고기 안주로, 도처에서 몰래 슬퍼하며 괴로워하였습니다(殘杯與冷炙, 到處潛悲辛)"라 한 것을 말한다.

5 仗內(장내) : 마주한 궁의 안. 두 궁 사이의 공간을 가리킨다.

催賜錦(최사금) : 비단 하사하는 것을 재촉하다. 당(唐) 현종(玄宗)은 투계(鬪鷄) 놀이를 좋아하여 두 궁 사이에다 투계장을 만들어 즐겼는데, 가창(賈昌)이라는 동자가 닭을 잘 조련하여 현종의 총애를 받아 비단을 하사받은 것을 가리킨다.

【해설】

이 시에서는 장안에 떨어지는 무수한 낙엽과 북풍에 쓰러지는 말을 통해 두보가 겪은 고난과 시련을 비유하고, 마혼이 되도록 인정받지 못했던 그의 불우했던 삶을 말하고 있다. 이어 두보의 시에서처럼 자신 또한 청동전 삼백 냥으로 주루에서 술 마시는 모습으로 두보에 대한 흠모의 뜻을 나타내고 있다. 마지막에서 두보는 공업을 위해 슬프고 괴로운 생을 살았지만 정작 황제의 총애는 투계하는 아이에게 돌아갔음을 말하며, 부조리한 세상을 향한 불만과 두보에 대한 연민을 나타내고 있다.

형주의 노래

초강은 반짝이며 빛은 술처럼 초록인데
꼬리를 물고 강변에 붉은 배가 매여있네.
동쪽으로 가며 북 치고 높은 돛을 걸었는데
서쪽 위로는 털 벗긴 돼지고기가 백 장이나 이어져 있네.
복파장군의 옛 사당은 좋은 풍경을 차지하고 있고
무창과 백제성이 눈 안에 있네.
누각에 기댄 여자들이 웃으며 객을 맞이하고
맑은 노래 그치지 않고 천 술잔이 비네.
사두의 거리에는 삼천 집,
안개비 어둑한데 귤꽃이 피었네.
협곡 사는 사람 많아도 초 땅 사람은 적고
흙 솥에다 다투어 수유 찻잎을 올리네.

荊州歌[1]

楚江鱗鱗綠如釀,[2] 銜尾江邊繫朱舫.
東征打鼓挂高帆, 西上湯豬聯百丈.[3]
伏波古廟占好風,[4] 武昌白帝在眼中.[5]
倚樓女兒笑迎客, 清歌未盡千觴空.
沙頭巷陌三千家,[6] 煙雨冥冥開橘花.[7]
峽人住多楚人少, 土鐺爭上茱萸茶.[8]

【해제】

63세 때인 순희淳熙 14년1187 겨울 엄주嚴州에서 쓴 것으로, 형주의 유적과 풍광을 노래하고 있다.

『검남시고』에서는 제12구의 '상上'이 '항餉'으로 되어 있다.

【주석】

1 荊州(형주) : 지명. 형산(荊山)과 형산(衡山) 사이 지역으로 지금의 호북성(湖北省) 일대이다.

2 鱗鱗(인린) : 밝게 빛나는 모양.

3 湯豬(탕저) : 삶아 물에 씻어 털을 벗긴 돼지.

4 伏波(복파) : 복파장군(伏波將軍). 동한(東漢)의 대장군 마원(馬援)을 가리킨다.

5 武昌(무창) : 지명. 지금의 호북성 무한시(武漢市) 무창구(武昌區)이다.

白帝(백제) : 백제성(白帝城). 지금의 사천성 봉절현(奉節縣)에 있으며, 장강 삼협 가운데 가장 상류인 구당협(瞿唐峽)의 북쪽 백제산에 있다. 공손술(公孫述)이 촉(蜀) 지역을 점거하고 스스로를 백제(白帝)라 칭하며 어복(魚復)을 고쳐 이와 같이 불렀다.

6 沙頭(사두) : 지명. 지금의 호북성 형주시(荊州市) 공안현(公安縣)이다.

7 冥冥(명명) : 어둡고 흐릿한 모양.

8 土鐺(토당) : 흙을 구워 만든 솥.

茱萸茶(수유다) : 수유 잎으로 만든 차.

【해설】

이 시에서는 장강을 따라 내려가며 보이는 형주荊州의 경관을 묘사하고 있다. 먼저 초 땅을 흐르는 초록빛 장강 가에 붉은 배들이 꼬리를 물고 정박해 있는 모습을 묘사하고, 이어 서쪽 언덕에 늘어선 돼지고기와 풍광 좋은 곳에 자리한 복파장군의 사당 및 누각에서 객을 맞이하며 노래하는 기녀와 비워지는 천 잔의 술 등을 통해 형주의 아름다움과 풍요로움을 나타내고 있다.

동오의 여자아이 노래

동오의 여자아이 꾀꼬리 같이 말하며
십삼 세에도 피리 부는 것을 배우려 하지 않네.
화장 갑에서 어린 누에 나와 막 기뻐하고
창살 사이로 한 쌍 고치 이루어진 것을 보네.
뜰은 비고 해는 따뜻하여 꽃은 절로 날고
주렴 걷고 둥지 마르니 제비가 새로 알을 품네.
동생은 책에 빠져 공부 끝나는 게 늦어
홀로 시구 뽑아 앵무새를 가르치네.

東吳女兒曲[1]

東吳女兒語如鶯, 十三不肯學吹笙.
鏡奩初喜穉蠶出,[2] 窗眼已看雙繭成.[3]
庭空日暖花自舞, 簾卷巢乾燕新乳.[4]
阿弟貪書下學遲, 獨揀詩章教鸚鵡.

【해제】

63세 때인 순희淳熙 14년1187 겨울 엄주嚴州에서 쓴 것으로, 천진난만한 동오 여자아이의 일상을 노래하고 있다.

【주석】

1 東吳(동오) : 삼국시대 오(吳)나라 지역. 장강 동쪽에 있어 이와 같이 불렀다.

2 穉蠶(치잠) : 어린 누에.

3 窗眼(창안) : 창살 사이로 난 구멍.

4 新乳(신유) : 새로 젖을 먹이다. 제비가 알을 품는 것을 가리킨다.

【해설】

이 시에서는 꾀꼬리같이 조잘대며 피리 부는 것을 배우려 하지 않고 누에와 고치를 구경하며 즐거워하는 동오 여자아이의 천진하고 귀여운 모습을 말하고 있다. 이어 꽃잎이 날리고 제비가 알을 품는 봄날의 아름답고 한적한 경관을 묘사하고, 동생의 공부 끝나기를 기다리며 앵무새에게 시를 가르쳐 주고 있는 모습을 나타내고 있다.

향초의 노래

촉산 깊은 곳에 외로운 역은 가려있고
깨진 기와와 무너진 담에 향초는 푸른데,
집은 강남이고 아내는 병들어 있는데도
고향 떠난 반년에 소식도 없네.
장안 성문의 서쪽으로 가는 길은
석양의 가느다란 아지랑이 속 향초 자란 봄인데,
술동이 앞에서 「위성곡」 한 곡조 부르고
말발굽은 만 리 교하로 수자리 가네.
인생 잘못 헤아려 봉후의 공을 구하여
향초는 사람 시름겹게 하고 봄은 다시 가을 되니,
다만 동쪽으로 가 창해에 이르러
길 다하고 풀 끊어져 비로소 시름없어지길 바라네.

芳草曲

蜀山深處遮孤驛, 缺甃頹垣芳草碧.
家住江南妻子病, 離鄕半歲無消息.
長安城門西去路, 細靄斜陽芳草暮.
尊前一曲渭城歌,[1] 馬蹄萬里交河戍.[2]
人生誤計覓封侯,[3] 芳草愁人春復秋.
只願東行至滄海, 路窮草斷始無愁.[4]

【해제】

63세 때인 순희淳熙 14년1187 겨울 엄주嚴州에서 쓴 것으로, 고향을 떠나와 서역으로 종군 가는 병사의 시름을 나타내고 있다.

『검남시고』에서는 제1구의 '차遮'가 '봉逢'으로 되어 있다.

【주석】

1 渭城歌(위성가) : 「위성곡(渭城曲)」. 당대 왕유(王維)의 「안서로 사신 나가는 원이를 보내며(送元二使安西)」 시에 곡을 붙인 것으로, 「양관곡(陽關曲)」이라고도 한다. 위성은 진(秦)의 도성이었던 함양(咸陽)으로, 한대(漢代)에 위성으로 이름이 바뀌었다. 장안(長安)의 서북쪽, 위수(渭水)의 북쪽 언덕에 있다. 장안에서 서역으로 갈 때 반드시 지나는 곳으로 많은 사람들이 장안에서 이곳까지 따라가서 전송했다고 한다.

2 交河(교하) : 옛 주(州) 이름. 본래는 서주(西州)였으나 당(唐) 천보(天寶) 1년(742)에 개칭되었다. 지금의 신강 위구르 자치구 투루판 분지 일대이다.

3 覓封侯(멱봉후) : 제후에 봉해지기를 추구하다. 공업을 세우는 것을 의미한다.

4 路窮草斷(노궁초단) : 길은 다하고 풀은 끊어지다. 더는 종군할 곳이 없는 것을 말한다.

【해설】

이 시에서는 촉 땅으로 종군 나온 강남의 병사가 반년 동안 집안의 소식조차 알지 못한 채 지내다 봄을 맞은 시름을 나타내고 있다. 이어 다시금 머나먼 서역으로 떠나게 된 상황을 말하고, 공업을 추구하여 종군한 것에 대한 후회와 하루빨리 고향으로 돌아가 시름없는 나날을 지내고 싶은 바람을 나타내고 있다.

옛날의 이별

외로운 성 궁벽한 거리는 시름겨워 적막하니
아름다운 여인이 베틀 북 멈추고 밤에 탄식하네.
빈 뜰에 이슬은 가시나무 가지 적시고
황량한 시내에 달은 여우 자취를 비추네.
그대 떠날 때를 생각하면 배 속에 아이 있었는데
누런 송아지처럼 달리도록 아비를 알지 못하네.
자고신의 길한 말도 본디 기댈 것이 없건만
하물며 거북점에 기대어 돌아올 날을 점치리?
시집와서 문 앞에 나가는 것도 살피지 않았으니
꿈속의 혼이 어떻게 주천 땅을 알 수 있으리?
분가루와 면으로 거울 닦아도 차마 비춰보지 못하니
여자의 황금 시절은 십 년이 되지 않는다네.

古別離

孤城窮巷愁寂寂,[1] 美人停梭夜歎息.[2]
空園露濕荊棘枝, 荒蹊月照狐狸迹.
憶君去時兒在腹, 走如黃犢爺未識.
紫姑吉語元無憑,[3] 況憑瓦兆占歸日.[4]
嫁來不省出門前, 夢魂何由識酒泉.[5]
粉綿磨鏡不忍照, 女子盛時無十年.

【해제】

69세 때인 소희紹熙 4년1193 겨울 산음山陰에서 쓴 것으로, 남편을 떠나보내고 홀로 아이를 낳아 기르는 여인의 슬픔을 나타내고 있다. 『검남시고』에서는 제1구의 '수愁'가 '추秋'로, 제7구의 '빙憑'이 '거據'로, 제10구의 '몽혼하유夢魂何由'가 '혼몽하인魂夢何因'으로 되어 있다.

【주석】

1 寂寂(적적) : 적막하고 쓸쓸한 모양.

2 停梭(정사) : 베틀 북을 멈추다.

3 紫姑(자고) : 측간의 신. '자고(子姑)'라고도 한다. 전설에 본처의 질투를 받은 첩이 구박과 천대에 시달리다 정월 보름에 측간에서 자결하니, 상제가 이를 불쌍히 여겨 측간의 신으로 삼았다고 한다. 이후 세간에서는 정월 보름이면 그녀의 형상을 만들어 측간에다 제사 지냈다고 한다.

4 瓦兆(와조) : 거북점. 거북을 구워 기와처럼 균열되는 무늬를 보고 길흉을 점친다.

5 酒泉(주천) : 옛 군(郡) 이름. 지금의 감숙성 주천현(酒泉縣)이다. 여기서는 남편이 떠나가 있는 곳을 가리킨다.

【해설】

이 시에서는 궁벽한 거리에서 시름과 탄식에 빠져있는 여인을 묘사하며, 이슬 젖은 가시나무와 황량한 시내에 비치는 달빛을 통해 여인의 슬프고 고통스럽기만 했던 지난날을 비유하고 있다. 이어 남편과 헤어질 때 배 속에 있던 아이가 다 자라 송아지처럼 뛰어다니도록 돌아오지 못하고 있음을 말하며, 아무리 좋은 점괘라도 믿을 수 없는 여인의 절망감을 나타내고 있다. 마지막에서는 꿈속에서라도 남편을 찾아가 만날 수 있으련만, 시집온 후 집 밖을 나가보지 않아 꿈에서조차 먼 변방으로 갈 수 없음을 안타까워하며 여자의 불우한 일생을 탄식하고 있다.

밤에 소나무 소리를 듣고 느낀 바 있어

맑은 새벽에 낙성석에서 출발하여
큰바람이 돛에 불어 화살같이 내달리니,
고개 돌려 이미 여산의 구름은 보이지 않았고
이내 오성산에 올라가 지는 해를 보았네.
밤 깊어 용이 돌아가며 사당 문을 열어젖혀
나무에다 몇 치 발톱 흔적을 남기니,
이튿날 아침에 가서 보며 마음은 두려워 떨었고
비릿한 바람은 땅을 휘감고 우렛소리가 치달렸네.
돌아오는 배에서 술을 사 스스로 위안하니
운명의 평생 거듭되는 시험에 놀라고,
신의 노함에 정해진 때가 있음을 진실로 아니
물결의 무늬는 오그라들어 미세한 물고기 비늘이 되네.
지금 쇠하고 병들어 시골 마을에 누워있으니
서리는 초가 처마를 덮고 달빛은 뜰에 가득한데,
소나무 소리에 놀라 삼경의 꿈에서 깨어나니
마치 당시의 풍랑 소리 듣는 듯하네.

夜聞松聲有感

清晨放船落星石,[1] 大風吹颿如箭激.
回頭已失廬山雲,[2] 却上吳城看落日.[3]

夜深龍歸擘祠門, 入木數寸留爪痕.
明朝就視心尙慄, 腥風卷地雷霆奔.
歸船買酒持自慰, 性命平生驚屢試.[4]
固知神怒有定時, 波紋蹙作魚鱗細.
如今衰病臥林坰,[5] 霜覆茅簷月滿庭.
松聲驚破三更夢, 猶作當時風浪聽.

【해제】

43세 때인 건도乾道 3년1167 겨울 산음山陰에서 쓴 것으로, 한밤중 거센 소나무 바람 소리에 깨어 뱃길로 오성산에 올랐던 지난 일을 회상하고 있다.

『검남시고』에서는 시 본문 다음에 "나는 병술년 7월에 경구에서 예장으로 관직을 옮겼는데, 풍파를 무릅쓰고 성자에서 배를 출발하여 반나절도 되지 않아 오성산 소룡묘에 이르렀다余丙戌七月, 自京口移官豫章, 冒風濤自星子解舟, 不半日至吳城山小龍廟"라는 자주自注가 있다. 또한 제4구의 '간看'이 '관觀'으로, 제10구의 '시試'가 '희戲'로 되어 있다.

【주석】

1 落星石(낙성석) : 바위 이름. 여산(廬山) 동쪽에 있다.

2 廬山(여산) : 산 이름. 지금의 강서성 구강시(九江市)에 있으며, 풍광이 빼어

나 이백(李白)과 소식(蘇軾) 등 역대 많은 시인이 시의 소재로 삼았다.

3 吳城(오성) : 오성산(吳城山). 지금의 강서성 구강시(九江市) 성자진(星子鎭)에 있다.

4 屢試(누시) : 거듭되는 시험. 자신의 기구한 운명을 가리킨다.

5 林坰(임경) : 도성 교외의 시골. 여기서는 산음을 가리킨다.

【해설】

이 시는 건도乾道 원년1165 7월 진강통판鎭江通判으로 있다가 융흥부통판隆興府通判으로 부임하던 때의 일을 회상한 것으로, 『검남시고』 자주에서 병술년건도(乾道) 2년(1166)이라 한 것은 그 이전 해인 을유년의 잘못이다.

이 시에서는 먼저 새벽에 성자진에서 배를 출발하여 거센 바람으로 인해 날이 채 저물기도 전에 오성산에 이르게 되었음을 말하고, 소룡묘에서 용의 환상을 꿈꾸며 하룻밤을 보낸 감회를 나타내고 있다. 이어 돌아오는 배에서 불운으로 가득한 자신의 기구한 운명을 술로 위안하고, 신의 분노 또한 언젠가는 가라앉을 것이라 믿으며 바람에 이는 물결의 파문을 바라보고 있다. 마지막 4구에서는 융흥부통판에서 파직되어 산음에 은거하고 있는 자신을 상황을 말하며, 거센 소나무 소리에서 당시 듣던 풍랑 소리를 떠올리고 있다.

창수의 여울

백 사람이 떠들썩하며 노 젓는 소리를 돕더니
배 안에서 얼굴 마주하며 말을 하지 못하네.
순식간에 사람들 흩어져 시끄러운 소리 없이 고요하고
다만 백 장의 두 수레바퀴 돌아가는 소리 들리네.
웅웅거리며 수레바퀴 급히 돌아가니
배에 있던 사람들은 이미 모래톱 끝에 서 있네.
안개 걷혀 갈대숲 마을은 석양에 붉고
비 온 후 어부의 집은 불어오는 연기에 축축하네.
고개 돌려보면 고향은 이미 천 겹 산이요
협곡 오르며 이제 막 첫 번째 여울을 지났네.
젊은 시절에는 관직 생활하며 다니는 즐거움을 꿈꾸지만
늙어서야 비로소 인생길의 어려움을 안다네.

滄灘

百夫正讙助鳴艣,[1] 舟中對面不得語.
須臾人散寂無譁, 惟聞百丈轉兩車.[2]
嘔嘔啞啞車轉急,[3] 舟人已在沙際立.
霧斂蘆村落照紅, 雨餘漁舍吹煙濕.
故鄉回首已千山, 上峽初經第一灘.
少年亦慕宦遊樂, 投老方知行路難.[4]

【해제】

46세 때인 건도乾道 6년1170 10월 기주夔州로 부임하며 창탄滄灘을 지날 때 쓴 것으로, 급한 여울을 바라보며 인생길의 어려움을 생각하고 있다.

【주석】

1 鳴艣(명로) : 노 젓는 소리.

2 兩車(양거) : 두 대의 수레바퀴. 여울의 소용돌이를 비유한다.

3 嘔嘔啞啞(구구아아) : 수레바퀴가 구는 소리. 여울의 소용돌이 소리를 비유한다.

4 投老(투로) : 노년이 되다.

行路難(행로난) : 인생길의 어려움.

【해설】

이 시에서는 배 안에서 떠들며 이야기하던 사람들이 수레바퀴처럼 휘도는 급한 여울을 만나 순간 놀라 아무 말도 못 하고, 황급히 배에서 나와 모래톱 가로 올라가 있는 모습을 나타내고 있다. 이어 협곡을 지나는 길에 이제 겨우 첫 번째 관문을 지났을 뿐임을 말하고, 앞으로 닥칠 예견할 수 없는 수많은 난관을 생각하며 인생길의 어려움을 느끼고 있다.

구당협의 노래

사월이 가고 오월이 오려 할 때
협곡에 물은 불어 어찌나 웅장한지?
물결의 꽃은 높이 나니 여름 길의 눈이요
여울의 돌은 노하여 구르니 마른하늘의 우렛소리네.
사람마다 가만히 손 모으고서 기세 약해지길 기다리니
누가 감히 가벼이 행동하여 홀로 화를 범하리?
하루아침에 시간은 흘러 스스로 어찌하지 못하고
산허리엔 헛되이 모래 흔적만 남았네.
그대 보지 못하였는가? 내가 세모에 기주에 와
구당협의 물이 기름처럼 평온해진 것을.

瞿塘歌[1]

四月欲盡五月來, 峽中水漲何雄哉.
浪花高飛暑路雪, 灘石怒轉晴天雷.
千艘萬舸不敢過,[2] 篙師柂工心膽破.[3]
人人陰拱待勢衰,[4] 誰敢輕行犯奇禍.[5]
一朝時去不自由,[6] 山腹空有沙痕留.[7]
君不見陸子歲暮來夔州, 瞿唐峽水平如油.

【해제】

46세 때인 건도乾道 6년1170 10월 기주夔州에서 쓴 것으로, 여름날 구당협의 웅장하고 거센 강물의 모습을 상상하며 겨울의 평온한 모습과 대비하고 있다.

『검남시고』에서는 제목에서 '당塘'이 '당唐'으로, '가歌'가 '행行'으로 되어 있다. 또한 제6구의 '고사타공篙師柂工'이 '고공타사篙工柂師'로 되어 있다.

【주석】

1 瞿塘(구당) : 구당협(瞿塘峽). 무협(巫峽), 서릉협(西陵峽)과 더불어 장강 삼협 중의 하나로 가장 상류에 있으며, 지금의 사천성(四川省) 봉절현(奉節縣) 동남쪽에 있다.

2 千艘萬舸(천소만가) : 천 개 만 개의 크고 작은 배.

3 篙師柂工(고사타공) : 상앗대와 키를 부리는 사람. 뱃사공을 가리킨다.

4 陰拱(음공) : 두 손 모으고 가만히 앉아 속으로 상황을 지켜보다.

5 奇禍(기화) : 특이한 재앙. 홀로 화를 당하는 것을 가리킨다.

6 時去(시거) : 시간이 지나가다. 여름이 지나는 것을 말한다.

不自由(불자유) : 스스로 마음대로 하지 못하다. 여름이 지나면 구당협의 물이 더 이상 성하게 흐를 수 없는 것을 말한다.

7 山腹(산복) : 산허리.

【해설】

이 시에서는 여름이 되면 구당협에 물이 불어 물살이 거세짐을 말하며, 눈처럼 날리는 포말과 우레 같은 자갈 구르는 소리로 그 위용을 나타내고 있다. 이어 이때 사람들은 그저 가만히 속으로 지켜보기만 할 뿐 자칫 화를 입을 수도 있는 어떠한 경거망동도 하지 않다가, 시간이 흐르면 물이 잦아들어 산허리까지 차올랐던 흔적만 남게 됨을 말하고 있다. 마지막 2구에서는 우스갯소리 삼아 구당협의 물이 평온해진 것은 바로 세모에 자신이 이곳이 왔기 때문이라 말하고 있다.

답적 놀이

괴문관 밖에서 인일을 만나
답적 놀이하러 온 집에서 나오니,
죽지가는 슬프고 처량하여 구름이 움직이지 않고
검기무는 끊임없이 이어져 해가 저물려 하네.
지나가는 사람은 열에 여덟아홉은 혹이 있어도
익히 보아온 것이라 어찌 모습 돌아보며 부끄러워하리?
강가에서 술 사 모래톱 위에 누우니
협곡 입구에 달은 나와 바람에 술이 깨네.
인생 죽기 전까지 참으로 알기 어려워
초췌한 채 기주에서 살쩍 머리 털 생겨나니,
언제나 아름다운 배에서 계수나무 노 저으며
서호에서 읊조리며 봄 시를 찾으리?

蹋磧[1]

鬼門關外逢人日,[2] 蹋磧千家萬家出.
竹枝慘戚雲不動,[3] 劍器聯翩日將夕.[4]
行人十有八九癭,[5] 見慣何曾羞顧影.
江邊沽酒沙上臥, 峽口月出風吹醒.[6]
人生未死信難知, 顦顇夔州生鬢絲.
何日畫船搖桂檝,[7] 西湖却賦探春詩.

【해제】

47세 때인 건도乾道 7년1171 정월 기주夔州에서 쓴 것으로, 인일을 맞은 기주 사람들의 풍속을 묘사하며 고향에 대한 그리움을 나타내고 있다.

【주석】

1 蹋磧(답적) : 답적 놀이. '서덜을 밟다'는 의미의 기주(夔州) 풍속 중 하나로, 정월 인일(人日)에 개울가로 나와 술과 가무를 즐기는 것을 말한다.

2 鬼門關(귀문관) : 관문 이름. 지금의 사천성 봉절현(奉節縣)에 있다.

人日(인일) : 정월 7일. 고대에 정월 초하루부터 칠일까지를 각각 닭, 개, 양, 돼지, 소, 말, 사람을 짝으로 삼아 칭하고 관련된 풍습들을 즐겼다. 『형초세시기(荊楚歲時記)』에 "정월 칠일은 인일이다. 일곱 가지 나물로 국을 만들고 비단을 오려 사람 모양을 만들었다. 혹은 금박을 새겨 사람 모양을 만들어 병풍에 붙이거나 머리에 꽂았으며, 머리 장식을 만들어 서로 주거나 높은 곳에 올라 시를 지었다(正月七日爲人日, 以七種菜爲羹, 翦綵爲人, 或鏤金薄爲人, 以帖屛風, 亦戴之頭鬢, 又造華勝以相遺, 登高賦詩)"라 하였다.

3 竹枝(죽지) : 죽지가(竹枝歌). 사천성 일대의 민가이다.

4 劍器(검기) : 검기무(劍器舞). 당(唐) 대곡(大曲) 이름으로, 무무곡(武舞曲)에 속한다.

聯翩(연편) : 끊임없이 이어지는 모양.

5 癭(영) : 혹. 삼협(三峽)의 강물은 수질이 좋지 않아 마시면 얼굴에 혹이 많이 생긴다고 한다.

6 峽口(협구) : 협곡 입구. 여기서는 구당협(瞿塘峽)을 가리킨다.

7 桂檝(계즙) : 계수나무 노.

【해설】

이 시에서는 인일人日을 맞아 온 기주 사람들이 개울가로 나와 노래와 춤을 즐기고 있는 모습을 묘사하고, 홀로 강가 모래톱에 누워 술을 마시며 기주의 낯선 경관을 바라보고 있는 자신과 대비하고 있다. 이어 인생사 죽을 때까지 알 수 없어 자신이 이곳 기주까지 오게 될 줄은 생각지도 못했음을 말하며, 고향으로 돌아가 서호에 배 띄우고 시를 지으며 봄을 즐기고 싶은 바람을 나타내고 있다.

비바람 속에 협곡 입구의 여러 산을 바라보니 매우 빼어나

백염산과 적갑산은 천하의 영웅이니
땅에서 우뚝 솟아 창천에 닿았네.
늠름한 용사가 긴 검을 어루만지는 듯한데
헛되이 호방한 기운만 있고 온화함은 없으니,
기상이 오래도록 머무르게 하지 않아
천지의 공이 온전하지 않음을 늘 한스러워하였네.
오늘 아침 홀연 깨달아 비로소 탄식하니
묘처는 본디 안개와 비 안에 있었네.
대지의 살기는 참담하게 드려져 있고
천지의 변태가 몽롱함 속에 있으니,
마치 뛰어난 인재는 일을 만나야 드러나고
평소에는 보통 사람과 다름없는 것과 같다네.
어찌하면 백 척 높은 붉은 누각을 얻어
이 비바람 몰아치는 풍경을 볼 수 있으리?

風雨中望峽口諸山奇甚

白鹽赤甲天下雄,[1] 拔地突兀摩蒼穹.[2]
凜然猛士撫長劍,[3] 空有豪氣無雍容.[4]
不令氣象久停滀, 常恨天地無全功.
今朝忽悟始歎息, 妙處元在煙雨中.

太陰殺氣橫慘澹,[5] 元化變態含空濛.[6]

正如奇材遇事見, 平日乃與常人同.

安得朱樓高百尺, 看此疾雨吹橫風.[7]

【해제】

47세 때인 건도乾道 7년1171 4월 기주夔州의 시원試院에서 감시관監試官으로 있을 때 쓴 것으로, 비바람 속에 있는 협곡의 장관을 묘사하고 있다. 『검남시고』에서는 제목에서 '놀이 삼아 단가를 쓰다戲作短歌'가 추가되어 있다. 또한 제4구의 '기氣'가 '건健'으로, 제5구의 '구久'가 '소少'로, '정停'이 '정渟'으로 되어 있다.

【주석】

1 白鹽赤甲(백염적갑) : 백염산(白鹽山)과 적갑산(赤甲山). 기주의 동쪽과 동북쪽에 있는 산이다.

2 蒼穹(창궁) : 창천(蒼天), 푸른 하늘.

3 凜然(늠연) : 늠름한 모양.

猛士(맹사) : 용맹한 장사. 여기서는 백염산과 적갑산을 비유한다.

4 雍容(옹용) : 온화하고 부드러움.

5 太陰(태음) : 대지(大地).

6 元化(원화) : 천지(天地).

7 疾雨(질우) : 급하게 몰아치는 비.

橫風(횡풍) : 옆으로 비끼어 부는 바람.

【해설】

이 시에서는 협곡의 여러 봉우리의 모습을 평소와 비바람 속에 있을 때를 구분하여 나타내고 있다. 전 3구에서는 백염산과 적갑산이 하늘로 우뚝 솟아 마치 용맹한 장사가 검을 어루만지고 있는 듯이 장엄함을 말하고, 다만 호방한 기운만 가득할 뿐 너그러이 포용하는 온화함이 부족함을 아쉬워하며 천지의 공이 온전하지 않음을 한스러워하고 있다. 후 3구에서는 비바람 속에서 다양하고 아름다운 자태를 나타내고 있는 여러 봉우리를 발견하고, 일을 만났을 때 비로소 그 진가가 드러나는 인재처럼 봉우리들의 뛰어남 또한 비바람 속에 있을 때 비로소 알 수 있음을 말하고 있다. 마지막 2구에서는 백 척 높은 누각에 올라 비바람 몰아치는 협곡의 모든 봉우리의 모습을 오롯이 감상하고 싶은 바람을 나타내고 있다.

악지의 농가

봄 깊은 농가에서 논갈이가 아직 충분하지 않아
들판에서 이랴이랴 하며 두 마리 누런 송아지를 모니,
진흙은 녹아 덩어리가 없어 물은 막 혼탁하고
가느다란 비에도 흔적은 있어 이삭은 한창 초록이네.
초록 모 갈라져 자랄 때 바람과 햇살은 아름답고
시절 평안하여 부역과 세금이 없으며,
꽃을 사 서쪽 집에서 결혼을 기뻐하고
술 들고 동쪽 이웃에게 아들 낳은 것을 축하하네.
농가는 시대에 맞지 않는다 누가 말했던가?
어린 처녀들은 도시의 눈썹을 그리고,
한 쌍 흰 손을 아는 이 없지만
온 마을 사람들이 나와 서로 부르며 누에고치 실을 구경하네.
농가마다 즐겁고 또 즐거워
시장과 조정의 다투고 빼앗는 추악함에 비할 바가 아니니,
관직을 떠돌며 얻은 것이 진정 얼마였던가?
내 이미 3년 동안 농사일을 폐했구나.

岳池農家[1]

春深農家耕未足, 原頭叱叱兩黃犢.[2]
泥融無塊水初渾, 雨細有痕秧正綠.

綠秧分時風日美, 時平未有差科起.[3]

買花西舍喜成婚, 持酒東鄰賀生子.

誰言農家不入時,[4] 小姑畫得城中眉.[5]

一雙素手無人識,[6] 空村相喚看繰絲.[7]

農家農家樂復樂, 不比市朝爭奪惡.[8]

宦遊所得眞幾何, 我已三年廢東作.[9]

【해제】

48세 때인 건도乾道 8년1172 봄 악지岳池에서 쓴 것으로, 농가의 순박하고 평온한 삶을 칭송하고 있다.

【주석】

1 岳池(악지) : 지명. 지금의 사천성 광안시(廣安市) 악지현(岳池縣)이다.

2 叱叱(질질) : 소 모는 소리.

3 差科(차과) : 부역과 세금.

4 不入時(불입시) : 시대와 맞지 않다, 시대에 뒤떨어지다.

5 城中眉(성중미) : 도시의 눈썹. 도시에서 유행하는 눈썹 양식을 가리킨다.

6 一雙素手(일쌍소수) : 한 쌍의 흰 손. 눈썹 그리던 어린 처녀의 손을 가리킨다.

7 空村(공촌) : 마을 사람들이 모두 집에서 나오다.

繰絲(조사) : 누에고치에서 실을 켜다.

8 市朝(시조) : 시장과 조정. 이익을 좇고 명성을 다투는 곳을 가리킨다.

9 東作(동작) : 봄날의 경작. 농사일을 가리킨다.

【해설】

이 시에서는 봄을 맞아 농사짓고 양잠하며 서로 어울려 기쁨을 함께 하며 살아가고 있는 농촌 사람들을 묘사하며, 이들의 순박한 삶과 평온한 일상에 칭송과 흠모를 나타내고 있다. 이어 이들의 삶이 이익을 좇고 명성을 다투는 도시 사람들의 삶과 비교할 수 없음을 말하며, 관직을 떠도느라 이미 삼 년 동안 농사일을 그만둔 자신을 안타까워하고 있다.

역로의 해당화가 이미 져 느낀 바 있어

큰 길가 처량한 옛 역참에
붉은 대문은 적막하고 봄의 해는 길어,
따뜻하고 어여쁜 빛에 해당화는 늙고
광풍에 날린 꽃이 빈 복도에 가득하네.
사물이 생겨나 초췌해지는 것이야 참으로 섭리이건만
술 한 잔 들고 함께할 수 없었음이 애석하니,
노니는 벌과 나비는 헛되이 절로 바빠
미인이 서쪽 행랑에 있는 줄 어찌 알았으리?
내 비록 이미 늙었어도 오히려 마음은 미칠 수 있어
오래도록 서서 너와 함께 모습을 슬퍼하니,
성했을 때 만나지 못한 것도 진실로 마음 아픈데
시들어서 만나니 더욱 애간장이 끊어지네.

驛路海棠已過有感

淒涼古驛官道傍,[1] 朱門沈沈春日長.[2]
暄姸光景老海棠,[3] 顚風吹花滿空廊.[4]
物生憔顇固其常, 惜哉無與持一觴.
遊蜂戲蝶空自忙, 豈知美人在西廂.[5]
我雖已老猶能狂, 竚立與爾悲容光.[6]
盛時不遇誠可傷, 零落逢之更斷腸.

【해제】

48세 때인 건도乾道 8년1172 봄 면곡綿谷에서 쓴 것으로, 지는 해당화를 보고 안타까움을 나타내고 있다.

『검남시고』에서는 제목에서 '로路'가 '사舍'로 되어 있다. 또한 제5구의 '초憔'가 '영榮'로, 제10구의 '여與'가 '위爲'로, 제12구의 '지之'가 '지知'로 되어 있다.

【주석】

1 官道(관도) : 관에서 만든 도로. 대로(大路)를 가리킨다.

2 沈沈(침침) : 고요하고 적막한 모양.

3 暄姸(훤연) : 따뜻하고 예쁘다. 봄날의 햇빛을 가리킨다.

4 顚風(전풍) : 몰아치는 바람. 광풍(狂風).

5 西廂(서상) : 서쪽 행랑. 주로 여인의 거처를 비유한다.

6 竚立(저립) : 우두커니 서다, 오래도록 서다.

容光(용광) : 풍모, 모습. 여기서는 해당화와 자신의 모습을 둘 다 가리킨다.

【해설】

이 시에서는 아무도 찾아오지 않는 쓸쓸한 역참에 시들어 바람에 날리는 해당화 꽃잎만 무성한 모습을 묘사하며, 비록 피었다 시드는 것이 자연의 섭리이지만 한 잔 술과 함께 이를 전송하지 못한 것을 아쉬워하고 있다. 이어 시들어 떨어진 해당화를 보면서 늙고 쇠해진 자신을 떠올리며 동병상련의 심정을 느끼고, 한창 아름다웠을 때 보지 못한 것도 아쉬운데 시들었을 때 보게 되니 가슴이 더욱 아파 견딜 수 없음을 말하고 있다.

밤에 강가 누각에 올라

평생을 가슴에 매이는 것 없이
활달하게 홀로 조물주와 노닐었으니,
천풍이 나를 몰아 머무는 곳 두루 다니다
한밤중에 홀연 강가 누각을 지났네.
누각 앞은 아득히 천지가 광활하고
만경창파에 달빛 스며 빈 강은 가을인데,
높은 계단엔 먼지도 없어 난새와 학이 춤추고
옥 피리 소리에 돌 갈라지니 물고기와 용이 시름겨워하네.
폐와 간은 깨끗해 천지 가득한 기운을 받아들이고
털과 머리칼은 비통하여 차가운 강물에 임하는데,
세상사 돌아보면 참으로 한바탕 꿈이니
누가 다시 은혜와 원수 갚는 일을 생각할 수 있으리?

夜登江樓[1]

平生胸中無滯留, 曠然獨與造物遊.[2]
天風駕我周寓縣,[3] 夜半忽過江邊樓.
樓前茫茫天地闊,[4] 萬頃月浸空江秋.
雲階無塵鸞鶴舞,[5] 玉笛裂石魚龍愁.
肺肝澄澈納灝氣,[6] 毛髮慘慄臨寒流.[7]
世間回首眞一夢, 誰能更念酬恩讎.[8]

【해제】

52세 때인 순희淳熙 3년1176 2월 성도成都에서 쓴 것으로, 누각에 올라 선경 같은 가을밤의 경치를 바라보며 인생무상의 감회를 나타내고 있다.

【주석】

1 江樓(강루) : 강가 누각. 성도에 있는 금강루(錦江樓)를 가리킨다.

2 曠然(광연) : 매임 없이 활달한 모양.

3 寓縣(우현) : 몸을 기탁하고 있는 현(縣). 여기서는 성도를 가리킨다.

4 茫茫(망망) : 아득히 넓고 광활한 모양.

5 雲階(운계) : 높은 계단.

6 澄澈(징철) : 맑고 깨끗한 모양.

灝氣(호기) : 천지에 가득한 기운.

7 慘慄(참률) : 지극히 비통한 모양.

8 酬恩讎(수은수) : 은혜와 원수를 갚다.

【해설】

이 시에서는 평생을 매인 것 없이 자유로이 다니다 성도에 머무르며 강가 누각에 이르게 되었음을 말하고, 누각에 올라 광활하게 펼쳐진 가을밤의 풍경을 바라보며 마치 학과 용이 머무르는 선경인 듯 여기고 있다. 이어 천지 가득한 기운으로 육신을 깨끗하게 해 보지만 세상의 시름과 번민을 끝내 떨쳐버릴 수 없음을 말하며, 돌이켜보면 한바탕 꿈과 같은 인생이건만 왜 그리도 은혜와 원수를 갚으려 노심초사하며 살아왔는지 스스로에게 묻고 있다.

동산

오늘의 모임 얼마나 좋은가?
관문으로 들어와 실컷 술 마시는 것은 이제 시작이라네.
산에 오르니 참으로 천하가 작게 느껴지고
바다를 건너뛰니 어찌 봉래산을 찾을 필요 있으리?
푸른 하늘은 나 보라고 있으며
어여쁜 해는 매화 피우는 취미가 있는 듯하고,
거르지 않은 술이 있어 초록빛이 사랑스러우니
한 번 취해 다만 천 독을 비우고자 하네.
낙타 연유와 아황주는 모두 농서에서 나왔고
곰 지방와 백옥은 검남에서 왔으니,
눈은 흐릿하고 귀는 뜨거워져 밤이 되는 줄 모르고
다만 은 촛대의 등불 심지 재가 꺾이는 것이 보이네.
도성의 옛 친구들 태반이 죽어
즐거움 지극해도 때로 나도 몰래 슬픔이 생겨나네.
그저 호탕과 방종으로 걱정 근심을 막으려 하니
북과 피리는 땅을 울려 소리가 우레 같네.

東山[1]

今日之集何佳哉, 入關劇飮始此回.[2]
登山正可小天下, 跨海何用尋蓬萊.[3]

靑天肯爲陸子見, 姸日似趣梅花開.

有酒如醅綠可愛,[4] 一醉直欲空千罍.

駝酥鵝黃出隴右,[5] 熊肪玉白黔南來.[6]

眼花耳熱不知夜[7], 但見銀燭高花摧.[8]

京華故人死太半, 歡極往往潛生哀.

聊將豪縱壓憂患, 鼓吹動地聲如雷.

【해제】

48세 때인 건도乾道 8년1172 11월 면주綿州에서 쓴 것으로, 여러 사람과 동산에 올라 연회를 즐기는 즐거움을 나타내고 있다.

『검남시고』에서는 제7구의 '배醅'가 '부涪'로 되어 있다.

【주석】

1 東山(동산) : 부락산(富樂山). 지금의 사천성 면양시(綿陽市) 동쪽에 있다.

2 入關(입관) : 관문으로 들어오다. 여기서는 촉(蜀) 지역으로 온 것을 가리킨다.

3 蓬萊(봉래) : 봉래산(蓬萊山). 전설상 영주산(瀛洲山), 방장산(方丈山)과 더불어 바다에 있는 세 선산(仙山) 중의 하나이다.

4 醅(배) : 거르지 않은 술.

5 駝酥(타소) : 낙타 젖으로 만든 연유.

鵝黃(아황) : 한주(漢州)의 술 이름.

隴右(농우) : 농산(隴山) 서쪽 지역. 지금의 감숙성(甘肅省) 일대이다. 농산은 감숙성 남부와 섬서성 서부에 걸쳐 있는 산맥으로, 모양이 밭두둑과 같다 하여 이와 같이 불렀다.

6 黔南(검남) : 지금의 귀주성(貴州省) 지역이다.

7 眼花耳熱(안화이열) : 눈이 흐릿하고 귀가 뜨겁다. 술에 취해 홍이 고조된 상태를 말한다.

8 膏花(고화) : 등불 심지가 타고 남은 재.

【해설】

이 시에서는 동산에 올라 연회를 하는 즐거움을 말하고, 푸르게 펼쳐진 하늘과 매화가 피어가는 땅의 풍광을 벗 삼아 좋은 술과 귀한 안주를 즐기며 호탕한 기개를 마음껏 펼쳐내고 있다. 이어 밤늦도록 이어지는 연회에서 즐거움은 극에 달하지만, 도성에서 함께했던 옛 친구들이 지금은 태반이 죽어 버렸음을 떠올리며 인생무상의 회한을 드러내고 있다. 마지막에서는 슬픔과 걱정을 떨쳐 버리려 북과 피리 소리를 더욱 크게 울리며 연회 속으로 빠져들어 가고 있다.

수계정선육방옹시집

須溪精選陸放翁詩集

권4

육유(陸游) 무관(務觀) 찬(撰)

유진옹(劉辰翁) 회맹(會孟) 선(選)

고시古詩

서쪽 교외로 매화를 찾아가

서교의 매화는 빼어난 어여쁨을 뽐내니
말 달려 홀로 와 보아도 싫증 나지 않네.
세속 좇아 도시의 먼지 덮이는 것이 부끄러운 듯
황량하고 차가운 초가집 가에 편안히 떨어져 있네.
초탈한 모습이 절로 세상 밖의 사람인데
옛날 살면서 생각 한번 부끄러웠으니,
열게 찡그리며 도리꽃 배우기를 천히 여기고
홀로 서서 꾀꼬리 나비가 엿보는 것을 허락하지 않네.
산반화와 수선화가 저녁 무렵에 나와
마치 춘추시대 오와 초가 참람하는 듯하니,
나머지 꽃들이 어찌 좋은 모습 없을까마는
하나같이 세속적이라 구제할 수 없음이 병폐라네.
붉은 난간과 옥 섬돌에 저들의 운명이 있으니
끊어진 다리와 흐르는 물이 그대에게 무엇이 부족하리?
나와 함께하며 정조가 자못 같음을 탄식하니
몸은 검남의 객이지만 집은 섬현에 있다네.
처량한 만 리에 돌아갈 날은 없고
듬성듬성 희끗한 머리는 갈수록 쇠해 가건만,

그래도 마음먹고 저녁에 함께할 수 있으니
흠뻑 취하며 넘치는 술잔을 사양하지 않는다네.

西郊尋梅

西郊梅花矜絶豔, 走馬獨來看不厭.
似羞流俗蒙市塵,[1] 寧墮荒寒傍茆店.
翛然自是世外人,[2] 過去生中羞一念.[3]
淺顰常鄙桃李學, 獨立不容鶯蝶覘.
山礬水仙晩角出,[4] 大是春秋吳楚僭.[5]
餘花豈無好顏色, 病在一俗無由砭.[6]
朱闌玉砌渠有命, 斷橋流水君何欠.
嗟余相與頗同調,[7] 身客劍南家在剡.[8]
淒涼萬里歸無日, 蕭颯二毛衰有漸.[9]
尙能作意晩相從, 爛醉不辭盃瀲灩.[10]

【해제】

49세 때인 건도乾道 9년1173 정월 성도成都에서 쓴 것으로, 서교에 핀 매화의 고상한 자태를 칭송하며 자신과의 동질감을 나타내고 있다. 『검남시고』에서는 제3구의 '속俗'이 '락落'으로, 제6구의 '수羞'가 '차差'로 되어 있다.

【주석】

1 流俗(유속) : 세속으로 흐르다. 세속을 좇는 것을 말한다.

2 翛然(소연) : 구속받지 않는 모습, 초탈한 모습.

3 羞一念(수일념) : 한 번 생각한 것이 부끄럽다. 이 구는 매화가 본디 세상 밖의 사람이었으나 한 번 생각을 잘못한 벌로 이 세상으로 오게 된 것임을 말한다.

4 山礬水仙(산반수선) : 산반화와 수선화. 봄에 흰 꽃이 피며 향기가 있다.

5 吳楚僭(오초참) : 오나라와 초나라가 참람되게 행동하다. 매화를 압도하려 하는 것을 의미한다.

6 砭(폄) : 병을 치료하다, 구제하다.

7 同調(동조) : 정조(情調)가 같다. 매화와 자신의 지향이나 처지가 같음을 말한다.

8 劍南(검남) : 지명. 사천성 검각(劍閣) 남쪽에서 장강(長江) 북쪽 지역을 가리키며, 일반적으로 촉(蜀) 지역을 의미한다.

剡(섬) : 옛 현(縣) 이름. 지금의 절강성 승현(嵊縣) 서남쪽 지역으로, 여기서는 산음(山陰)을 가리킨다.

9 蕭颯(소삽) : 성긴 모양.

二毛(이모) : 희끗한 머리.

10 爛醉(난취) : 흠뻑 취하다.

瀲灩(염염) : 물이 일렁이는 모양. 또는 물이 가득한 모양.

【해설】

이 시에서는 번잡한 도시를 피해 서교의 외딴 오두막집 가에 피어 있는 매화의 모습을 말하고, 뭇꽃과 아름다움을 다투지 않고 꾀꼬리와 나비도 찾아오지 않는 때에 홀로 피어 나는 고상한 자태를 칭송하고 있다. 이어 다른 꽃들 또한 아름답지 않은 것은 아니지만 그것들은 화려한 집에 어울리는 세속적인 병폐가 있음을 말하며, 물가 외지고 황량한 곳에 있어도 부족함이 없는 매화와 대비하고 있다. 마지막에는 탈속적인 매화의 정조가 고향을 떠나와 촉 땅에 홀로 머물고 있는 자신과 같음을 말하고, 매화와 함께 흠뻑 술에 취하며 나날이 늙어가고 있는 자신과 고향을 향한 시름을 달래고 있다.

면주의 녹사참군 청사에서 초공의 매 그림과 두보가 쓴 시를 보고

내 옛 부주의 물가를 찾아와
온갖 수고를 마다하지 않고 하나의 참된 것을 바라니,
말 달려 아침에는 종려나무 심어진 객사를 찾고
회 썰며 저녁에는 방어 잡는 포구에서 취한다네.
월왕의 높은 누각은 이미 바뀌어
옛날과 지금을 돌아보며 비통해하니,
독우의 관사는 가장 낡고 누추하여
용마루는 흔들리고 기둥은 썩어 오랜 세월 지났음을 알겠네.
이 벽만은 홀로 우뚝 선 채 아무 탈도 없어
까칠한 털과 강한 깃촉이 완연히 새것 같아,
지금껏 겁화를 어찌 스스로 면하였는지
아마도 쫓아내어 지켜준 신이 있었던 듯하네.
꼬리 아홉의 요사한 여우가 중국에 구멍 파고 살아도
그대로 두고 월 땅과 진 땅처럼 상관하지 않으니,
하늘의 때가 되면 이 매는 쓰임에 이르게 되어
버렁에 내려앉도록 불러 사람 곁에서 꼿꼿하게 있으리.
분명 평원에서 털에 묻은 피를 씻고
만 리 먼지와 연기를 맑게 하리니,
늙은 눈으로 이를 보지 못할까 근심되고
시가 이루어짐에 공연히 간담만 커다래지네.

綿州錄參軍廳, 觀楚公畫鷹, 少陵爲作詩者[1]

我來訪古涪之濱,[2] 不辭百罔冀一眞.[3]

走馬朝尋海棱館, 斫膾夜醉魴魚津.

越王高樓亦已換, 俯仰今古堪悲辛.

督郵官舍最卑陋,[4] 楝撓楹腐知幾春.[5]

巋然此壁獨亡恙,[6] 老槎勁翮完如新.[7]

向來劫火何自免,[8] 叱呵守護疑有神.[9]

妖狐九尾穴中國, 共置不問如越秦.[10]

天時此物合致用,[11] 下韝指呼端在人.[12]

會當原野灑毛血, 坐令萬里淸煙塵.

老眼還憂不及見, 詩成肝膽空輪囷.[13]

【해제】

48세 때인 건도乾道 8년1172 11월 면주綿州에서 쓴 것으로, 관서에 그려진 매 그림을 보고 그 기상을 칭송하며 중원수복을 향한 기개와 바람을 나타내고 있다.

『검남시고』에는 제목에서 '군軍'이 없으며, '초楚' 앞에 '강姜'이 첨가되어 있다.

【주석】

1 錄參軍(녹참군) : 관직 이름. 녹사참군(錄事參軍)을 가리키며, 지방에서 관아의 문서과 아전의 탄핵을 관장하였다.

楚公(초공) : 강교(姜皎). 당(唐) 상규(上邽, 지금의 감숙성 천수시(天水市)) 사람으로, 현종 때 전중소감(殿中少監)을 지냈으며 초국공(楚國公)에 봉해졌다. 매 그림에 뛰어나 두보가 그의 그림에 대해 「강초공의 뿔매 그림을 노래하다(姜楚公畫角鷹歌)」 시를 쓰기도 하였다.

2 涪(부) : 옛 주(州) 이름. 면주(綿州)를 가리키며, 지금의 사천성 면양시(綿陽市) 동북 지역이다.

3 百罔(백망) : 많은 그물. 온갖 수고와 제약을 가리킨다.

4 督郵(독우) : 한대(漢代) 관직 이름. 군(郡)에 속한 관리로, 현(縣)과 향(鄕)을 감독하고 송사를 관장하였다. 여기서는 지방관을 가리킨다.

5 幾春(기춘) : 많은 봄. 오랜 시간을 의미한다.

6 巋然(규연) : 홀로 우뚝 선 모양.

亡恙(망양) : 병이 없다. 아무 변고 없이 여전한 것을 말한다.

7 老槎(노사) : 짧고 까칠한 털이나 수염.

勁翮(경핵) : 강건한 깃촉.

8 劫火(겁화) : 불교에서 괴겁(壞劫)의 말에 일어난다고 하는 모든 것을 소멸시킨다는 큰불. 불교에서 천지가 한 번 생성했다 소멸하는 시간을 1겁(劫)이라 하는데, 이는 생겁(生劫), 주겁(住劫), 괴겁(壞劫), 공겁(空劫)의 순환으로 이루어지며 괴겁의 말에 물, 불, 바람의 삼재(三災)가 생겨나 모든 것을 파멸시

킨다고 한다.

10 越秦(월진) : 월나라와 진나라. 서로 거리가 멀어 아무 상관이 없는 것을 말한다.

11 此物(차물) : 이 물건. 매를 가리킨다.

12 韝(구) : 버렁. 사냥에서 매를 받을 때 쓰는 두꺼운 장갑.

13 輪囷(윤균) : 커다란 모양.

【해설】

이 시에서는 먼저 강초공의 매 그림을 보려 면주를 찾아온 상황을 말하고, 참된 작품 하나를 볼 수 있다면 어떠한 수고도 마다하지 않음을 말하며 그림에 대한 기대감을 나타내고 있다. 이어 오랜 세월이 지나 면주의 관사는 이미 낡고 허물어져 가지만, 매 그림이 그려진 벽은 변함없이 우뚝 서 있고 그림 속 매의 강건한 모습은 오히려 이제 막 그린 것 같이 새로움을 말하고 있다. 아울러 중원을 오랑캐에게 빼앗긴 현실을 생각하고, 하늘이 허락한 때가 되면 매가 그림에서 나와 쓰임새를 다하게 될 것이라 말하며 중원의 전장을 누비면서 오랑캐를 섬멸하는 모습을 상상하고 있다. 다만 그 시기가 너무 늦어져 자신이 이를 보지 못할까 걱정하며 중원수복의 부푼 희망을 나타내고 있다.

산남의 노래

내가 산남에 온 지 이미 사흘인데
노끈 같은 큰길이 동서로 나오고,
평탄한 땅과 기름진 들판은 바라보아도 끝이 없으며
보리 심은 언덕은 새파랗고 뽕나무는 무성하네.
땅은 진 땅에 가까워 기질이 호방하여
그네뛰기와 공차기에도 패를 나누고,
목숙은 구름에 이어져 말발굽은 빠르고
버드나무 낀 길에 수레 소리는 드높네.
예로부터의 흥망의 자취는 역력한데
눈을 드니 산하는 여전히 옛날과 같아,
장군단 위에는 차가운 구름이 낮게 드리웠고
승상의 사당 앞에는 봄의 해가 저무네.
나라가 사십 팔 년 동안 중원을 잃었으니
강회 지역으로 군대를 보낸다면 쉽게 수복하기 어려울 터,
쇠북 소리가 하늘에서 내려오는 것을 보려면
오히려 관중 땅을 근본으로 삼아야 하리.

山南行[1]

我行山南已三日, 如繩大路東西出
平川沃野望不盡, 麥隴青青桑鬱鬱.

地近函秦氣俗豪,[2] 鞦韆蹴鞠分朋曹.
苜蓿連雲馬蹄疾,[3] 楊柳夾道車聲高.
古來歷歷興亡處, 擧目山河尙如故.
將軍壇上冷雲低,[4] 丞相祠前春日暮.[5]
國家四紀失中原,[6] 師出江淮未易呑.[7]
會看金鼓從天下, 却用關中作本根.[8]

【해제】

48세 때인 건도乾道 8년1172 3월 남정南鄭에 도착하여 쓴 것으로, 남정 지역의 인문자연 환경적 특징과 장점들을 자세하게 서술하며 중원 수복의 방략을 제시하고 있다.

『검남시고』에서는 제7구의 '질疾'이 '건健'으로, 제10구의 '하河'가 '천川'으로 되어 있다.

【주석】

1 山南(산남) : 종남산(終南山)의 남쪽 지역을 가리키는 것으로, 당대와 송대에 산남서도(山南西道)에 속했으며 치소는 남정(南鄭)이었다.

2 函秦(함진) : 지금의 섬서성(陝西省)과 감숙성(甘肅省) 일대의 옛 진(秦)의 통치 지역으로, 함곡관(函谷關)이 있어 이와 같이 부른다. 당시 금(金)에 함락되어 있었다.

3 苜蓿(목숙) : 콩과의 식용 식물. 말의 먹이로 사용할 수 있으며, '금화채(金花菜)'라고도 한다.

4 將軍壇(장군단) : 한(漢) 고조(高祖)가 단을 쌓고 한신(韓信)을 대장군에 봉한 곳이다.

5 丞相祠(승상사) : 촉한(蜀漢)의 승상 제갈량(諸葛亮)의 사당.

6 四紀(사기) : 48년. 12년을 1기(紀)라 한다.

7 江淮(강회) : 장강(長江)과 회수(淮水) 사이 지역.

8 關中(관중) : 지금의 섬서성(陝西省) 지역을 가리킨다. 진(秦)이 멸망한 후 항우(項羽)는 관중 지역을 삼분하여 투항한 진(秦)의 장수인 장한(章邯)과 사마흔(司馬欣), 동예(董翳)를 각각 옹왕(雍王)과 새왕(塞王), 적왕(翟王)으로 삼아 다스리게 하였는데, 이 때문에 이 지역을 '삼진(三秦)'이라고도 하였다.

【해설】

이 시에서는 먼저 곧게 정비된 도로와 비옥한 토지 및 풍부한 산물이라는 산남山南의 지리적인 특성들을 말하고, 놀이에도 패를 나누어 겨루는 산남 사람들의 호방한 기질과 풍족한 먹이로 인해 말은 빠르고 거리에는 수레가 가득한 산남의 번화한 모습을 나타내고 있다. 이어 역대 수많은 왕조와 인물이 지나쳐 갔던 산남의 유구한 역사적 전통을 이야기하고, 장군단과 승상사의 스산하고 쓸쓸한 모습을 통해 희망이 없고 무기력한 현실의 상황을 비유적으로 나타내고 있다. 마지막에는 중원의 수복을 강회江淮 지역으로부터 시작하는 것은 아무런 승산이 없으며, 천혜의 군사요충지인 이곳 산남 지역이 그 근본이 되어야 함을 강조하고 있다.

용이 하늘에 걸려

성도의 유월에 하늘에서 큰바람 불어
집과 땅을 뒤흔들며 소리와 기세가 웅장하고,
지나는 바람 속에 검은 구름이 높이 솟아
귀신처럼 늠름하게 허공을 막고 있네.
벼락이 불을 뿜어 땅에 쏘아 붉고
상제께서 명하여 엎드린 용을 일으키니,
용의 꼬리가 말리지 않고 하늘 동쪽으로 끌려
비에 젖은 수레 축처럼 장대하도다.
산은 무너지고 물은 넘쳐 길이 통하지 않고
천 척 소나무가 연결된 뿌리를 드러내니,
사람 위해 풍년을 만들어달라 말하지 못하고
장엄한 경관에 막혔던 가슴을 씻어내네.

龍掛

成都六月天大風, 發屋動地聲勢雄.
黑雲崔嵬行風中,[1] 凜如鬼神塞虛空.
霹靂迸火射地紅,[2] 上帝有命起伏龍.
龍尾不卷曳天東, 壯哉雨點車軸同.[3]
山摧水溢路不通, 連根拔出千尺松.
未言爲人作年豐,[4] 偉觀一洗芥蔕胸.[5]

【해제】

52세 때인 순희淳熙 3년1176 3월 성도成都에서 쓴 것으로, 큰바람에 벼락이 치고 폭우가 쏟아지는 장관을 묘사하고 있다.

『검남시고』에서는 제목에서 '괘掛'가 '괘挂'로, 제9구의 '수水'가 '강江'으로 되어 있다.

【주석】

1 崔嵬(최외) : 높이 솟은 모양, 성대한 모양.

2 迸火(병화) : 불을 뿜다, 불이 솟아나다.

3 車軸(거축) : 수레의 차축. 용의 곧게 뻗은 모습을 비유한다.

4 未言(미언) : 말하지 않다. 바람과 비가 그쳐 풍년이 될 수 있기를 기원하지 않는 것을 말한다.

5 芥蔕(개체) : 겨자와 가시. 가슴에 막혀 있는 미세한 것을 가리킨다.

【해설】

이 시에서는 유월에 부는 큰바람에 집과 땅이 흔들리고 바람 속에 검은 구름이 일어나는 광경을 묘사하고, 땅에 벼락이 떨어져 불이 일어나는 상황을 상제께서 땅속의 용을 일으키려 하는 것이라 말하며 용이 꼬리를 드리운 채 하늘에 걸려있는 모습을 상상하고 있다. 이어 산을 무너뜨리고 강을 넘치며 천 장 소나무의 뿌리가 드러나도록 폭우가 쏟아지는 장관을 바라보며, 가슴속의 응어리들을 후련하게 털어내고 있다.

나시 협곡의 강에서 편하게 술 마시며

빈터의 연기는 옅어 흩어지려 하고
강의 비는 가늘어 사라지려 하는데,
돌아오는 바람은 옷깃에 불고
맑은 빛은 줄과 부들에 가득하네.
책상에 기대어 이때를 즐기노라니
맑고 화창한 것이 초여름 같고,
개 짖어 어부는 돌아오고
작은 시장에서 맛 좋은 채소를 얻네.
즐겁게 이야기하며 맑은 술을 따르고
책상 위의 글을 권하니,
비록 강가 모래섬을 떠돌지만
숲속 오두막으로 돌아가는 것과 무엇이 다르리?

羅翊峽江小酌[1]

墟煙淡將散, 江雨細欲無.
回風吹衣襟, 晴光滿菰蒲.[2]
隱几樂此時,[3] 淸和如夏初.
犬吠船丁歸, 小市得美蔬.
歡言酌淸醥,[4] 侑以案上書.[5]
雖云泊江渚, 何異歸林廬.[6]

【해제】

54세 때인 순희淳熙 5년1178 6월, 성도成都를 떠나 임안臨安으로 돌아오던 도중 안시협雁翅峽에서 쓴 것으로, 한적한 시골 마을에서 편안한 술자리를 즐기는 기쁨이 나타나 있다.

『검남시고』에서는 제목에서 '라羅'가 '안雁'으로, '협강峽江'이 '협구夾口'로 되어 있다.

【주석】

1 羅翅峽(나시협) : 지명. 안시협(雁翅峽)의 오류로 여겨진다. '안시(雁翅)'는 지금의 안휘성 동지현(東至縣)이다.

小酌(소작) : 편안한 술자리.

2 菰(고) : 줄. 벼과 식물로, 열매 모양이 쌀과 비슷하며 밥으로 지어 먹는다.

3 隱几(은궤) : 책상에 기대다.

4 清醥(청표) : 맑은 술. '표(醥)'는 맑은 술을 가리킨다.

5 侑(유) : 권하다. 연회 자리에서 많이 사용하는 표현으로, 여기서는 마을 사람들이 시인에게 글을 쓸 것을 청하는 것을 말한다.

6 林廬(임려) : 숲속의 오두막집. 은거하는 곳을 가리킨다.

【해설】

이 시에서는 옅은 연기가 피어오르고 가는 비가 내리는 강가 마을의 아름다운 경관을 묘사하며 고향으로 돌아가는 뱃길에 있음을 말하고,

소박한 술과 안주로 마을 사람들과 어울려 편안한 술자리를 즐기고 있는 모습을 나타내고 있다. 이어 비록 관직을 따라 떠도는 삶이지만, 이러한 즐거움을 느낄 수 있으니 은거하는 삶과 다름이 없음을 말하고 있다.

쌍청당에서 밤에 쓰다

내 병이 잠시 잦아든 사이
홀로 계곡의 정자에 누워있노라니,
인적은 고요하여 물고기 눈은 튀어 오르고
바람은 멎어 연꽃 더욱 향기롭네.
밝은 달은 하늘 가운데를 지나고
날아다니는 반딧불은 외로운 빛을 잃었으며,
돌아가는 새는 나는 소리 내며
십 리 연못을 건너가네.
나 홀로 무슨 일로
늘그막에 타향에서 나그네로 있는지 탄식하니,
크게 한숨 짓고 짧은 머리 긁으며
일어나 바라보니 밤은 아직 다하지 않았네.

雙清堂夜賦[1]

陸子病少間, 獨臥谿上堂.
人靜魚目躍, 風定荷更香.
素月行中天,[2] 流螢失孤光.
歸鳥飛有聲, 度此十里塘.
嗟我獨何事, 遲暮客異境.[3]
太息搔短髮, 起視夜未央.[4]

【해제】

55세 때인 순희淳熙 6년1179 6월 건안建安에서 쓴 것으로, 타향에서 관직 생활을 하며 느끼는 향수를 나타내고 있다.

【주석】

1 雙淸堂(쌍청당) : 정자 이름. 건안성 안에 있다. 건안은 옛 군(郡) 이름으로, 지금의 복건성 건구시(建甌市) 지역이다.

2 素月(소월) : 밝은 달.

3 遲暮(지모) : 황혼 무렵. 노년을 가리킨다.

4 夜未央(야미앙) : 밤이 그치지 않다. 밤이 아직 다하지 않은 것을 말한다.

【해설】

이 시에서는 병이 잠시 나아진 틈을 타서 계곡의 정자로 가 한가로운 시간을 보내고 있음을 말하며, 시각과 청각 및 후각을 활용하여 정자에서 바라본 고요한 여름밤의 풍경을 묘사하고 있다. 이어 늘그막에 타향에서 나그네로 떠돌고 있는 자신의 신세를 탄식하며, 고향을 향한 그리움에 밤새도록 잠을 이루지 못하고 있다.

청풍명월

늙어가며 짝이 없어 괴로움을
청풍명월만이 알아주어,
일찍이 굳이 부르지 않아도
곳곳에서 함께 노닐며 즐거워하였네.
만 리 즐거운 회포를 펼치고
삼경의 빼어난 달그림자를 희롱하며,
촉의 궁원에서 술에 흠뻑 젖고
강가 누각에서 시를 마음껏 뿌렸네.
미친 듯 부르는 노래는 산천을 요동시키고
취하여 쓰는 글에선 교룡이 날아갔으니,
다만 속된 인간 데려다가
반평생 미치광이로 살게 하였네.

風月

老來苦無伴, 風月獨見知.
未嘗費招呼, 到處相娛嬉.
披襟萬里快, 弄影三更奇.
淋漓蜀苑酒,[1] 散落江樓詩.[2]
狂歌撼山川,[3] 醉墨飛蛟螭.[4]
聊將調俗子,[5] 更遣半生癡.[6]

【해제】

55세 때인 순희淳熙 6년1179 6월 건안建安에서 쓴 것으로, 촉 지역에서의 생활을 회상하고 있다.

『검남시고』에서는 제12구의 '치癡'가 '의疑'로 되어 있다.

【주석】

1 淋漓(임리) : 흠뻑 젖은 모양. 술에 흠뻑 취하는 것을 의미한다.

蜀苑(촉원) : 촉왕(蜀王)의 별원. 전촉(前蜀)의 왕건(王建)이 건립한 궁원(宮苑)으로, '매원(梅苑)'이라고도 하며 성도(成都) 서남쪽에 있다.

2 散落(산락) : 흩뿌리다. 마음 내키는 대로 시를 쓰는 것을 말한다.

江樓(강루) : 강가 누각. 성도에 있는 금강루(錦江樓)를 가리킨다.

3 撼(감) : 흔들다, 요동치다.

4 蛟螭(교리) : 교룡(蛟龍). 전설상의 동물이다.

5 調(조) : 다스리다, 조절하다.

俗子(속자) : 속된 인간. 식견이 얕거나 저속한 사람을 가리킨다.

6 半生(반생) : 반평생.

癡(치) : 미치광이.

【해설】

이 시에서는 늙어가며 함께할 사람은 없지만 맑은 바람과 밝은 달은 따로 부르지 않아도 언제 어디서나 자신과 함께해왔음을 말하고 있다.

이어 풍월과 함께하며 격정과 비통함으로 미치광이처럼 살았던 촉주에서의 생활을 회상한다.

동도의 조씨 정원을 노닐며

맑은 새벽에 말을 불러 나오니
말몰이꾼이 갈 곳을 청하건만,
금성이 바다같이 넓어
나 또한 기약한 것이 없네.
꽃이 있으면 이내 문으로 들어가
주인이 누구인지 묻지도 않고,
말에서 내려 호상에 앉아
오만하게 바라보며 나무라는 것도 잊는다네.
사람들은 흰머리 늙은이가
어찌 아직도 어린아이처럼 어리석은가 말하지만,
늙은이 여전히 어리석지 않아
꽃을 빌어 내 시를 드러낸다네.
시구는 꽃향기를 띠고 있고
동풍은 감히 불지 못하니,
배회하는 한 쌍 나비야
네 코끝으로 시구의 꽃향기를 아는 것을 허락하노라.

遊東都趙氏園[1]

清晨呼馬出, 馭吏請所之.
錦城浩如海,[2] 我亦無與期.

有花卽入門, 莫問主人誰.
下馬據胡牀, 傲睨忘訶譏.[3]
人言白頭翁, 胡爲尙兒癡.[4]
老翁故不癡, 借花發吾詩.
詩句帶花香, 東風不敢吹.
徘徊雙蛺蝶,[5] 許汝鼻端知.

【해제】

52세 때인 순희淳熙 3년1176 2월 성도成都에서 쓴 것으로, 조씨의 정원을 찾아가 꽃을 감상하고 시를 쓰는 즐거움이 나타나 있다.

『검남시고』에서는 제목에서 '도道'가 '곽郭'으로 되어 있다.

【주석】

1 趙氏園(조씨원) : 조씨의 정원. 조목중원(趙穆仲園)을 가리키며, 성도 동곽 바깥의 금강(錦江) 북쪽 언덕에 있다.

2 錦城(금성) : 성도(成都). '금관성(錦官城)'이라고도 하며, 성도 부근의 금강(錦江)에서 명칭이 유래하였다.

3 訶譏(가기) : 꾸짖고 나무라다.

4 胡(호) : 어찌하여.

5 蛺蝶(협접) : 나비. '협접(蛺蜨)'이라고도 한다.

【해설】

이 시에서는 새벽에 말을 타고 정처 없이 길을 나서, 꽃이 있는 곳이면 어디든 말을 멈추고 마치 제집인 양 편하게 감상하고 즐기는 모습이 나타나 있다. 꽃을 노래하는 시를 써서 시구에 꽃향기를 남겨 나비에게 이를 맡고 감상하게 하는 모습이 해학적으로 느껴진다.

술 대하고

한가로운 시름은 날리는 눈과 같아
술이 들어가면 이내 녹아 버리고,
좋은 꽃은 오랜 친구와 같아
한 번 웃으면 잔이 절로 비워지네.
꾀꼬리는 정이 있어 나를 기억하고
버들 가에서 종일토록 봄바람 속에 우네.
장안에 가지 못한 지 십사 년
술친구들은 때때로 쇠한 늙은이가 되었네.
구환보대는 빛이 땅을 비추지만
그대를 머물게 해 양 볼이 붉어지는 것만 못한다네.

對酒

閑愁如飛雪, 入酒卽消融.
好花如故人, 一笑盃自空.
流鶯有情亦念我,[1] 柳邊盡日啼東風.[2]
長安不到十四載,[3] 酒徒往往成衰翁.
九環寶帶光照地,[4] 不如留君雙頰紅.[5]

【해제】

52세 때인 순희淳熙 3년1176 3월 성도成都에서 쓴 것으로, 술에 대한 찬미와 사랑이 나타나 있다.

『검남시고』에서는 제6구의 '동東'이 '춘春'으로 되어 있다.

【주석】

1 流鶯(유앵) : 꾀꼬리. '류(流)'는 울음소리가 부드럽게 구른다고 하여 붙여진 이름이다.

2 東風(동풍) : 봄바람.

3 長安(장안) : 당(唐)의 도성으로, 여기서는 남송의 도성인 임안(臨安)을 가리킨다.

十四載(십사재) : 십사 년. 융흥(隆興) 원년(1163) 진강통판(鎭江通判)으로 부임했을 때부터 지금까지 지방관으로 지낸 시간을 가리킨다.

4 九環寶帶(구환보대) : 아홉 개의 금 고리가 있는 보배로운 띠. 제왕이나 조정의 높은 관원이 찼던 허리띠로, 여기서는 조정에서 고위 관직을 지내는 것을 비유한다.

5 雙頰(쌍협) : 양쪽 볼.

君(군) : 그대. 여기서는 술을 가리킨다.

【해설】

이 시에서는 마음속 시름을 눈처럼 녹이고 꽃을 대하면 마치 오랜 친구를 마주하는 것처럼 흥겹게 만들어주는 술의 효용을 찬미하고 있다. 이어 도성에서 관직 생활하며 함께했던 술친구들이 이제는 다 늙고 쇠해져 버렸음을 안타까워하며, 제아무리 영예로운 지위보다도 술과 함께하는 삶이 더 나음을 말하고 있다.

교외에서 시골 술을 마시고 크게 취해

장부는 구차하게 구하는 것이 없고
군자는 평소 지키는 바가 있으니,
역사서에 이름을 남기지는 못해도
초야에서 죽을 수는 있다네.
한단의 베개에서의 꿈은
요체가 자신이 가지고 있던 꿈이었으니,
베개를 가지고 농부에게 주었어도
역시 이런 꿈을 꾸었겠는가?
오늘 아침 상수리 숲 아래에서
시골 시장의 술에 취했건만,
빈 주머니를 부끄러워하지는 않으니
시 천 수가 가득 있다네.

郊飮村酒大醉

丈夫無苟求, 君子有素守.[1]
不能垂竹帛,[2] 正可死隴畝.[3]
邯鄲枕中夢,[4] 要是夢所有.
持枕與農夫, 亦作此夢否.
今朝櫟林下,[5] 取醉村市酒.
未敢羞空囊, 爛熳詩千首.[6]

【해제】

53세 때인 순희淳熙 4년1177 9월 성도成都로 돌아와 쓴 것으로, 공업 수립에 대한 소망과 자신의 시에 대한 자부심이 나타나 있다.

『검남시고』에서는 제목에서 '교郊'가 '동교東郊'로, 제목 다음에 '후작後作'이 추가되어 있다. 또한 제6구의 '몽夢'이 '념念'으로 되어 있다.

【주석】

1 素守(소수) : 평소 지키는 품행과 지조.

2 竹帛(죽백) : 죽간과 비단. 서적이나 역사서를 의미한다.

3 隴畝(농무) : 밭. 초야나 산야를 의미한다.

4 枕中夢(침중몽) : 베개 속에서의 꿈. 당(唐) 심기제(沈旣濟)의 『침중기(枕中記)』에 나오는 내용으로, 소년 노생(盧生)이 한단(邯鄲)의 객사에서 도사 여옹(呂翁)을 만나 도사가 준 베개를 베고 잠이 들었는데, 꿈속에서 고관대작을 지내고 부귀영화를 누리며 50여 년을 살다가 깨어나 보니 잠들기 전에 찌던 기장이 아직 다 익지도 않은 시간이었다.

5 櫟林(역림) : 상수리나무숲.

6 爛熳(난만) : 매우 많은 모양.

【해설】

이 시에서는 장부와 군자에 비유하며 자신의 지조와 절개를 나타내고, 한단에서의 꿈 이야기는 결국 평소 자신이 꿈꿔왔던 것을 실현한 것이니 자신의 공업 수립의 소망 또한 반드시 실현된 것이라 확신하고 있다. 이어 비록 주머니는 비어 가난해도 대신 천 수의 시로 가득함을 말하며, 스스로에 대한 위안과 자부심을 나타내고 있다.

차가운 밤에 회포를 풀어

술잔 임하고 마시지 않아도
근심이 많아 절로 취하니,
사방으로 만 리를 다녔어도
시름 묻을 땅을 보지 못하였네.
옛날 도성에 들어갔을 때를 생각하면
이름난 준마는 향기로운 갈기를 흔들었고,
청루에서 밤에 실컷 술 마시며
노랫소리는 하늘 가운데 있었네.
지난날은 당길 수 없어
흰머리는 홀연 옷깃에 드리워지고,
아름다운 아미산의 달은
마주하니 처량해지네.
달빛 떨어져 빈 침상을 비추고
잠 못 이루며 가을 매미 소리 듣노라니,
시름이 사람 따라다님을 일찍이 알았더라면
어찌 고향을 떠났으리?

寒夜遣懷

臨觴本不飮, 憂多自成醉.
四方行萬里, 不見埋愁地.

憶昔入京都, 寶馬搖香鬃.[1]
酣飮青樓夜,[2] 歌聲在半空.
去日不可挽, 華髮忽垂領.
娟娟峨眉月,[3] 相對作淒冷.
月落照空床, 不寐聽寒螿.[4]
早知憂隨人, 何用去故鄕.

【해제】

49세 때인 건도乾道 9년1173 9월 가주嘉州에서 쓴 것으로, 공업을 이루지 못한 슬픔과 향수를 나타내고 있다.

『검남시고』에서는 제4구의 '수愁'가 '우憂'로 되어 있다.

【주석】

1 寶馬(보마) : 이름난 말, 준마(駿馬).

2 靑樓(청루) : 기루(妓樓).

3 娟娟(연연) : 밝고 아름다운 모양.

峨眉(아미) : 산 이름. '아미산(峨嵋山)'이라고도 하며, 지금의 사천성 아미현(峨眉縣) 서남쪽에 있다.

4 寒螿(한장) : 가을 매미. '한선(寒蟬)'이라고도 한다.

【해설】

이 시에서는 고향을 떠나 만 리 밖에서 시름에 빠져 지내고 있는 자신을 말하고, 옛날 도성에서의 호사로웠던 생활을 회상하고 있다. 이어 이미 늙어 버린 자신과 타향에서 보는 가을 풍광에 더욱 깊은 시름을 느끼고, 시름이 사람으로 인해 생겨나지 장소에 따라 변하지 않음을 말하며 고향을 떠나온 것에 후회하고 있다.

장문궁의 원망

차가운 바람은 처량히 소리가 있고
차가운 해는 암담이 광채가 없는데,
빈방에서 감히 한스러워하지 못하고
다만 세모의 슬픔만 품고 있네.
올해에 후궁을 선발하여
수천의 미인들이 어여쁘니,
꾸지람을 받는 것이 빠름을 일찍이 알았더라면
성은을 입는 것이 늦음을 한탄하지 않았을 것을.
울음소리는 응당 구천 하늘에 닿고
눈물은 응당 구천 땅속에 이르리니,
죽으면 오히려 다시 그리워지기나마 하련만
살아서 오래도록 버려져 있기만 하네.

長門怨[1]

寒風凄有聲, 寒日慘無暉.[2]
空房不敢恨, 但懷歲暮悲.
今年選後宮, 連娟千蛾眉.[3]
早知獲譴速, 悔不承恩遲.
聲當徹九天,[4] 淚當達九泉.[5]
死猶復見思,[6] 生當長棄捐.

【해제】

49세 때인 건도乾道 9년1173 10월에서 11월 사이 가주嘉州에서 쓴 것으로, 총애를 잃은 궁녀의 회한을 노래하고 있다.

『검남시고』에서는 제1구의 '처凄'가 '호號'로 되어 있다.

【주석】

1 長門(장문) : 장문궁(長門宮). 한(漢) 무제(武帝) 때 진황후(陳皇后)가 총애를 잃고 유폐되었던 곳으로, 황제의 총애를 잃은 비빈(妃嬪)의 거처를 비유한다.

2 慘(참) : 어둡다, 암담하다.

3 連娟(연연) : 여리고 섬세하다.

蛾眉(아미) : 나방 눈썹. 아름다운 여인을 비유한다.

4 九天(구천) : 하늘의 중앙과 팔방. 하늘 높은 곳을 가리킨다.

5 九泉(구천) : 황천(黃泉). 땅속 깊은 곳을 가리킨다.

6 見思(견사) : 그리움을 당하다. 임금이 자신을 그리워하는 것을 의미한다.

【해설】

이 시에서는 임금의 총애를 잃은 궁녀에 기탁하여 자신의 회한과 불우함을 나타내고 있다. 시에서는 세모에 홀로 궁에 남아 있는 궁녀의 쓸쓸하고 비통한 심정을 처량한 바람 소리와 암담한 햇빛으로 비유하고, 새로 뽑힌 수천의 아름다운 후궁들로 인해 다시 총애를 얻을 기회조차 바랄 수 없는 절망적인 심정을 나타내고 있다. 이어 차라리 죽으면 임금께서 자신을 떠올려 주기라도 하겠지만, 살아 있어 오래도록 버려진 채 있어야만 하는 현실을 비통해하고 있다.

달 뜬 밤

내 옛날 천태산에 은거할 때
한밤중 구곡을 노닐었는데,
달 희롱하며 수홍정을 지나니
만경창파에 한 조각 옥이 있었네.
안개 싸인 거룻배에선 마름 따는 노래 피어나고
물 위의 바람은 낚싯줄에 불었으니,
다시금 잠시 돌아다녀 보려 하였지만
초평과 약속한 기한을 놓칠까 두려워했었네.
올해 청성산을 노니니
봉우리가 서른여섯인데,
흰 구름이 도리어 아래에 있고
내 모골을 서늘하게 하네.
하늘은 유리종처럼
은색 바다에 거꾸로 뒤집혀 축축하고,
흰 벽옥이 그사이를 지나가
초목이 모두 광채나네.
항아는 나를 돌아보고 웃으며
손으로 옥토끼를 어루만지는데,
세속 사람이라 흰 머리 생겨난다 탓하지 말지니
가을바람에 계수나무도 늙어 가지가 없어지려 하네.

月夕

我昔隱天台,[1] 夜半遊句曲.[2]

弄月過垂虹,[3] 萬頃一片玉.

煙艇起菱唱, 水風吹釣絲.

更欲小徙倚, 恐失初平期.[4]

今年遊青城,[5] 三十六峯巒.

白雲反在下, 使我毛骨寒.

天如玻璃鍾, 倒覆濕銀海.

素璧行其間,[6] 草木盡光彩.

姮娥顧我笑,[7] 手撫玉兔兒.[8]

莫怪世人生白髮, 秋風桂老欲無枝.[9]

【해제】

50세 때인 순희淳熙 원년1174 여름 촉주蜀州에서 쓴 것으로, 청성산에서 노닐며 달을 구경하는 감회를 나타내고 있다.

【주석】

1 天台(천태) : 산 이름. 지금의 절강성 태주시(台州市) 천태현(天台縣)에 있다.

2 句曲(구곡) : 산 이름. '모산(茅山)'이라고도 하며, 지금의 강소성 상주시(常州市) 금단구(金壇區)에 있다.

3 垂虹(수홍) : 정자 이름. 오강(吳江) 수홍교(垂紅橋) 위에 있으며, 지금의 강소성 소주시(蘇州市) 오강진(吳江鎭)에 있다.

4 初平期(초평기) : 초평(初平)과 약속한 기한. 천태산으로 돌아가기로 한 기한을 말한다. 초평은 전설상의 신선인 황초평(皇初平)으로, 갈홍(葛洪)의 『신선전(神仙傳)』에 따르면 15세에 목양 일을 하다가 도사를 만나 금화산(金華山) 석실로 들어가 도를 닦고 신선이 되었다고 한다.

5 青城(청성) : 산 이름. '적성산(赤城山)'이라고도 하며, 지금의 사천성 도강언시(都江堰市)에 있다.

6 素璧(소벽) : 흰 벽옥. 달을 가리킨다.

7 姮娥(항아) : 항아(嫦娥) 또는 소아(素娥)라고도 한다. 신화 속의 인물로 후예(后羿)의 처이다. 후예가 서왕모(西王母)로부터 얻은 불사약을 훔쳐 먹고 달로 달아나 달 속의 선녀가 되었다고 한다.

8 玉兎(옥토) : 옥토끼. 전설상 달에서 산다고 하는 토끼.

9 桂(계) : 계수나무. 전설상 달에 있다고 하는 나무.

【해설】

육유는 24세 때인 소흥紹興 18년1148 무렵에 태주台州 천태산天台山에 은거하며 상주常州와 소주蘇州 등지를 유람했었다. 이 시에서는 먼저 당시 구곡산과 수홍정을 유람하며 오강에 뜬 달과 강 위의 풍경을 구경했던 일을 회상하고 있다. 이어 지금은 멀리 촉 지역으로 나와 청성산을 노닐고 있음을 말하고, 호수에 비친 하늘과 달의 모습을 신화적 상상력을 통해 나타내고 있다. 마지막 2구에서는 가을바람에 달 속의 계수나무도 잎이 다 떨어졌음을 말하며, 선계 또한 노쇠함을 면할 수 없다는 말로 인간 세상의 유한함을 위안하고 있다.

하원립의 증행시에 차운하여

가주와 영주는 검남의 서천과 동천이라
지금의 이별은 먼 것이 아니건만,
능운사를 배회하며
가려 하다가도 차마 급히 떠나지 못하네.
높은 곳에 올라 옛 친구를 바라보니
안개 낀 나무만 들쑥날쑥 보이네.
미리 알겠네, 오늘 꿈에서는
떨어져 있지 않아 성문 자물쇠가 쓸모없게 되리란 걸.
평생 함께하자는 뜻은
백 년이 아직 차지 않았으니,
청성산 구름에 둥지 짓고
그대와 세모를 기약한다네.

次韻何元立贈行[1]

嘉榮東西川,[2] 此別不爲遠.
徘徊凌雲寺,[3] 決去未遽忍.
登高望故人, 煙樹參差見.
懸知今日夢,[4] 不隔空城鍵.
平生相從意, 百年有未滿.[5]
結巢青城雲,[6] 期子在歲晩.

【해제】

50세 때인 순희淳熙 원년1174 10월 가주嘉州에서 영주榮州로 떠나며 쓴 것으로, 친구와 이별하는 아쉬움과 후일의 만남에 대한 기약이 나타나 있다.

『검남시고』에는 제목에서 '하원립何元立' 다음에 '도조都曹'가 추가되어 있으며, 제목 다음에 "하원립이 진사도의 「소공을 보내며」 시의 운을 사용하였다元立用陳後山送蘇公詩韻"라는 자주自注가 있다. 또한 제8구의 '공空'이 '중重'으로 되어 있다.

【주석】

1 次韻(차운) : 한시의 작법 중의 하나로, 다른 사람이 쓴 시의 운(韻)을 순서대로 따라서 시를 쓰는 것을 말한다.

何元立(하원립) : 하예(何預). 자가 원립(元立)으로, 육유가 섭지가주(攝知嘉州)로 있을 때 녹사참군(錄事參軍)으로 있었다.

2 嘉榮(가영) : 가주(嘉州)와 영주(榮州).

東西川(동서천) : 가주와 영주는 각각 검남서천(劍南西川)과 검남동천(劍南東川)에 속했다.

3 凌雲寺(능운사) : 사찰 이름. 지금의 사천성 낙산시(樂山市) 능운산(凌雲山)에 있다.

4 懸知(현지) : 예상하여 알다, 미리 알다.

5 空城鍵(공성건) : 성문의 자물쇠를 헛되이 하다. 자물쇠가 쓸모없게 되는 것

을 말한 것으로, 꿈에서 아무런 제약 없이 자유로이 만날 수 있는 것을 의미한다.

6 靑城(청성) : 산 이름. 지금의 사천성 도강언시(都江堰市)에 있다.

【해설】

이 시에서는 하원립과 이별하며 가주와 영주의 거리가 멀지 않아 지금의 이별이 아무렇지 않은 듯 말하면서도, 아쉬움에 차마 길을 나서지 못하고 배회하는 모습이 나타나 있다. 이어 높은 곳에 올라 친구가 있는 쪽을 바라보며 오늘 밤 꿈속에서는 분명 그와 만나게 될 것이라 말하고, 세모에 영주에서의 만남을 기약하고 있다.

취중에 미산에서의 옛 노닒을 생각하고

독한 술은 온화한 기운이 없고
슬픈 노래는 즐거운 정이 없네.
고향은 감히 생각지도 못하고
높이 올라 금성을 바라보네.
금성을 어찌 갈 수 있으리?
마이산 길은 흐릿하기만 하네.
멀리서도 알겠나니, 술 동이 앞의 사람이
내가 시를 쓴 곳을 가리키고 있겠지.
내 비록 야랑 하늘을 떠돌고 있으나
술을 만나면 젊은이처럼 미칠 수 있다네.
동교에서 손 끌던 날을 생각하면
해당화는 눈 같고 버들은 솜 같았네.

醉中懷眉山舊遊[1]

勁酒少和氣, 哀歌無歡情.
故鄉不敢思, 登高望錦城.[2]
錦城那得去, 髣髴蟆頤路.[3]
遙知尊前人,[4] 指我題詩處.
我雖流落夜郎天,[5] 遇酒能狂似少年.
想見東郊攜手日,[6] 海棠如雪柳如綿.

【해제】

50세 때인 순희淳熙 원년1174 11월 영주榮州에서 쓴 것으로, 성도에 있던 시절 미산眉山에서 노닐던 때를 회상하고 있다.

『검남시고』에서는 마지막 구의 '여면如綿'이 '비면飛綿'으로 되어 있으며, 본문 다음에 '한가현의 점술가 원목동이 내게 내년 춘분 이후에 분명 서주로 돌아갈 것이라고 말했다漢嘉術者袁牧童謂予, 明年春分後當還西州'라는 자주自注가 있다.

【주석】

1 眉山(미산) : 지명. 지금의 사천성 미산시(眉山市) 지역이다.

2 錦城(금성) : 성도(成都). '금관성(錦官城)'이라고도 한다.

3 髣髴(방불) : 흐릿하다, 분명하지 않다.

蟆頤(마이) : 산 이름. 지금의 사천성 미산시(眉山市) 동쪽에 있다.

4 尊(존) : 술동이. '준(樽)'과 같다.

5 夜郎(야랑) : 고대 소수 민족의 국가 이름. 고대 구주(九州) 중 양주(梁州)에 속했으며, 여기서는 촉(蜀) 지역을 가리킨다.

6 攜手(휴수) : 손을 끌다. 함께 어울려 노는 것을 말한다.

【해설】

이 시에서는 독한 술과 슬픈 노래 속에 고향에 대한 그리움으로 시름겨워하고 있는 자신을 말하며, 고향으로 돌아가는 것은 차마 바라지도 못하고 다만 성도로라도 돌아갈 수 있기를 바라고 있다. 이어 옛날 성도에 있을 때 해당화가 피고 버들 솜이 날리던 봄날에 친구들과 어울려 미산에서 노닐던 일을 생각하며, 지금은 다른 누군가가 자신이 시를 남겼던 곳에서 술을 마시고 있을 모습을 상상하고 있다.

남쪽 처마에서

올해 가을은 일찍 서늘해져
칠월에도 이미 썰렁한데,
남쪽 처마 긴 대나무 아래
베개와 대자리에서 종일 잠잔다네.
때로 반쯤 꿈에서 깨어
끊어지려 하는 매미 소리 듣고,
베개 밀치고 일어나 크게 탄식하니
사계절이 홀연 이미 바뀌었네.
공명은 아득한 곳으로 떨어지고
노쇠한 몸의 병은 끊임없이 이어지건만,
초승달만 홀로 다정하여
창 엿보니 담박하니 어여쁘네.

南軒

今年秋早涼, 七月已蕭然.[1]
南軒修竹下, 枕簟終日眠.
時將半殘夢,[2] 聽此欲斷蟬.
推枕起太息, 四序忽已遷.[3]
功名墮渺莽,[4] 衰疾方連綿.
新月獨多情, 窺窗澹娟娟.[5]

【해제】

57세 때인 순희淳熙 8년1181 7월 산음山陰에서 쓴 것으로, 공명을 이루지 못한 채 빨리 흘러가 버리는 시간을 안타까워하고 있다.

『검남시고』에서는 제10구의 '련連'이 '침沈'으로 되어 있다.

【주석】

1 蕭然(소연) : 적막한 모양, 텅 비고 휑한 모양.

2 半殘夢(반잔몽) : 온전하지 않은 꿈. 비몽사몽의 상태를 가리킨다.

3 四序(사서) : 사계절.

4 渺莽(묘망) : 아득하고 멍한 모양.

5 娟娟(연연) : 밝고 아름다운 모양.

【해설】

이 시에서는 가을이 일찍 찾아와 칠월에도 이미 가을 기운이 느껴짐을 말하고, 종일토록 잠만 자는 모습을 통해 실의와 무력감에 빠진 자신을 나타내고 있다. 이어 비몽사몽 한 상태로 잠에서 깨어 빠른 세월의 흐름을 탄식하고, 창밖으로 그저 아름답기만 한 달빛을 바라보며 멀어져 버린 공업 수립의 꿈과 끊임없이 이어지는 일신의 질병에 비통함을 나타내고 있다.

배 안에서 고악새 소리를 듣고

여자로 태어나 깊은 규방에 갇혀
담장 울타리를 밖을 엿보지 못하다가,
수레에 올라 남편에게 옮겨가니
다른 집 사람이 부모가 되었네.
신첩이 비록 어리석으나
또한 남편 부모님의 존귀함을 알아,
닭이 울 때 침상에서 내려와
머리 빗고 치마저고리 입었다네.
집안에선 물을 뿌려 청소하고
부엌에선 쟁반 가득 음식을 대접하였으며,
푸른 푸성귀와 비름을 따면서
곰 발바닥보다 맛있지 않음을 한스러워하였네.
시어머니의 안색이 조금도 만족스럽지 않아
옷과 소매는 눈물 흔적으로 축축하였지만,
바라는 건 첩이 사내아이를 낳아
시어머니께서 손자와 노는 것이었네.
이러한 바람은 끝내 어긋나 버리고
박복한 운명에 헐뜯는 말이 오니,
쫓겨나 감히 원망도 못 하고
커다란 은혜 저버린 것을 슬퍼하네.

오래된 길은 연못 가에 있고
가랑비에 귀신불은 어둑한데,
남편께선 '고악'하는 소리 듣고
부인의 원혼을 내쫓지 마시길.

舟中聞姑惡[1]

女生藏深閨, 未省窺牆藩.
上車移所天,[2] 父母爲他門.
妾身雖甚愚, 亦知君姑尊.
下牀頭鷄鳴, 梳髻著襦裙.
堂上奉灑掃,[3] 廚中饋盤飧.[4]
靑靑摘葵莧,[5] 恨不美熊蹯.[6]
姑色少不怡, 衣袂濕淚痕.
所冀妾生男, 庶幾姑弄孫.
此志竟蹉跎,[7] 薄命來讒言.
放棄不敢怨, 所悲孤大恩.[8]
古路傍陂澤, 微雨鬼火昏.
君聽姑惡聲, 無乃遣婦魂.[9]

【해제】

59세 때인 순희淳熙 10년1183 5월 산음山陰에서 쓴 것으로, 쫓겨난 아내의 말을 통해 자신의 박복한 운명에 대한 회한을 나타내고 있다.

『검남시고』에서는 제목이 「여름밤에 배 안에서 물새 소리를 들으니 매우 애절한 것이 '시어머니가 악하다'고 말하는 것 같아, 느낀 바 있어 쓰다夏夜舟中, 聞水鳥聲甚哀若曰姑惡, 感而作詩」로 되어 있다. 또한 제4구의 '타他'가 '타它'로, 제10구의 '궤饋'가 '구具'로, 마지막 구의 '견遣'이 '견譴'으로 되어 있다.

【주석】

1 姑惡(고악) : 물새 이름. 울음소리가 '시어머니가 악하다[姑惡]'고 말하는 것 같다고 하여 붙여진 이름으로, 전설에 시어머니의 학대를 받다 죽은 며느리가 환생한 것이라 한다.

2 所天(소천) : 의지하는 사람. 남편을 가리킨다.

3 灑掃(쇄소) : 물을 뿌려 먼지를 제거하고 청소하다.

4 盤飧(반손) : 쟁반에 가득 담은 음식.

5 葵莧(규현) : 푸성귀와 비름. 허름하고 소박한 찬을 가리킨다.

6 熊蹯(웅번) : 곰 발바닥. 맛있고 진귀한 음식을 가리킨다.

7 蹉跎(차타) : 넘어지고 쓰러지다. 일이 뜻대로 되지 않은 것을 의미한다.

8 孤(고) : 저버리다.

大恩(대은) : 커다란 은혜. 부모님의 은혜를 의미하며, 여기서는 시어머니의 은혜를 가리킨다.

9 遣(견) : 쫓아내다.

【해설】

이 시는 전시에 걸쳐 시어머니의 구박을 받다 고악새로 환생한 부인의 말로 이루어져 있다. 시에서는 먼저 여자로 태어나 규방에서만 갇혀 지내다가, 혼인하여 남편의 집으로 들어가 근면 성실함으로 정성껏 시부모님을 봉양했음을 말하고 있다. 그러나 시어머니의 마음에는 흡족하지 않아 항상 구박을 견디며 눈물 젖은 나날을 보냈고, 오직 아들을 낳아 시어머니의 바람을 충족시켜드리고자 하였으나 이 또한 뜻대로 되지 않아 마침내 쫓겨나게 되었음을 비통해하고 있다. 마지막에서는 이 모든 것을 시어머니의 은혜를 저버린 자신의 잘못으로 돌리며, 시어머니를 원망하는 듯한 자신의 울음소리가 도리에 어긋나 비록 마음에 들지 않을지라도 자신을 쫓아내지는 말아달라 남편에게 당부하고 있다.

세모에

무성한 우물가 오동나무와
울창한 담장 아래 뽕나무,
시들어 떨어지니 어찌 슬프지 않으랴만
한밤중의 서리를 어찌하리?
귀뚜라미 소리는 더욱 가련한데
세모에 나그네 침상에 기대노라니,
나그네 또한 절로 외롭고 쓸쓸해지고
훈롱에 남은 향은 사그라지네.
등불 하나 서쪽 벽에 걸으니
깜빡이며 푸르스름하니 빛이 없고,
붓 끌어 시름을 쓰려 하나
세 번 한숨짓고 글을 이루지 못하네.

歲暮

離離井上桐,[1] 鬱鬱墻下桑.[2]
零落豈不悲, 無奈中夜霜.
蟋蟀更可念, 歲暮依客床.
客亦自孤寂, 衣篝歇殘香.[3]
一燈挂西壁, 耿耿靑無光.[4]
援筆欲寫愁, 三喟不成章.[5]

【해제】

59세 때인 순희淳熙 10년1183 10월 산음山陰에서 쓴 것으로, 타향에서 세모를 맞는 나그네의 시름을 나타내고 있다.

【주석】

1 離離(이리) : 많고 무성한 모양.

2 鬱鬱(울울) : 빽빽하고 울창한 모양.

3 衣篝(의구) : 훈롱(熏籠). 옷을 훈증하여 향을 입힐 수 있게 만든 대나무 상자.

4 耿耿(경경) : 불빛이 반짝이는 모양.

5 喟(위) : 한숨짓다.

【해설】

이 시에서는 무성했던 오동나무와 뽕나무가 가을 서리에 시들어 떨어지는 것을 슬퍼하며 인생의 불가항력을 말하고, 가을밤 귀뚜라미 소리에 외로이 잠 못 이루고 있는 나그네의 모습을 묘사하고 있다. 이어 시름을 달래려 시를 써 보고자 하나 연신 한숨만 내쉴 뿐 끝내 글을 완성하지 못하는 나그네의 깊은 시름을 나타내고 있다.

오경에 족교에서 관서로 들어와

새벽달엔 남은 빛이 있고
가을 나무에는 짙은 그림자가 없는데,
들녘 연기는 드넓어 끝이 없고
뚝 길은 갈수록 길기만 하네.
제방의 소리는 어찌 이리도 철썩이며
이슬 기운은 싸늘하기만 한데,
홀연 나그네 시름은 부서지고
시율이 정연해짐을 느끼네.
옛사람들은 천 년의 뜻을
바쁜 가운데서도 기꺼이 받아들였으니,
산림으로 돌아가기가 어찌 어려우리?
내 계획이 터무니없는 것도 아니라네.

五鼓自簇橋入府[1]

曉月有餘光, 秋樹無濃影.
野煙浩無際, 陂路行愈永.
堰聲何澎湃,[2] 露氣正淒冷.[3]
忽然客愁破, 更覺詩律整.
昔人千載意,[4] 忙裏一笑領.[5]
山林豈難歸, 吾計自不猛.[6]

【해제】

50세 때인 순희淳熙 원년1174 9월 성도成都에서 쓴 것으로, 새벽에 족교를 유람하고 돌아온 감회를 나타내고 있다.

【주석】

1 簇橋(족교) : 족교보(簇橋堡). 본래 제방인데 다리라고 이름 붙인 것으로, 성도 남쪽에 있다.

2 澎湃(팽배) : 물결이 서로 부딪히는 소리.

3 淒冷(처랭) : 차갑고 서늘하다.

4 千載意(천재의) : 천 년의 뜻. 오랫동안 간직한 생각을 의미하며, 산림에서의 은거 생활을 가리킨다.

5 笑領(소령) : 웃으며 받아들이다. 거절하지 않고 기꺼이 받아들이는 것을 말한다.

6 吾計(오계) : 나의 계획. 관직을 버리고 고향으로 돌아가 은거하고자 하는 생각을 가리킨다.

猛(맹) : 심하다, 터무니없다.

【해설】

이 시에서는 잎이 진 나무를 끼고 길게 이어진 뚝 길을 따라 드넓은 평원이 펼쳐져 있는 족교보의 가을 풍경을 묘사하고, 아름다운 풍광으로 인해 나그네의 시름은 다 사라지고 시심이 왕성하게 일어남을 말하고 있다. 이어 은거의 지향을 노래했던 옛사람들을 떠올리며 자신 또한 산림으로 돌아가 은거하고 싶은 바람을 나타내고 있다.

옛 생각

다리 묶어 굶주린 매를 먹이니
매는 배불러도 뜻이 평안하지 않고,
마구간에 엎드려 있는 것이 어찌 편안하지 않겠는가만
늙은 말은 내내 슬피 운다네.
선비로 태어나 참으로 현달하고자 하나
또한 헛되이 부귀해질까 두렵고,
평소의 바람을 아직 펼치지 못해
다섯 세 발 솥의 음식도 담담하여 맛이 없네.
초가집은 가을비에 새고
벼 자란 제방에 봄물은 깊은데,
길게 노래하며 탁한 술 기울이니
온 세상 사람들은 내 마음 알지 못하네.

古意

絏足飼飢鷹,[1] 鷹飽意未平.
伏櫪豈不安,[2] 老驥終悲鳴.
士生固欲達, 又懼徒富貴.
素願有未伸, 五鼎淡無味.[3]
茅屋秋雨漏, 稻陂春水深.
長歌傾濁酒, 擧世不知心.

【해제】

50세 때인 순희淳熙 원년1174 여름 촉주蜀州에서 쓴 것으로, 안주하여 편안하게 사는 삶에 대한 반감을 나타내고 있다.

【주석】

1 紲足(설족) : 다리를 묶다.

2 伏櫪(복력) : 마구간에 엎드리다.

3 五鼎(오정) : 다섯 세발솥에 담긴 음식. 고대에 제사를 지낼 때 다섯 개의 세발솥에 각각 양, 돼지, 편육, 물고기, 사냥한 짐승을 담아 진상했던 것을 가리킨다. 여기서는 진귀하고 맛있는 음식을 의미한다.

【해설】

이 시에서는 한 곳에 매여있는 삶이 비록 걱정도 없고 안락하다 하더라도 자신의 원대한 뜻을 펼칠 수 없는 까닭에 그저 편치만은 않으며, 뜻을 이루지 못하면 제아무리 좋은 음식도 맛을 느낄 수 없음을 말하고 있다. 이어 비가 새는 초가집과 봄물이 가득한 제방을 통해 관직에 얽매여 있는 자신의 비루한 현실과 가슴속 가득한 시름을 비유하고, 울분을 삭이며 술을 마시고 있는 자신의 심정을 세상 사람은 알지 못할 것이라 말하고 있다.

수계정선육방옹시집
須溪精選陸放翁詩集

권5

육유(陸游) 무관(務觀) 찬(撰)

유진옹(劉辰翁) 회맹(會孟) 선(選)

고시古詩

누추한 집에서 옛날을 생각하며

푸른 연기는 뭉쳐 흩어지지 않고
한 필 흰 비단이 교외 들녘을 가로지르는데,
비는 가늘어 물이 되지 못해
맺힌 물이 겨우 흔적만 보이네.
배회하며 뜻이 절로 흡족하여
급히 횡문을 닫지 않고,
하나하나 돌아가는 까마귀를 전송하니
단풍 숲은 아직 어두워지지 않았네.
옛날 수주에서 돌아오던 때를 생각하면
소흥 연간 초였으니,
온 집안사람 백 명이 넘었건만
이 한 몸만 홀로 남았네.
죽지 않는 것도 실로 운명이라
노년을 궁벽한 작은 마을에서 보내고,
몸소 농사지어 다행히 먹을 것을 얻으니
만사는 족히 논할 것이 못 되네.

衡門感舊[1]

蒼煙屯不散,[2] 疋素橫郊原.[3]

雨細不成水, 著水始見痕.[4]

躊躇意自佳,[5] 未遽掩衡門.

一一送歸鴉, 楓林猶未昏.

念昔壽州歸,[6] 紹興初紀元.[7]

闔門過百口,[8] 一身今獨存.

不死實有命, 送老三家村.[9]

躬畊幸得食,[10] 萬事不足論.

【해제】

81세 때인 개희開禧 원년1205 윤8월 산음山陰에서 쓴 것으로, 어릴 적 회하를 건너 남도할 때부터 지금까지의 삶을 회상하고 있다.

『검남시고』에서는 제3구의 '성수成水'가 '습의濕衣'로 되어 있다.

【주석】

1 衡門(형문) : 횡목으로 문을 삼은 집. 허름하고 누추한 집을 가리킨다.

2 屯(둔) : 모이다, 쌓이다.

3 疋素(필소) : 한 필 흰 비단. 길게 드리워진 흰 구름을 비유한다.

4 著水(저수) : 쌓인 물. 여기서는 비에 젖어 맺힌 물기를 가리킨다.

5 躊躇(주저) : 배회하며 나아가지 못하다.

佳(가) : 뜻에 만족하다. 마음에 흡족한 것을 가리킨다.

6 壽州(수주) : 옛 주(州) 이름. 지금의 안휘성 회남시(淮南市) 수현(壽縣)으로, 회하(淮河) 중류의 남쪽에 접해있다. 이 구는 회하를 건너 남도(南渡)했던 일을 가리킨다.

7 紹興(소흥) : 남송 고종(高宗)의 연호(1131~1162)이다. 육유가 어릴 적 남도했을 때는 건염(建炎) 연간(1127~1130)으로, 육유의 착오로 여겨진다.

8 闔門(합문) : 문을 닫다.

過百口(과백구) : 많은 사람을 지나치다. 다른 사람들이 먼저 세상을 떠난 것을 말한다.

9 三家村(삼가촌) : 세 가구가 사는 마을. 궁벽한 작은 마을을 가리킨다.

10 躬畊(궁경) : 몸소 밭을 갈다. 직접 농사일을 하는 것을 의미한다.

【해설】

이 시에서는 낮부터 저녁 무렵이 될 때까지 횡문에 서서 산음의 가을 풍경을 감상하고 있는 시인의 한가로운 모습이 나타나 있다. 이어 어릴 적 남도했을 때부터 노년이 된 지금까지의 세월을 돌이켜 보며, 당시 100명이 넘는 많은 가족이 회하를 건너왔지만 지금은 모두 세상을 떠나고 자신만 홀로 살아남아 있는 것에 회한을 나타내고 있다. 마지막에는 이 또한 자신의 운명이라 여기고 남은 인생은 만사에 관여하지 않고 시골에서 농사지으며 보내고 싶은 바람을 나타내고 있다.

뽕나무를 심어

제갈량의 백 무의 뽕나무와
왕맹의 열 마리 소가
어찌 자손을 생각하지 않은 것이리?
배부르고 따뜻하면 그만일 뿐이었네.
내 오두막 서쪽에 뽕나무 심고
남쪽 길로 오솔길을 내니,
삼월에 잎이 정원에 무성하고
사월에 오디를 딸 수 있네.
대승은 가지 위에서 울고
꾀꼬리는 잎 사이를 날며,
날고 우는 것에 각자 만족하니
인생이 어찌 이러한 것으로 돌아가지 않으리?
집으로 돌아와 힘써 농사짓고 뽕 따며
행동을 삼가며 빈천을 원망하지 않고,
혼인하여 이웃으로 시집 가
죽을 때까지 오래도록 서로 본다네.

種桑

孔明百畝桑,[1] 景畧十具牛.[2]
豈無子孫念, 飽暖自可休.[3]

種桑吾廬西, 微徑出南陌.[4]

三月葉暗園,[5] 四月葚可摘.[6]

戴勝枝上鳴,[7] 倉庚葉間飛.[8]

飛鳴各自得, 人生胡不歸.

歸家力農桑, 愼莫怨貧賤.[9]

婚嫁就比隣,[10] 死生長相見.

【해제】

산음에 있을 때 쓴 것으로 정확한 창작시기는 알 수 없으며, 안분지족하는 삶을 노래하고 있다.

이 시는 『검남시고』에서는 누락되어 있으며, 『방옹일고속첨放翁逸稿續添』에 수록되어 있다.

【주석】

1 孔明(공명) : 제갈량(諸葛亮). 삼국시기 촉(蜀) 낭야(瑯琊, 지금의 산동성 기남현(沂南縣)) 사람으로 자가 공명(孔明)이다. 유비(劉備)를 도와 촉(蜀)을 건국하고 승상(丞相)을 지냈으며, 유비 사후에 후주(後主)를 보좌하고 무향후(武鄕侯)에 봉해졌다.

百畝桑(백무상) : 백 무의 뽕나무. 제갈량이 자식들에 남겨 준 성도의 뽕나무와 밭을 가리킨다.

2 景畧(경략) : 왕맹(王猛). 십육국시기 전진(前秦) 북해군(北海郡) 극현(劇縣, 지금의 산동성 수광시(壽光市)) 사람으로 자가 경략(景略)이다. 지략과 용병에 뛰어나 전진의 3대 군주인 부견(苻堅)의 총애를 받았으며, 승상(丞相)을 거쳐 청하군후(淸河郡侯)에 봉해졌다.

十具牛(십구우) : 열 마리의 소. '구(具)'는 양사(量詞)이다. 왕맹이 임종 때 부견에게 청하여 아들 왕피(王皮)에게 물려준 것을 가리킨다.

3 自可(자가) : 절로 족하다.

休(휴) : 어조사. ~일 따름이다.

4 微徑(미경) : 오솔길.

5 暗園(암원) : 정원을 어둡게 하다. 정원에 잎이 무성한 것을 의미한다.

6 葚(심) : 오디.

7 戴勝(대승) : 새 이름. 생김새가 까치와 비슷하며 머리에 오색의 머리 장식이 있다.

8 倉庚(창경) : 꾀꼬리.

9 愼莫(신막) : 결코 ~하지 마라. 경계의 뜻을 나타내는 말이다.

10 婚嫁(혼가) : 장가가고 시집가다. 남자와 여자의 결혼을 가리킨다.

【해설】

이 시에서는 제갈량과 왕맹이 승상을 지냈으면서도 자손들에게는 그저 백 무의 뽕나무와 열 마리 소만을 남겨 권력과 부귀를 탐하지 않는 삶을 살도록 하였음을 말하고 있다. 이어 집 가까이에 뽕나무를 심고 가꾸며 살아가는 자신의 일상을 나타내고, 뽕나무 가지와 잎 사이로 자유롭게 날아다니는 새들을 바라보며 인생의 가치는 안분지족하는 삶에 있음을 말하고 있다. 마지막 4구에서는 자손들에 대한 당부의 말이 나타나 있다. 농경과 양잠에 힘쓰며 빈천함을 원망하지 말고, 가까운 이웃과 혼인하여 부부가 평생 해로하며 살아가기를 바라고 있다.

집을 떠나며 처자에게 보이다

내일이면 북으로 길 떠나야 하니
밤새도록 일어났다 다시 잠드는데,
슬픈 벌레는 내 옆에서 울고
푸른 등불은 내 앞에서 비치네.
아내는 옷이 얇을까 걱정하여
굵고 가는 실을 거듭 덧대고 이으며,
아이는 약통을 점검하고
계피와 생강을 직접 굽고 달이네.
돈대와 봉화대는 적막하여 셀 수가 있고
한 가지 생각으로 가슴은 이미 쓰라린데,
근심은 사람을 상하게 할 수 있으니
나는 상한지 다시 오래되었네.
천지간에 같이 태어나
사람이면 누군들 하나의 터전이 없으련만,
아프도다, 홀로 무슨 잘못이 있어
황급히 떠나 오래도록 가련하기만 하는지?
부서진 집에 머무르지 못하고
비바람 속에 길가로 달려가니,
하늘에 부르짖는 들 듣기나 하는 건지?
부여한 운명이 어찌 이리 공평하지 못한 건지?

離家示妻子

明日當北征, 竟夕起復眠.
悲蟲號我傍, 青燈照我前.
婦憂衣裳薄, 紉線重敷綿.[1]
兒為檢藥籠, 桂薑手炮煎.[2]
墩堠默可數,[3] 一念已酸然.[4]
使憂能傷人, 我得復長年.
同生天壤間, 人誰無一廛.[5]
傷哉獨何辜, 皇皇長可憐.[6]
破屋不得住, 風雨走道邊.
呼天得聞否, 賦與何其偏.[7]

【해제】

산음에 있을 때 쓴 것으로 정확한 창작시기는 알 수 없으며, 집을 떠나 가족과 헤어져야만 하는 가혹한 운명을 원망하고 있다.

이 시는 『검남시고』에서는 누락되어 있으며, 『방옹일고속첨放翁逸稿續添』에 수록되어 있다.

【주석】

1 紉線(인선) : 굵은 실과 가는 실.

2 桂薑(계강) : 계피와 생강. 약재와 향신료로 사용된다.

3 墩堠(돈후) : 돈대와 봉화대.

4 酸然(산연) : 비통하여 가슴이 쓰라린 모양.

5 廛(전) : 삶의 터전. 집을 가리킨다.

6 皇皇(황황) : 황급한 모양. '황황(遑遑)'과 같다.

7 賦與(부여) : 부여하다. 하늘이 부여한 운명을 가리킨다.

【해설】

이 시에서는 가족과 헤어짐을 앞두고 슬픔과 시름으로 밤새 잠 못 이루고 있음을 말하고, 멀리 떠나는 자신을 위해 아내와 아이가 직접 옷가지와 약통을 챙기고 있는 모습을 나타내고 있다. 이어 근심으로 아파한 지 이미 오래되었다는 말로 가족들과의 그동안의 잦은 이별을 말하고, 다른 사람들과 달리 늘 집을 떠나 오랫동안 가족들과 떨어져 지내야만 하는 자신의 삶을 한스러워하며 인간 운명의 불공평함을 탄식하고 있다.

여름밤

지는 달은 창에 가득하지 않고
놀란 까치는 여러 번 나무를 옮겨가네.
근심에 잠겨 잠시 잠자니
또한 노쇠한 병 때문이기도 하네.
오경에 홀연 꿈을 꾸었으니
말 멈추고 청의강을 건넜다네.
흰 머리로 산촌을 싫어하고
역참에서 원정 가는 걸음을 생각한다네.

夏夜

落月不滿窗, 驚鵲屢移樹.
沉憂少睡眠, 亦以衰疾故.
五更忽作夢, 立馬青衣渡.[1]
白首厭山村, 郵亭憶征步.[2]

【해제】

81세 때인 개희開禧 원년1205 여름 산음山陰에서 쓴 것으로, 몸은 비록 늙고 병들었어도 북벌의 희망을 잃지 않고 있는 모습이 나타나 있다. 총2수 중 제2수이다.

【주석】

1 靑衣(청의) : 청의강(靑衣江). 사천성 중부 지역을 흐르는 강으로 '말수(沫水)'라고도 하며, 낙산시(樂山市)에서 민강(岷江)으로 들어간다.

2 郵亭(우정) : 역참.

【해설】

이 시에서는 여름밤이 저물도록 근심에 빠져 자다 깨기를 반복하고 있는 자신을 말하며 근심의 원인이 일신의 병 때문이기도 함을 말하고 있다. 그러나 그 근본적인 이유는 그의 꿈을 통해 드러나고 있으니, 늙어서도 변함없는 북벌의 소망과 이를 이루지 못한 현실의 좌절 때문이었음을 알 수 있다.

달 뜬 저녁

창을 여니 뜰에 눈이 가득한데
천천히 바라보니 달이 밝은 것임을 알겠네.
미풍은 대숲으로 들어와
다시 눈 오는 소리를 내네.
세속의 먼지 털어내지 않아도
청량하게 폐와 간이 맑아지네.
숲은 깊어 물시계의 북소리 들리지 않는데
학이 울며 삼경을 알리네.

月夕

開戶滿庭雪, 徐看知月明.
微風入叢竹, 復作雪來聲.
俗塵不待掃, 凜然肺肝淸.[1]
林深無漏鼓,[2] 鶴唳報三更.[3]

【해제】

54세 때인 순희淳熙 5년1178 10월 산음山陰에서 쓴 것으로, 달빛 비치는 가을밤의 정경을 나타내고 있다.

『검남시고』에서는 제6구의 '폐간肺肝'이 '간폐肝肺'로, 제7구의 '림林'

이 '촌村'으로 되어 있다.

【주석】

1 凜然(늠연) : 차갑고 서늘한 모양.

2 漏鼓(누고) : 물시계의 시간을 알리는 북.

3 唳(려) : 학이 울다.

【해설】

이 시에서는 눈이 내린 듯 뜰 가득한 달빛과 눈 오는 소리를 내는 대숲의 바람 소리를 묘사하며 가을밤의 고요하고 청량한 정경을 나타내고 있다. 이어 이러한 정경에 세속 먼지 가득했던 자신의 육신이 절로 깨끗해짐을 말하고, 누고 소리 대신 학의 울음소리가 들려오는 깊은 숲 속에서 밤 깊도록 잠을 이루지 못하고 있는 자신을 나타내고 있다.

밤에 노 젓는 소리를 듣고

삐걱대는 두 노 소리에
처량하도다, 나그네의 정이여.
어찌 한 잔 술 없어
외로운 배에서 누구와 함께 기울이리?
맑은 시름을 견딜 수 없는데
서리 속 달은 잔잔한 물을 비추네.

夜聞櫓聲

呷啞雙櫓聲,[1] 凄切遊子情.
豈無一杯酒, 孤舟誰與傾.
清愁不可耐,[2] 霜月照潮平.

【해제】

정확한 창작시기는 알 수 없으며, 가을밤 나그네의 시름을 나타내고 있다.

이 시는 『검남시고』에서는 누락되어 있으며, 『방옹일고속첨放翁逸稿續添』에 수록되어 있다.

【주석】

1 咿啞(의아) : 의성어. 노 젓는 소리.

2 耐(내) : 견디다, 참다.

【해설】

이 시에서는 나그네 신세로 노 젓는 소리 들으며 깊은 슬픔에 빠져 있음을 말하고, 외로움을 달래줄 술 한 잔 없는 것을 안타까워하며 달빛 비치는 차가운 강물을 시름겹게 바라보고 있다.

술 대하고

새로운 아황주는 누렇고
진귀한 금귤은 향기로우니,
천공께서 나의 적막함을 가련히 여겨
한 잔 술로 위로하시네.
가슴속 만 권의 책을
늙도록 털끝만치도 펴보지 못해,
술 들어 한 번 들이부어
너와 함께 깊이 감추어 버린다네.
살아서는 응당 궁벽한 거리에서 늙고
죽어서는 남산 언덕에 묻힐 터,
예로부터 모두가 이와 같았으니
끝이로다, 내 용렬함을 어찌 아파하리?

對酒

新酥鵝兒黃,[1] 珍橘金彈香.[2]
天公憐寂寞, 勞我以一觴.
胸中萬卷書, 老不施毫芒.[3]
持酒一澆之,[4] 與汝俱深藏.
生當老窮巷, 死埋南山岡.
古來共如此, 已矣庸何傷.[5]

【해제】

63세 때인 순희淳熙 14년1187 겨울 엄주嚴州에서 쓴 것으로, 공업을 이루지 못하고 헛되이 늙어 버린 회한을 나타내고 있다.

【주석】

1 酥(수) : 연유. 술의 별명이다.

鵝兒(아아) : 거위. 한주(漢州)의 명주(名酒)인 아황주(鵝黃酒)를 가리킨다.

2 金彈(금탄) : 황금 탄환. 금귤(金橘)을 비유한다.

3 毫芒(호망) : 가는 털의 끝. 지극히 미미한 것을 의미한다.

4 澆(요) : 물을 대다, 뿌리다.

5 庸(용) : 평범하다, 뛰어나지 않다. 자신의 능력이 부족함을 말한다.

【해설】

이 시에서는 하늘이 자신을 위로하여 술을 내려 준 것이라 말하며, 가슴속 가득한 뜻을 펼칠 기회를 얻지 못해 그저 울분을 술로 달래고 있을 뿐임을 말하고 있다. 이어 앞으로도 시골에 묻힌 채 늙어가다 끝내 이룬 것 없이 죽게 될 자신을 생각하고, 이 모든 것을 자신의 부족한 능력 탓으로 돌리고 있다.

밤에 병서를 읽고

외로운 등불은 서리 내리는 저녁에 빛나는데
인적 드문 산속에서 병서를 읽으니,
평생토록 만 리를 달리는 마음은
창 들고 왕 앞에서 말달리는 것이라네.
싸우다 죽는 것은 병사에겐 흔히 있는 일이니
치욕스럽게 처자식만을 지키고 있겠으며,
공업을 이루는 것은 우연히 만나는 것이니
결과를 미리 헤아린다면 절로 멀어지게 된다네.
연못에서 허기진 기러기는 울고
세월은 가난한 선비를 기만하는데,
거울 속의 모습을 탄식하니
어찌하면 오래도록 젊은 모습 간직할 수 있으리?

夜讀兵書

孤燈耿霜夕, 窮山讀兵書.
平生萬里心, 執戈王前驅.
戰死士所有, 恥復守妻孥.[1]
成功亦邂逅,[2] 逆料政自疎.[3]
陂澤號飢鴻,[4] 歲月欺貧儒.
歎息鏡中面, 安得長膚腴.[5]

【해제】

32세 때인 소흥紹興 26년1156 겨울 산음山陰에서 쓴 것으로, 공업 수립에 대한 소망과 결의를 나타내고 있다.

【주석】

1 妻孥(처노) : 처자식.

2 邂逅(해후) : 우연히 만나다. 공이란 우연히 기회가 맞아 이루어지는 것을 말한다.

3 逆料(역료) : 미리 헤아리다. '예료(豫料)'와 같다. 공을 이룬 뒤의 결과를 짐작하는 것을 말한다.

4 陂澤(피택) : 저수지.

5 膚腴(부유) : 피부에 윤기가 흐르다. 젊은 모습을 의미한다.

【해설】

이 시에서는 유생이면서도 병서兵書를 읽고 있는 모습을 묘사하며 자신이 직접 창을 들고 왕의 선봉에 서서 금金을 몰아내고자 하는 목적을 말하고, 처자식만을 보존하고자 하는 소극적인 태도를 수치스럽게 여기며 항전에 대한 투지와 자신감을 나타내고 있다. 그러나 소망 실현의 기회조차 없이 헛되이 시간만 보내고 있는 자신의 현실을 안타까워하며 공업을 실현할 때까지 젊음을 유지하고픈 바람을 나타내고 있다.

주자운의 정원에서 꽃을 보며

내 살쩍 머리 홀연 이미 하얘지고
그대 얼굴도 다시 붉지는 않으니,
꽃 앞의 한 잔 술에
즐겁지 않은들 또 어떠하리?
저녁에 가지 위의 꽃을 보고
이미 아침때만 못함을 깨달았으니,
부귀함도 응당 때에 맞아야 하거늘
우리들의 늙음을 어이하리?
나는 노래하고 그대는 일어나 춤추며
종일토록 그대는 나를 머물게 하지만,
어찌 알았으리, 꽃은 정이 없어
사람의 시름 대신할 줄 모르는 것을.
장안 이삼월에
꽃은 상림원에 가득할 터,
축원하니 그대 일찍 뜻을 얻어
돌아오는 말고삐에서 옥 방울 소리 들으시길.

朱子雲園中觀花[1]

我鬢忽已白, 君顏非復朱.[2]
花前一杯酒, 不樂復何如.

暮看枝上花, 已覺不如早.
富貴當及時, 吾輩奈何老.
我欲君起舞,[3] 竟日爲君留.
安知花無情, 不解替人愁.[4]
長安二三月, 花滿上林中.
祝君早得意, 歸轡聽玲瓏.[5]

【해제】

33세 때인 소흥紹興 27년1157 산음山陰에서 쓴 것으로, 과거시험을 보러 임안臨安으로 가는 주자운朱子雲을 축원하고 있다.

『검남시고』에서는 제9구의 '욕欲'이 '가歌'로, 마지막 구의 '영玲'이 '총璁'으로 되어 있다.

【주석】

1 朱子雲(주자운) : 누구인지 알 수 없다.

2 朱(주) : 붉다. 얼굴이 젊은 것을 의미한다.

3 欲(욕) : ~하고자 하다. 뜻이 통하지 않아 여기서는 『검남시고』에 따라 '노래하다'로 고쳤다.

4 不解(불해) : ~할 줄 모르다.

5 上林(상림) : 상림원(上林苑). 한대(漢代) 황제의 정원으로, 여기서는 남송

(南宋) 궁궐의 정원을 가리킨다.

6 玲瓏(영롱) : 옥이 부딪쳐 울리는 소리. 여기서는 말 방울 소리를 가리키며, 과거에 급제하여 돌아오는 것을 의미한다.

【해설】

이 시에서는 자신과 주자운이 이미 늙어 꽃 앞의 술자리에서도 즐겁지 않음을 말하고, 그 이유가 과거에 합격할 시기를 이미 훌쩍 넘어서 버렸기 때문임을 말하고 있다. 이어 비록 노래하고 춤추며 흥을 돋워 보지만 꽃이 자신들의 시름을 대신해 주지는 못함을 탄식하고, 부디 주자운만이라도 더 늦기 전에 이번 시험에 급제하여 돌아오기를 축원하고 있다.

술은 혼자 마실 이유가 없어

술은 혼자 마실 이유가 없어
늘 객들이 없음을 한스러워하는데,
홀연 내 친구가 연락해 오니
어찌 새벽과 밤을 따지리?
젊은 시절 헛된 명성 추구하느라
세월은 망아지가 틈을 지나가는 것 같았는데,
나이 든 이후로는
하루도 아깝기만 하네.
술지게미로 쌓은 언덕이 얼마나 되는지는 몰라도
마신 술이 적게 헤아려도 천 석은 되니,
매임 없이 만사를 내버려 두고
하늘과 땅을 장막으로 삼았다네.
인생은 칼 가는 숫돌과 같아
다 닳는 날이 반드시 있으니,
삽 메고 따라오라 할 필요도 없고
하물며 몇 켤레나 나막신 신었는지를 물으리?

酒無獨飮理

酒無獨飮理, 常恨缺徒客.
忽報我輩人, 豈計晨與夕.

少年事虛名, 歲月駒過隙.[1]
自從老大來, 一日亦可惜.
糟丘未易辨,[2] 小計且千石.[3]
頹然置萬事,[4] 天地爲幕帟.[5]
人生如刀礪,[6] 磨盡要有日.
不須荷锸隨,[7] 況問幾兩屐.[8]

【해제】

48세 때인 건도乾道 8년1172 봄 기주夔州를 떠난 후에 쓴 것으로, 삶과 공명에 대한 초연한 태도를 나타내고 있다.

『검남시고』에서는 제2구의 '도徒'가 '가佳'로 되어 있다.

【주석】

1 駒過隙(구과극) : 망아지가 틈새를 지나가다. 세월이 쏜살같이 지나가는 것을 비유한다.

2 糟丘(조구) : 술지게미를 쌓아 만든 언덕. 술을 많이 마시는 것을 비유한다.

3 石(석) : 용량 단위. 10말.

4 頹然(퇴연) : 매이지 않고 자유로운 모양.

5 幕帟(막역) : 장막.

6 刀礪(도려) : 칼 가는 숫돌.

7 荷鍤隨(하삽수) : 삽을 메고 따라오다. 동진(東晉)의 유령(劉伶)이 늘 사슴이 끄는 수레를 타고 술 한 병을 들고서 사람에게 삽을 메고 그를 따라오게 하여 자신이 죽으면 그 자리에서 묻으라고 했던 일을 가리키는 것으로, 여기서는 삶에 대해 미리 자포자기하는 것을 의미한다.

8 幾兩屐(기량극) : 몇 켤레 나막신. 동진(東晉)의 원부(阮孚)에게 한 사람이 찾아와 밀납으로 나막신을 만들며 자신이 평생 몇 켤레의 나막신을 신었는지 모른다며 탄식했던 일을 가리키는 것으로, 평생 공명을 좇아 사방으로 고생하며 다니는 것을 의미한다.

【해설】

이 시에서는 홀로 지내다 친구가 찾아온다는 소식을 듣고 함께 술 마실 수 있게 된 것에 기뻐하고, 젊은 시절 공명을 추구하느라 헛되이 보낸 시간을 아쉬워하며 나이가 들고 보니 하루하루가 소중히 느껴짐을 말하고 있다. 이어 천 석의 술을 마시며 만사에 매임 없이 자유로이 지냈던 지난 시절을 회상하며, 인생은 언젠가는 때가 있으니 섣불리 포기하거나 조바심내며 전전긍긍할 필요가 없음을 말하고 있다.

청산백운가

청산백운옹은
방랑하다 술 속에서 죽어,
긴 소나무 뿌리에 뼈를 묻고
밤마다 계곡 물소리 듣네.
소나무는 늙어 땔나무가 되고
뼈는 썩어 먼지가 될 터이지만,
다만 천 년토록 미친 이름은 남아
다른 해에 나를 알아주는 사람이 절로 있으리.

靑山白雲歌

靑山白雲翁,[1] 放浪酒中死.
埋骨長松根, 夜夜聽谿水.
松老會作薪, 骨朽會作塵.
但留千載狂名在,[2] 知我他年自有人.

【해제】

68세 때인 소희紹熙 3년1192 여름 산음山陰에서 쓴 것으로, 청산백운옹의 굳은 기상을 칭송하고 있다.

『검남시고』에서는 마지막 구의 '타他'가 '타它'로 되어 있다.

【주석】

1 青山白雲翁(청산백운옹) : 푸른 산의 흰 구름과 같은 늙은이. 육유 자신을 비유한다.

2 狂名(광명) : 미친 이름. 육유가 자호를 '방탕한 늙은이'라는 뜻의 '방옹(放翁)'이라 한 것을 가리킨다.

【해설】

이 시에서는 자신을 청산백운옹에 비유하여 그가 방랑하다 술 속에서 죽어 소나무 뿌리 아래 묻혔음을 말하고, 그의 육신은 비록 땔나무와 먼지가 되어 사라져 버려도 그의 이름만큼은 오래도록 남아 후세에 기억될 것임을 말하고 있다.

파병초 울음소리를 듣고

누런 진흙 고개에 소나무는 빽빽한데
깊은 곳의 새가 가지를 뚫고 때때로 울음소리 내네.
너의 소리는 어찌 한결같이 슬픈지
너의 말에 내 마음은 아프단다.
마을 곳곳에 보리는 익고 전병은 향기로운데
구천에 계신 내 어머니는 어찌 드실 수 있으리?

聞婆餅焦[1]

黃泥嶺松森森, 幽鳥穿枝時一吟.
汝聲一何悲, 汝語惻我心.
連村麥熟餅餌香,[2] 我母九泉那得嘗.[3]

【해제】

정확한 창작시기는 알 수 없으며, 돌아가신 어머니에 대한 그리움을 나타내고 있다.

이 시는 『검남시고』에서는 누락되어 있으며, 『방옹일고속첨放翁逸稿續添』에 수록되어 있다.

【주석】

1 婆餠焦(파병초) : 새 이름. 울음소리가 마치 '어미의 전병이 탄다[婆餠焦]'라고 말하는 것 같아 이와 같이 불렀다. 전설에 멀리 수자리 간 남편을 기다리다 부인이 망부석이 되었는데 그녀의 어미가 전병을 만들어 그녀에게 주려고 아들에게 이를 지켜보게 하였다. 그러다 전병이 타서 못 먹게 될까 걱정이 되었지만, 가기에는 이미 늦어 이 새로 변해 다만 이렇게 부르짖었다고 한다.

2 餠餌(병이) : 전병. 밀가루를 반죽해서 굽거나 쪄서 만든 음식이다.

3 九泉(구천) : 황천(黃泉). 땅속 저승세계를 가리킨다.

【해설】

이 시에서는 마치 어머니가 말하는 듯한 파병초 울음소리를 듣고 돌아가신 어머니를 떠올리며 슬퍼하고 있다. 보리가 익어 마을 곳곳에 전병을 굽는 향기가 가득하지만 돌아가신 어머니는 드실 수 없기에 시인의 비통함은 더욱 깊어지고 있다.

칠언율시七言律詩

막 이릉을 떠나며

강변에 우레가 울리고 북과 피리 소리가 웅장한데
백 개의 여울을 다 지나 길을 잃고 막혀 버렸네.
아득히 푸른 바깥으로 산은 평평하고 물은 먼데
순식간에 땅이 갈라지고 하늘이 열렸네.
건장한 송골매가 가로질러 날아 멀리 강 언덕을 스치고
커다란 물고기는 튀어 올라 하늘을 타고 오르려 하네.
오늘 아침 즐거운 기분을 그대는 아는지?
삼 장 누런 깃발이 순풍에 춤을 추네.

初發夷陵[1]

雷動江邊鼓吹雄,[2] 百灘過盡失途窮.
山平水遠蒼茫外,[3] 地闢天開指顧中.[4]
俊鶻橫飛遙掠岸, 大魚騰出欲凌空.
今朝喜氣君知否, 三丈黃旗舞便風.[5]

【해제】

54세 때인 순희淳熙 5년1178 5월, 성도成都를 떠나 임안臨安으로 돌아오던 도중 이릉夷陵에서 쓴 것으로, 험난한 물길을 극복하고 지나온 기쁨을 나타내고 있다.

『검남시고』에서는 제7구의 '기氣'가 '처處'로 되어 있다.

【주석】

1 夷陵(이릉) : 지명. 지금의 호북성 의창시(宜昌市) 이릉구(夷陵區)이다.

2 鼓吹(고취) : 북을 치고 피리를 불다. 여기서는 세찬 여울물 소리를 비유한다.

3 蒼茫(창망) : 드넓고 끝이 없이 아득한 모양.

4 指顧(지고) : 한 번 가리키고 한 번 보는 사이. 매우 짧은 시간을 의미한다.

5 便風(편풍) : 순풍(順風).

【해설】

이 시에서는 우렛소리와 웅장한 북과 피리 소리를 내며 흐르는 장강의 협곡과 여울을 지나왔음을 말하고, 이릉에 이르러 비로소 평탄하고 드넓은 산과 물을 만나게 되었음을 말하고 있다. 이어 송골매가 날고 물고기가 튀어 오르는 평온한 강의 정경을 묘사하고, 순풍에 펄럭이는 돛을 바라보며 모진 역경을 헤치고 나온 기쁨을 나타내고 있다.

봄이 지려 하여

석경산 앞에서 석양을 보내고
지는 봄 돌아보니 아쉬움만 배가 되네.
시절이 평안하여 장사는 공업도 없이 늙어가고
고향은 멀어 원정 나온 이는 꿈에서나 돌아가네.
목숙의 싹은 대로를 침범하여 합해지고
무청의 꽃은 보리밭으로 들어와 드문드문하네.
권태로이 다니며 심히 쇠락한 모습이 스스로도 우스우니
매 날리고 취하여 사냥했던 것을 누가 기억하리?

春殘

石鏡山前送落暉,[1] 春殘回首倍依依.[2]
時平壯士無功老, 鄉遠征人有夢歸.
苜蓿苗侵官道合,[3] 蕪菁花入麥畦稀.[4]
倦遊自笑摧頹甚,[5] 誰記飛鷹醉打圍.[6]

【해제】

52세 때인 순희淳熙 3년1176 2월 성도成都에서 쓴 것으로, 지는 봄을 맞이한 쓸쓸한 감회를 나타내고 있다.

【주석】

1 石鏡山(석경산) : '무담산(武擔山)'이라고도 하며, 성도 시내에 있다.

落暉(낙휘) : 석양(夕陽).

2 依依(의의) : 아쉬움에 미련이 남는 모양.

3 苜蓿(목숙) : 콩과의 식용 식물. 말의 먹이로 사용할 수 있으며, '금화채(金花菜)'라고도 한다.

官道(관도) : 관에서 만든 도로. 대로(大路)를 가리킨다.

4 蕪菁(무청) : 순무.

5 摧頹(최퇴) : 꺾이고 무너지다. 좌절하여 절망하는 것을 의미한다.

6 打圍(타위) : 수렵하다. 남정(南鄭)에서 호랑이를 사냥하던 일을 가리킨다.

【해설】

이 시에서는 지는 봄날 석양의 풍경을 바라보며 공업을 이루지 못한 아쉬움과 고향에 대한 그리움을 나타내고 있다. 이어 성도로 물러 나와 좌절과 실의에 빠진 채 헛되이 시간만 보내고 있는 자신의 모습을 스스로 비하하며, 매를 날리고 호랑이를 사냥했던 남정南鄭에서의 호방했던 삶을 회상하고 있다.

자성의 새 누각에 오르고 두루 다니다 서원의 연못 정자에 이르러

미친 사람이라 광기를 어찌할 줄 모르는데
하물며 누각에 올라 임하니 빼어난 흥취 많음을 어찌하리?
천 겹 설산은 적박령에 이어지고
한 줄기 봄물은 마가지로 들어가네.
시 읊조리던 반악은 서리가 살짝 머리로 들어오고
낚시 끝낸 현진자는 비가 도롱이에 가득하였네.
유관으로 오랑캐 쫓을 기약은 아직 머니
어디서든 한가로이 즐기는 것도 무방하리.

登子城新樓, 遍至西園池亭[1]

狂夫無計奈狂何, 何況登臨逸興多.
千疊雪山連滴博,[2] 一支春水入摩訶.[3]
吟餘騎省霜侵鬢,[4] 釣罷玄眞雨滿蓑.[5]
逐虜楡關期尙遠,[6] 不妨隨處得婆娑.[7]

【해제】

52세 때인 순희淳熙 3년1176 3월 성도成都에서 쓴 것으로, 성도 주변 곳곳을 유람하고 다니는 감회를 노래하고 있다.

【주석】

1 子城(자성) : 성 이름. 큰 성과 함께 쌓은 작은 성을 가리키며, 성도 남쪽에 있다.

西園(서원) : 정원 이름. 송대 전운사(轉運司) 관서 안에 있던 정원이다.

2 雪山(설산) : 산 이름. 성도의 서산(西山)을 가리키며, '설령(雪嶺)'이라고도 한다.

滴博(적박) : 고개 이름. 적박령(滴博嶺)을 가리키며, '적박령(的博嶺)'이라고도 한다.

3 摩訶(마가) : 연못 이름. 마가지(摩訶池)를 가리키며, '오지(汙池)'라고도 한다.

4 騎省(기성) : 산기시랑(散騎侍郎)의 관서. 서진(西晉) 반악(潘岳)을 가리킨다. 이 구는 반악의 「추흥부서(秋興賦序)」에서 "내 나이 서른둘에 처음 흰 머리가 보였고, 태위연 겸 호분중랑장으로 산기시랑의 관서에서 우연히 근무하게 되었다(余春秋三十有二, 始見二毛, 以太尉掾兼虎賁中郎將, 偶直於散騎之省)"라 한 뜻을 차용한 것으로, 뜻을 이루지 못하고 헛되이 시간만 보내고 있는 것을 의미한다.

5 玄眞(현진) : 현진자(玄眞子). 당(唐) 장지화(張志和)를 가리킨다. 장지화의 「어부(漁父)」에서 "푸른 부들 삿갓과 초록 도롱이 있어, 비끼는 바람과 가랑비에도 돌아갈 필요 없네(青蒻笠, 綠蓑衣, 斜風細雨不須歸)"라 한 것을 차용하였다.

6 榆關(유관) : 산해관(山海關). 만리장성의 동쪽 관문으로 임유현(臨渝縣) 동문에 있어 '유관(渝關)'이라고도 하며, 지금의 하북성(河北省) 진황도시(秦皇島市) 동북쪽에 있다. 여기서는 변방 관문 지역을 범칭한다.

7 婆娑(파사) : 한가롭게 노닐다.

【해설】

이 시에서는 본디 격한 감정을 주체하지 못하는 자신이 누각에 올라 주위의 풍광을 바라보며 한껏 흥이 일어나고 있음을 말하고, 눈 덮인 산과 봄물이 어우러져 있는 봄날의 풍경을 묘사하고 있다. 이어 반악과 장지화의 일을 들어 뜻을 이루지 못한 채 어느덧 노년에 접어든 자신과 은거 생활의 지향을 나타내고, 오랑캐를 정벌할 날이 아직 멀기에 한가로이 노닐고 즐기는 것도 상관없음을 말하며 요원하기만 한 북벌의 기약에 불만과 안타까움을 나타내고 있다.

가을을 느껴

서풍에 급한 절굿공이가 수자리 옷을 찧으니
나그네의 변방의 정은 이때 한창이라네.
만사는 이제부터 그저 반복될 따름이거늘
백 년 인생 반이 넘도록 어디로 가려 하는가?
아름다운 집의 귀뚜라미는 맑은 저녁을 원망하고
아로새긴 난간 우물가 오동잎은 옛 가지에서 떨어지네.
베개 베고 누웠다가 처량하여 잠 못 이루고
등불 불러 일어나 가을을 느끼는 시를 쓰네.

感秋

西風急杵擣征衣,[1] 客子關情正此時.[2]
萬事從今聊復爾, 百年强半欲何之.[3]
畫堂蟋蟀怨清夜,[4] 金井梧桐辭故枝.[5]
一枕凄凉眠不得, 呼燈起作感秋詩.

【해제】

53세 때인 순희淳熙 4년1177 7월과 8월 사이 성도成都에서 쓴 것으로, 가을밤의 처량하고 쓸쓸한 감회를 나타내고 있다.

『검남시고』에서는 제1구의 '급急'이 '번繁'으로, '도擣'가 '도擣'로, 제

3구의 '금今'이 '초初'로, 제4구의 '강强'이 '강彊'으로 되어 있다.

【주석】

1 西風(서풍) : 가을바람.

征衣(정의) : 나그네의 옷. 수자리 나간 병사의 옷을 가리킨다.

2 關情(관정) : 변방 관새(關塞)에서 느끼는 정.

3 强半(강반) : 반을 넘어서다. 나이 오십이 넘은 것을 가리킨다.

4 畫堂(화당) : 아름답고 화려한 집.

5 金井(금정) : 난간에 아로새긴 장식이 있는 우물.

【해설】

이 시에서는 가을바람이 불어 수자리 나간 이의 옷을 만드는 절구 소리를 듣고 변방에서 또 한 해를 보내는 객수가 한층 더 깊어짐을 말하고, 의미 없이 반복되는 일상에 회의를 느끼며 무엇을 위해 고향을 떠나 이곳까지 오게 되었는지 스스로에게 되묻고 있다. 이어 귀뚜라미가 울고 오동잎이 지는 가을밤의 처량한 정경을 묘사하며, 시름에 잠 못 이루고 등불 켜고 일어나 가을의 감회를 시로 나타내고 있다.

일찍 출발하여 강원에 이르러

시끄럽게 우는 닭은 길 나서기를 재촉하고
훨훨 나는 백로는 외로운 여정을 인도하네.
깃발 장식 모두 떨어지니 돌아갈 길은 아직 멀고
허리띠 구멍 자주 옮기니 수척함에 스스로 놀란다네.
작은 시장은 적막하고 누런 잎은 가득한데
끊어진 다리는 쇠락하여 푸른 이끼 자라 있네.
머물러 사는 이들도 오히려 시름겨운 생각 많거늘
하물며 하늘 끝 떠도는 고달픈 나그네의 심정은 어떠하리?

早起至江原

喔喔鳴鷄促起程,[1] 翻翻飛鷺導孤征.[2]
節旄盡落歸猶遠,[3] 帶眼頻移瘦自驚.[4]
小市蕭條黃葉滿,[5] 斷橋零落綠苔生.
居人猶復多愁思,[6] 何況天涯倦客情.[7]

【해제】

53세 때인 순희淳熙 4년1177 8월 공주邛州로 가던 도중 강원江原에 이르러 쓴 것으로, 여행길의 노고와 객수를 노래하고 있다.

『검남시고』에서는 제목에서 '기起'가 '행行'으로 되어 있다. 이 시는

『간곡정선육방옹시집』 권3에도 이미 「일찍 길을 나서早行」라는 제목으로 수록되어 있다. 유진옹劉辰翁의 착오로 여겨진다.

【주석】

1 喔喔(악악) : 닭 울음소리.

2 翻翻(번번) : 새가 높이 나는 모양.

3 節旄(절모) : 깃발에 매단 소꼬리 장식.

4 帶眼(대안) : 허리띠의 구멍.

5 蕭條(소조) : 적막하고 쓸쓸한 모양.

6 居人(거인) : 한곳에 머물러 사는 사람.

7 倦客(권객) : 권태로운 나그네. 객지 생활에 지치고 고달픈 객을 가리킨다.

【해설】

이 시에서는 이른 새벽부터 시작된 여정을 말하며 헤진 깃발 장식과 줄어드는 허리띠를 통해 오랜 여정의 고단함을 나타내고 있다. 이어 도중에 이른 마을의 적막하고 쇠락한 모습을 바라보며 그곳에 사는 사람들의 고단한 삶을 떠올리고, 한곳에 정착하여 사는 사람 또한 시름에서 벗어나지 못하는데 자신처럼 고향을 떠나 하늘 끝을 떠돌고 있는 나그네의 시름은 오죽하겠는가 탄식하고 있다.

절승정

촉 땅 떠돌며 세월은 흐르고
도성과 떨어져 있어 소식도 적네.
올라 임하여 세 강 모이는 곳에 홀연 있노라니
본디 고향 그리워했던 마음이 날아 움직이네.
땅이 빼어나니 시율이 굳센 것에 문득 놀라고
기상 더해지니 술잔 깊은 것도 두렵지 않다네.
흰 구름 밖에서 거문고 하나 검 하나로 들고
손 흔들어 작별하니 고향을 어디에서 찾으리?

絶勝亭[1]

蜀漢羈蹤歲月侵,[2] 京華乖隔少來音.
登臨忽據三江會,[3] 飛動從來萬里心.[4]
地勝頓驚詩律壯, 氣增不怕酒盃深.
一琴一劍白雲外, 揮手家山何處尋.[5]

【해제】

53세 때인 순희淳熙 4년1177 9월 공주邛州에서 성도成都로 돌아오던 도중 신진新津에서 쓴 것으로, 절승정에 오른 감회와 향수를 나타내고 있다. 『검남시고』에서는 제1구의 '종蹤'이 '유遊'로, 제8구의 '가家'가 '하下'

로 되어 있다.

【주석】

1 絶勝亭(절승정) : 정자 이름. 지금의 사천성 성도시(成都市) 신진구(新津區)의 수각산(修覺山)에 있다.

2 蜀漢(촉한) : 삼국시대 촉한의 지역. 촉(蜀) 지역을 가리킨다.

羈蹤(기종) : 이리저리 떠돌다.

侵(침) : 점차 흘러가다.

3 三江會(삼강회) : 세 강이 모이는 곳. 신진(新津) 지역을 가리킨다.

4 萬里心(만리심) : 만 리 먼 곳을 향하는 마음. 여기서는 고향을 향한 그리움을 의미한다.

5 家山(가산) : 고향.

【해설】

이 시에서는 고향 소식도 자주 접하지 못한 채 멀리 촉 땅을 떠돌고 있는 자신의 신세를 나타내고, 절승정에 올라 강의 풍광을 바라보니 늘 품고 있던 고향에 대한 그리움이 더욱 간절해짐을 말하고 있다. 이어 절승정의 빼어난 풍광으로 인해 시를 쓰고 술을 즐기는 흥이 한층 고조됨을 말하고, 작별하여 떠나며 다시금 고향 생각에 빠져들고 있다.

능운사의 대불상을 알현하고

성곽 나와 그윽한 경치 찾아다니며 새로운 것에 미소짓고
이내 거룻배 불러 안개 낀 나루를 지나네.
빠른 발걸음 마다하지 않고 높은 누각에 오르니
이번 생에 위대한 이를 만나보려 해서라네.
거울 같은 연못엔 불상의 머리 비치어 초록빛이고
물결의 포말은 가부좌의 먼지를 범하지 못하네.
신묘한 능력 다함이 없음을 비로소 알겠으니
여섯 장의 황금이 과연 부처의 작은 몸이구나.

謁凌雲大像[1]

出郭幽尋一笑新, 徑呼艇子載煙津.[2]
不辭疾步登高閣, 却欲今生識偉人.[3]
泉鏡正涵螺髻綠,[4] 浪花不犯寶趺塵.[5]
始知神力無窮盡, 丈六黃金果小身.[6]

【해제】

49세 때인 건도乾道 9년1173 여름 섭지가주攝知嘉州로 있을 때 쓴 것으로, 능운사의 대불상을 알현한 감동을 나타내고 있다.

『검남시고』에서는 제2구의 '재載'가 '절截'로, 제3구의 '고高'가 '중重'

으로, 제4구의 '각却'이 '료聊'로 되어 있다. 또한 제6구 다음에 "연못 하나가 드넓은데 불상의 상투 아래에 있고, 매년 물이 불어도 불상의 발에 미칠 수 없다一泉泓然, 正在髻下, 每歲漲水不能及佛足", 제8구 다음에 "『관무량수경』에 이르기를, 혹 작은 몸으로 현신해도 여섯 장 팔 척이다觀無量壽經云, 或現小身, 丈六八尺"라는 자주自注가 있다.

【주석】

1 凌雲(능운) : 산 이름 또는 사찰 이름. 당시 가주(嘉州)에 속했으며, 지금의 사천성 낙산시(樂山市) 지역에 있다.

大像(대상) : 큰 불상. 범성대(范成大)의 『오선록(吳船錄)』 권상에 따르면, 당(唐) 개원(開元) 연간에 만들어졌으며 높이가 360척, 머리둘레가 10장, 눈의 넓이가 2장이라고 한다.

2 徑(경) : 이내, 곧. '취(就)'와 같다.

載(재) : 운행하다.

3 偉人(위인) : 위대한 사람. 큰 불상을 가리킨다.

4 螺髻(나계) : 소라 모양의 상투. 불상의 머리를 가리킨다.

5 浪花(낭화) : 포말(泡沫). 절벽이나 기둥 등에 부딪혀 생겨나는 물거품.

寶趺(보부) : 가부좌. 불상의 책상다리를 가리킨다.

6 丈六黃金(장륙황금) : 여섯 장의 황금. 작은 몸으로 현신한 부처의 모습을 가리킨다. 『관무량수경(觀無量壽經)』에 "부처가 혹 큰 몸으로 현신하면 허공에 가득 차고, 혹 작은 몸으로 현신해도 여섯 장 팔 척이다. 현신한 모습은 모두

순금 색이다(或現大身, 滿虛空中, 或現小身, 丈六八尺. 所現之形, 皆眞金色)"라 하였다.

【해설】

이 시에서는 성곽을 나와 이곳저곳을 유람하며 새로운 것을 구경하는 기쁨을 말하고, 조급하고 설레는 마음으로 뱃길과 육로를 거쳐 능운사의 대불상을 찾아가는 과정을 나타내고 있다. 이어 연못 가에 자리한 채 가히 범할 수 없는 위용으로 가부좌를 하고 앉아있는 거대한 불상의 모습을 묘사하고, 그 신묘한 능력을 확신하며 마치 작은 몸으로 현신한 부처로 여기고 있다.

매화 한 가지를 얻어 놀이 삼아 쓰다

높이 빼어난 모습으로 이미 온갖 꽃들을 압도하니
오히려 아름다운 봄의 기질이 있을까 두려워,
달의 토끼는 서리를 찧어 환골하도록 주고
상수의 여신은 거문고를 울려 혼을 부르네.
외로운 성 작은 역참에 막 눈이 날리고
끊어진 호각 소리와 쇠잔한 종소리에 문은 반쯤 닫혀 있네.
마음 다해 자세히 살펴봄에 끝내 회한이 있으니
밤 차가워 얼어 터진 옥을 누구에게 청해 따뜻하게 하리?

得梅一枝戱成

高標已壓萬花羣,[1] 尙恐嬌春氣習存.[2]
月兎擣霜供換骨,[3] 湘娥鼓瑟爲招魂.[4]
孤城小驛初飛雪, 斷角殘鐘半掩門.
盡意端相終有恨,[5] 夜寒皴玉倩誰溫.[6]

【해제】

49세 때인 건도乾道 9년1173 12월 가주嘉州에서 쓴 것으로, 매화를 아끼고 사랑하는 마음이 나타나 있다.

『검남시고』에는 제목이 「12월 1일에 매화 한 가지를 얻었는데 매우 빼어나 놀이 삼아 칠언율시를 썼다. 올해 이에 이 꽃을 네 차례 썼다+二月初一日, 得梅一枝絶奇戲作長句. 今年於是四賦此花矣」'로 되어 있으며, 제2구의 '기습氣習'이 '습기習氣'로 되어 있다.

【주석】

1 高標(고표) : 높이 솟아 방향의 표식이 되는 사물. 여기서는 매화의 모습이 뭇꽃보다 빼어나게 아름다운 것을 가리킨다.

2 嬌春(교춘) : 아름답고 사랑스러운 봄.

氣習(기습) : 기질과 습성.

3 換骨(환골) : 뼈를 바꾸다. 여기서는 눈서리로 덮어 매화의 모습을 바꾸는 것을 의미한다.

4 湘娥(상아) : 상수(湘水)의 여신. 순(舜) 임금의 두 비(妃)인 아황(娥皇)과 여영(女英)을 가리킨다.

招魂(초혼) : 혼을 부르다. 봄날에 피려고 하는 뜻이 생기지 않도록 매화의 혼을 달래 불러오는 것을 말한다.

5 端相(단상) : 자세히 살펴보다.

6 皴玉(준옥) : 추위에 얼어 터진 옥. 추위에 상한 매화를 가리킨다.

倩(천) : 청하다. '청(請)'과 같다.

【해설】

이 시에서는 매화의 아름다움이 다른 어느 꽃보다 뛰어난데 행여 다른 꽃들처럼 따스하고 아름다운 봄날에 피어 뭇꽃을 압도할까 두려워, 달의 토끼와 상수의 여신이 눈서리와 초혼가로 매화의 모습을 변화시키고 이른 봄으로 불러왔음을 말하고 있다. 이어 외지고 쓸쓸한 곳에 홀로 피어 있는 매화를 묘사하며, 추위에 상한 꽃잎을 따뜻하게 감싸 주고 싶은 마음을 나타내고 있다.

두씨 장원에서 유숙하고 새벽에 일어나 비를 만나

열 아름 기괴한 등나무는 흰 해를 가리고
천 척 늙은 나무는 푸른 하늘에 솟았네.
물로는 대나무로 만든 배가 떠서 힘들게 여울을 지나고
뭍으로는 새끼로 묶은 다리가 지나가며 허공에 걸쳐 있으며,
컴컴한 옛 나무에선 정령들이 말을 하고
어둑한 강의 구름에선 상어 악어가 튀어 오르네.
나의 도가 그릇되어 이곳까지 오게 되었으니
제공들은 자신궁의 조회에서 막 흩어졌겠지.

宿杜氏莊晨起遇雨

怪藤十圍蔽白日,[1] 老木千尺干青霄.
水泛戞灘竹作舫,[2] 陸行跨空繩繫橋.
陰陰古木精靈語,[3] 慘慘江雲鮫鰐驕.[4]
吾道非耶行至此, 諸公正散紫宸朝.[5]

【해제】

50세 때인 순희淳熙 원년1174 여름 촉주蜀州에서 쓴 것으로, 새벽 비 내리는 두씨 장원의 외지고 음습한 풍경을 묘사하며 침울한 자신의 심경을 나타내고 있다.

『검남시고』에는 제목에서 '장莊'이 누락되어 있으며, 제5구의 '목木'이 '옥屋'으로 되어 있다.

【주석】

1 怪藤(괴등) : 기괴한 등나무. 기이한 형상으로 꼬여 있는 등나무를 가리킨다.

2 戛灘(알탄) : 힘들게 여울을 지나다.

3 陰陰(음음) : 깊고 어둑한 모양. 잎이 무성하여 짙은 그늘이 드리워진 것을 가리킨다.

4 慘慘(참참) : 어두컴컴한 모양.

5 紫宸(자신) : 궁전 이름. 천자의 거처로, 여기서는 조정을 가리킨다.

【해설】

이 시에서는 기괴하고 거대한 나무가 하늘 높이 자라 있는 두씨 장원의 모습을 묘사하고, 이곳이 물길과 육로 모두 험난하여 쉽게 이를 수 없는 곳임을 말하고 있다. 이어 무성한 고목 숲에서 정령이 말을 하고 구름 자욱한 강에서 상어와 악어가 튀어 오르는 모습을 통해 이곳이 세상과 단절된 곳임을 말하고, 자신의 신념이 잘못되어 이곳까지 오게 된 것인지 회의를 나타내며 조정에 있는 동료들의 모습을 상상하고 있다.

서쪽 누각에서 저녁에 바라보며

야랑의 성안에서 길이 막힌 것을 탄식하니
다행히 이 늙은이 받아줄 서쪽 누각이 있네.
개울의 새는 차가운 안개 밖에서 외로이 날고
들녘 사람은 석양 속에서 셋이서 이야기하네.
푸른 하늘이야 믿는 구석이 있으니 어찌 일찍이 늙었겠으며
흰 머리는 시름에서 연유하니 참으로 공평하지 않네.
인간 세상의 모습 천 년을 익히 보았거늘
날아가는 기러기 전송하며 눈에 남기는 것만 못하다네.

西樓夕望

夜郎城裏歎途窮,[1] 賴有西樓著此翁.[2]
溪鳥孤飛寒靄外, 野人參語夕陽中.[3]
蒼天可恃何曾老,[4] 白髮緣愁却未公.
俗態千年見爛熟,[5] 不如留眼送飛鴻.

【해제】

50세 때인 순희淳熙 원년1174 11월 영주榮州에서 쓴 것으로, 운명에 대한 탄식과 인간사에 대한 염증을 나타내고 있다.

『검남시고』에서는 제7구의 '천千'이 '십十'으로, 제8구의 '비飛'가 '귀

歸'로 되어 있다.

【주석】

1 夜郞(야랑) : 고대 소수 민족의 국가 이름. 고대 구주(九州) 중 양주(粱州)에 속했으며, 여기서는 촉(蜀) 지역을 가리킨다.

2 賴(뢰) : 다행히.

著(착) : 의탁하다, 기탁하다.

3 參語(삼어) : 셋이서 이야기하다.

4 可恃(가시) : 믿을 만한 것이 있다.

何曾老(하증로) : 어찌 일찍이 늙었겠는가? 푸른 하늘은 그 푸른 모습이 늘 변하지 않는 것을 말한다.

5 爛熟(난숙) : 익어 문드러지다. 오래도록 보아왔음을 말한다.

【해설】

이 시에서는 성안에서 자신의 궁벽한 삶을 탄식하며 지내다가 서쪽 누각에 오르면 잠시나마 위안을 얻을 수 있음을 말하고, 누각에서 바라본 한적한 겨울 풍경을 묘사하고 있다. 이어 영원히 늙지 않는 하늘과 나이가 아닌 시름에 따라 늙음이 더해만 가는 자신의 모습에 회한과 불만을 나타내고, 인간사에 대한 염증과 무료함을 말하며 자연과 더불어 살아가는 은거의 삶을 지향하고 있다.

상원절

가느다란 향기로운 먼지가 도성 거리에 자욱하고
물고기 비늘처럼 옅은 푸른 빛의 저녁 구름이 열렸네.
새로 단장한 여인이 장막 걷어 전신을 드러내고
말 잘못 몰아 따라가던 수레를 한 번 웃으며 돌아보았네.
술은 진해 바람의 힘 매서운 것을 잊고
밤은 길어도 물시계 소리 재촉하는 것을 한스러워하였네.
도성의 옛 친구들은 다 늙어 쇠해지고
짧은 살쩍 머리는 실이 되었어도 마음은 아직 없어지지 않았다네.

上元[1]

細細香塵暗六街,[2] 魚鱗淺碧暮雲開.
新粧褰幕全身見, 誤馬隨車一笑回.[3]
酒釅頓忘風力峭,[4] 夜長猶恨漏聲催.
京華舊侶彫零盡,[5] 短鬢成絲心未灰.

【해제】

52세 때인 순희淳熙 3년1176 정월 성도成都에서 쓴 것으로, 상원절을 맞아 젊은 시절 도성에서 보냈던 상원절의 기억을 회상하고 있다. 총2수 중 제1수이다.

【주석】

1 上元(상원) : 정월 대보름. 원소절(元宵節)이라고도 한다. 고대에 음력 1월, 7월, 10월의 15일을 각각 상원(上元), 중원(中元), 하원(下元)이라 하였다.

2 六街(육가) : 당대(唐代) 장안에 있던 여섯 개의 중심대로. 일반적으로 도성의 대로를 가리킨다.

3 誤馬隨車(오마수거) : 말을 잘못 몰아 따라가던 수레. 자기도 모르게 말을 몰아 여인의 수레를 쫓아간 것을 말한다.

4 釅(엄) : 진하다.

5 彫零(조령) : 늙고 쇠락한 모양.

【해설】

이 시에서는 상원절에 아름다운 여인들로 가득했던 도성 거리의 모습과 이들을 뒤쫓아 밤새도록 술과 함께 어울려 지냈던 지난날을 회상하고 있다. 이어 당시 함께 어울렸던 도성의 친구들은 비록 자신과 같이 이미 늙고 쇠해 버렸지만, 마음만은 당시의 젊음을 간직하고 있음을 말하고 있다.

오체로 장계장에게 부쳐

구월과 시월에 비가 오고 서리 내리니
강남과 검남의 길은 길기만 하네.
평생의 친구를 만나기가 멀고 험해
만 리 편지 하나에 부질없이 애간장이 끊어지네.
인생 강건해도 이미 의지하기 어렵고
세상일은 변천하니 어찌 불변할 수 있으리?
양가 자손들이 각기 장성하여
다른 때 곤궁하거나 현달해도 서로 잊지 말기를.

吳體寄張季長[1]

九月十月天雨霜, 江南劍南途路長.[2]
平生故人阻攜手,[3] 萬里一書空斷腸.
人生强健已難恃,[4] 世事變遷那可常.[5]
兩家子孫各長大, 他年窮達毋相忘.

【해제】

74세 때인 경원慶元 4년1198 가을 산음山陰에서 쓴 것으로, 친구에 대한 애정과 서로의 자손들에 대한 바람을 나타내고 있다.

【주석】

1 吳體(오체) : 시체(詩體)의 일종. 말이 통속적이고 비유가 천근하여 강남의 민가 풍격이 있는 시체를 가리킨다.

張季長(장계장) : 장연(張縯). 자가 계장(季長)으로 비서성정자(秘書省正字), 대리시소경(大理寺少卿) 등을 역임하였으며 육유와 함께 남정(南鄭)의 막부에 있으면서 매우 친밀하게 교유하였다.

2 劍南(검남) : 지명. 사천성 검각(劍閣) 남쪽에서 장강(長江) 북쪽 지역을 가리키며, 일반적으로 촉(蜀) 지역을 의미한다. 여기서는 장계장이 있는 곳을 가리킨다.

3 攜手(휴수) : 손을 끌다. 서로 만나는 것을 말한다.

4 難恃(난시) : 의지하기 어렵다. 훗날을 기약하기 어려운 것을 말한다.

5 常(상) : 고정불변하다.

【해설】

이 시에서는 자신과 친구가 각각 강남과 검남으로 멀리 떨어져 있어 서로 만나기가 어려움을 안타까워하며 친구에 대한 애틋한 그리움을 나타내고 있다. 이어 비록 지금은 강건한들 훗날을 예측할 수 없으며 세상만사가 고정불변하지 않는 것이 이치이지만, 자신과 친구의 자손만큼은 서로의 궁달과 상관없이 오래도록 변함없는 교유를 이어갈 수 있기를 바라고 있다.

취중에 피속대에 올라

반쯤 취해 길에서 노래하며 옛 누대에 올라
두건 벗어 머리 풀어헤치고 세상 먼지 씻어내네.
다만 예가 어찌 나를 위해 만든 것인가는 알고
객이 어디에서 오는지 상관하지 않는다네.
섬계 물굽이 안개 낀 물결에 마름 덩굴은 매끄럽고
약야계 바람 이슬에 연꽃은 피었네.
늙으니 세상사에 온통 게을러져
노 하나로 그윽한 곳 찾아다니며 돌아갈 생각 않는다네.

醉中登避俗臺[1]

半醉行歌上古臺, 脫巾散髮謝氛埃.[2]
但知禮豈爲我設,[3] 莫管客從何處來.[4]
剡曲煙波菱蔓滑,[5] 耶溪風露藕花開.[6]
老來世事渾成嬾, 一櫂幽尋未擬回.[7]

【해제】

57세 때인 순희淳熙 8년1181 6월 산음山陰에서 쓴 것으로, 세속에 구애되지 않는 자유분방한 삶의 모습이 나타나 있다.

【주석】

1 避俗臺(피속대) : 누대 이름. 어디에 있는지 알 수 없다.

2 氛埃(분애) : 세속의 더러운 먼지.

3 禮豈爲我設(예기위아설) : 예가 어찌 나를 위해 만든 것인가? 서진(西晉) 완적(阮籍)이 했던 말로, 자신은 세상 사람들이 말하는 예의와 아무런 관련이 없음을 말한 것이다.

4 莫管(막관) : 상관하지 않다.

5 剡曲(섬곡) : 섬계(剡溪)의 물굽이. 섬계는 지금의 절강성 승현(嵊縣) 서남쪽에 있다.

6 耶溪(야계) : 약야계(若耶溪). 지금의 절강성 소흥시(紹興市)에 있다.

7 擬(의) : ~하려 하다.

【해설】

이 시에서는 술이든 노래이든 복식이든 주위의 시선에 아랑곳하지 않고 마음 내키는 대로 자유롭게 행동하고 있는 자신을 나타내고, 늙어가니 만사를 상관하지 않고 그저 좋은 풍광을 찾아다니며 즐기고 싶은 생각만 들고 있음을 말하고 있다.

스스로 서술하다

발락으로 옷을 만들고 벽라 덩굴에서 은거하며
가슴속 먼지 깨끗이 쓸어내고 원기를 기르니,
때가 지나도 아직 죽지 않고 더욱 강건해지며
세상과 어울리지 않고 오히려 휘파람 불고 노래하네.
시장은 적막하여 시든 잎이 가득하고
술집은 영락하여 무너지고 부서진 곳이 많네.
석범산 아래 외로운 배에 비는 내리는데
그대에게 묻노니, 이 늙은이 어떠한지?

自述

勃落爲衣隱薜蘿,[1] 掃空塵抱養天和.[2]
過期未死更强健,[3] 與世不諧猶嘯歌.
野市蕭條殘葉滿,[4] 酒家零落廢圻多.[5]
石帆山下孤舟雨,[6] 借問君如此老何.

【해제】

82세 때인 개희開禧 2년1206 겨울 산음山陰에서 쓴 것으로, 세상사에서 벗어나 은거하며 사는 삶에 대한 만족감이 나타나 있다.

【주석】

1 勃落(발락) : 식물 이름으로 여겨지나, 무엇을 가리키는지 분명하지 않다. 육유의 시에서 옷과 관련하여 자주 사용되고 있는 것으로 보아, 혹 옷을 만드는 소재가 아닐까 추정된다.

薜蘿(벽라) : 벽려(薜荔)와 여라(女蘿). 둘 다 야생 식물로, 나무나 벽 등에 덩굴져 자란다.

2 塵抱(진포) : 가슴속의 먼지.

天和(천화) : 천지의 온화한 기운. 인체의 원기(元氣)를 가리킨다.

3 過期(과기) : 때를 지나치다. 이미 죽을 때가 지났음을 말한다.

4 蕭條(소조) : 적막하고 쓸쓸한 모양.

5 零落(영락) : 쇠락한 모양.

廢坼(폐탁) : 무너지고 갈라지다.

6 石帆山(석범산) : 산음(山陰)에 있는 산으로, 석벽의 모양이 돛을 펼친 것 같아 이와 같이 불렀다.

【해설】

이 시에서는 세상사의 욕망과 근심을 모두 털어내고 고향에 은거하며 참선과 수양으로 건강한 노년의 삶을 살아가고 있는 자신을 말하고, 적막하고 쇠락한 인간 세상의 모습과 대비하여 자신의 삶에 만족감을 나타내고 있다.

비 오는 밤

가벼운 안개 덮인 끊어진 언덕에 버들가지는 붙어 있고
가랑비 내리는 외로운 마을은 밤이 되어 적막하네.
포구 너머로 이른 닭 울음소리는 이어지고
바람도 없는 짧은 촛대에선 불꽃이 절로 흔들리네.
질박한 학문은 세월을 낭비하는 것만 못하니
남은 생 마침내 고기 잡고 땔나무 하며 늙는다네.
살쩍 머리 가의 천 가닥 눈이 가장 가련하니
매일 같이 부는 봄바람도 불어 녹이질 못하네.

雨夜

斷岸輕煙著柳條, 孤村小雨夜蕭蕭.[1]
荒鷄隔浦聲相續,[2] 短燭無風焰自搖.
朴學無如糜歲月,[3] 殘生竟是老漁樵.[4]
最憐鬢畔千莖雪,[5] 日日春風吹不消.

【해제】

78세 때인 가태嘉泰 2년1202 봄 산음山陰에서 쓴 것으로, 전원생활의 지향과 노년의 아쉬움을 나타내고 있다.

『검남시고』에서는 제5구의 '무여미無如糜'가 '원지미元知糜'로 되어 있다.

【주석】

1 蕭蕭(소소) : 적막한 모양.

2 荒鷄(황계) : 삼경이 되기 전에 우는 닭.

3 朴學(박학) : 고대의 질박(質樸)한 학문이라는 의미로 '박학(樸學)'이라고도 하며, 유가의 경학을 가리킨다.

糜(미) : 낭비하다.

4 漁樵(어초) : 물고기 잡고 땔나무 하다.

5 千莖雪(천경설) : 천 가닥 눈. 많은 흰 머리칼을 비유한다.

【해설】

이 시에서는 밤비가 내리는 외진 마을의 고요하고 적막한 풍경을 묘사하며, 밤이 깊도록 잠을 이루지 못하고 깨어 있는 자신을 나타내고 있다. 이어 대의와 명분을 중시하는 유가 학문의 부질없음을 말하며 남은 생을 시골에서 은거하며 살겠노라는 지향을 나타내고, 다만 날로 늙어만 가는 자신의 모습에 아쉬움을 나타내고 있다.

가을비

가을 내내 비바람이 흰 해를 가리니
물이 쌓여 귀신도 음습함을 시름겨워하네.
가을 쓰르라미 슬피 울어 풀뿌리는 축축하고
물새 밤에 통곡하니 줄 무더기는 깊네.
남은 생은 시간이 가는 것도 모르건만
병든 육신은 서리 이슬이 핍박함을 시름겨워하네.
늘 묽은 죽으로 아침저녁을 버티니
터럭만치라도 어찌 젊을 때의 마음을 회복할 수 있으리?

秋雨

一秋風雨蔽白日, 積水鬼神愁太陰.[1]
寒螿悲鳴草根濕, 水鳥暝哭菰叢深.[2]
殘年不覺日月逝, 病骨惟愁霜露侵.
常有淖糜支旦暮,[3] 一毫寧復少年心.[4]

【해제】

80세 때인 가태嘉泰 4년1204 가을 산음山陰에서 쓴 것으로, 음습한 가을날의 처연한 심정을 나타내고 있다.

【주석】

1 太陰(태음) : 음습함. 날이 흐리고 축축한 것을 가리킨다.

2 菰(고) : 줄. 벼과 식물로, 열매 모양이 쌀과 비슷하며 밥으로 지어 먹는다.

3 淖糜(요미) : 묽은 죽.

支(지) : 지탱하다, 버티다.

4 少年心(소년심) : 젊었을 때의 마음. 굳센 의지와 드높은 기상을 가리킨다.

【해설】

이 시에서는 가을 내내 비바람이 불어 햇빛조차 들지 않고 천지가 음습함으로 가득함을 말하고, 이로 인해 풀벌레와 물새의 울음소리조차 비통하게 들림을 말하고 있다. 이어 차갑고 궂은 날씨로 인해 몸의 병은 더욱 깊어짐을 말하고, 묽은 죽으로 하루하루를 연명하며 살아가고 있는 까닭에 젊었을 때의 웅지와 기상이 더는 남아 있지 않음을 한스러워하고 있다.

배 안에서 새벽에 쓰다

나뭇잎 지고 서리는 맑아 물새는 우는데
조각배로 밤에 옛 성 모퉁이에 정박하네.
희미한 호각 소리에 종소리 막 울리고
차가운 하늘에 북두성은 낮아져 사라지려 하는데,
물결의 자취는 이미 갈매기의 경계와 같아지고
먼 유람 길은 기러기의 여정을 부러워하네.
돛대 세우고 자리 굳건히 하여 지금부터 시작이니
삼상과 오호를 두루 다니리.

舟中曉賦

木落霜清水鳥呼, 扁舟夜泊古城隅.
吹殘畫角鐘初動,[1] 低盡寒空斗欲無.
浪迹已同鷗境界,[2] 遠遊方羨雁程途.
高檣健席從今始, 遍歷三湘與五湖.[3]

【해제】

80세 때인 가태嘉泰 4년1204 겨울 산음山陰에서 쓴 것으로, 뱃길로 유람하며 새벽을 맞은 감회를 나타내고 있다.

【주석】

1 畫角(화각) : 아름다운 장식이 새겨져 있는 호각(號角).

2 境界(경계) : 구역. 갈매기가 모여 있는 곳을 가리킨다. 이 구는 수면 위로 갈매기 떼가 가득한 것을 의미한다.

3 三湘(삼상) : 호남성의 상향(湘鄕)과 상담(湘潭) 및 상음(湘陰) 또는 상원(湘源) 지역을 통칭한 것으로, 일반적으로 상강(湘江) 유역과 동정호(洞庭湖) 부근을 가리킨다.

五湖(오호) : 태호(太湖). 지금의 강소성과 절강성에 걸쳐 있다. 『오록(吳録)』에 따르면 오호는 태호의 별칭으로, 그 둘레가 오백여 리가 되어서 이와 같이 불렀다. 춘추시대 말 월(越)의 대부(大夫) 범려(范蠡)가 월왕 구천(句踐)을 도와 오(吳)를 멸망시킨 뒤 일엽편주를 타고 오호를 유랑하며 숨어 지냈다.

【해설】

이 시에서는 먼저 뱃길로 유람을 떠나 밤에 옛 성 모퉁이에 정박하였음을 말하고 있다. 이어 새벽 종소리에 북두성이 저물며 날이 밝아오는 상황을 말하고, 물을 뒤덮은 갈매기와 하늘을 날아가는 기러기의 모습을 묘사하고 있다. 마지막에는 돛대를 높이 세우고 자리를 바로 하며 이제부터 삼상과 오호의 경관을 다 보겠노라는 다짐과 기대를 나타내고 있다.

자거와 자휼에게 부쳐

큰아이는 다시 오문에서 가을을 지나고
작은 아이는 전당에서 한 달이 넘도록 머물러 있으니,
몸에 두 날개를 꽂아 너희와 함께 있으며
온갖 걱정을 풀어버릴 수 없음이 한스럽네.
종소리 들으며 때로 구름 밖 절에서 묵고
달 기다리며 또한 호숫가 누각에 오른다네.
늘 이렇게 몸 보전하는 것만으로도 어찌 즐겁지 않겠는가만
길은 험하고 멀기만 하니 좋은 계책은 아니라네.

寄子虡子遵

大兒再度吳門秋,[1] 小兒錢塘逾月留.[2]
恨身不能揷兩翅, 與汝相守寬百憂.[3]
聞鐘時宿雲外寺, 待月亦上湖邊樓.
但常保此豈不樂,[4] 路難悠悠非善謀.[5]

【해제】

81세 때인 개희開禧 원년1205 여름 산음山陰에서 쓴 것으로, 멀리 집을 떠나 있는 자식들에 대한 걱정과 그리움이 나타나 있다.

『검남시고』에서는 제목에서 '자준子遵'이 '자휼子遹'로 되어 있다. '자

휼子遹'이 옳다.

【주석】

1 大兒(대아) : 큰아이. 장자 자거(子虡)를 가리키며, 당시 일 년 전 봄에 오문으로 나가 있었다.

吳門(오문) : 지명. 지금의 강소성 소주시(蘇州市) 지역이다.

2 小兒(소아) : 작은아이. 막내 자휼(子遹)을 가리키며, 당시 한 달 전에 과거 시험을 보러 임안에 가 있었다.

錢塘(전당) : 지명. 당시 도성인 임안(臨安)을 가리키며, 지금의 절강성 항주시(杭州市)이다.

3 寬(관) : 너그럽게 하다, 해소하다.

百憂(백우) : 온갖 근심 걱정. 자식들에 대한 걱정과 염려를 가리킨다.

4 保(보) : 보신(保身)하다. 자식들이 무탈하게 지내는 것을 말한다.

5 悠悠(유유) : 멀고 아득한 모양.

善謀(선모) : 좋은 계책.

【해설】

이 시에서는 장남과 막내 두 아들이 오랫동안 먼 객지에 나가 있음을 말하고, 날개라도 있으면 날아가 그들과 함께 있으며 걱정을 잊고 싶은 마음을 나타내고 있다. 이어 자식들을 떠나보내고 홀로 지내고 있는 자신의 모습을 말하고, 비록 자식들이 몸 건강히 있는 것도 기쁜 일이기는 하지만 집으로 돌아와 함께 지내는 것이 더욱 좋은 일임을 말하고 있다.

수계정선육방옹시집
須溪精選陸放翁詩集

권6

육유(陸游) 무관(務觀) 찬(撰)

유진옹(劉辰翁) 회맹(會孟) 선(選)

칠언율시七言律詩

비서감에 제수되어

여러 신선은 학을 타고 가 버려 좇기가 어려운데
흰 머리로 다시 오니 스스로도 알아보기 어렵네.
재능은 미천한데 어리석음은 유독 빼어나
공명은 이루지도 못하고 늙음에 이르렀네.
바닷가의 정건은 궁벽하여 술에 빠졌고
오 땅의 위응물은 늦게서야 시를 배웠지.
지팡이 짚고 비서감에 오름을 그대 비웃지 말지니
쇠잔하여 젊어 노닐 때와는 다르다네.

恩除祕書監

羣仙鶴駕去難追, 白首重來不自知.
才藝荒唐癡獨絶,[1] 功名蹭蹬老如期.[2]
海邊鄭叟窮耽酒,[3] 吳下韋郎晚學詩.[4]
扶上木天君莫笑,[5] 衰殘不似壯遊時.

【해제】

78세 때인 가태嘉泰 2년1202 겨울 임안臨安에서 쓴 것으로, 노년에 조정의 관직을 맡게 된 감회를 나타내고 있다.

【주석】

1 荒唐(황당) : 재주나 식견 등이 거칠고 비루하다.

2 蹭蹬(층등) : 곤경에 빠지다, 실의하다.

如期(여기) : 기약한 것과 같다. 노년의 시기에 이르게 된 것을 말한다.

3 鄭叟(정수) : 정건(鄭虔). 당(唐) 형양(滎陽, 지금의 하남성 형양시(滎陽市)) 사람으로 자가 추정(趨庭)이다. 시서화(詩書畫)에 모두 뛰어나 '삼절(三絶)'이라고 칭해졌으며, 현종(玄宗)이 그의 재주를 사랑하여 광문관(廣文館)을 설치하고 박사(博士)로 삼았다. 술을 좋아하여 거리낌이 없었으며 두보(杜甫)와도 친분이 깊었다.

4 韋郎(위랑) : 위응물(韋應物). 당(唐) 경조(京兆) 장안(長安, 지금의 섬서성 서안시(西安市)) 사람으로 자가 의박(義博)이다. 일찍이 삼위랑(三衛郞)이 되어 현종(玄宗)을 섬겼으며 현종 사후에 학문을 익혀 과거에 응시하여 진사가 되었다. 비부원외랑(比部員外郞)으로 있다가 저주(滁州), 강주(江州)의 자사(刺史)가 되어 지방으로 나갔고, 소주자사(蘇州刺史)로 관직을 마쳐 세칭 위소주(韋蘇州)라 한다.

5 木天(목천) : 비서각(祕書閣)의 별칭. 건물이 높고 넓어 이와 같이 불렀다.

【해설】

이 시에서는 은거 생활을 하다 조정의 부름을 받아 도성으로 다시 오게 되었음을 말하고, 부족한 능력에 어리석음 또한 많아 공업을 이루지 못한 채 노년에 이르게 되었음을 탄식하고 있다. 이어 정건과 위응물의 일을 들어 술에 빠져 지냈던 자신의 지난 삶과 뒤늦게 조정으로 들어오게 된 현실을 비유하고, 노년에 다시 시작된 관직 생활에 깊은 감회를 나타내고 있다.

취중에 밤에 마을 시장에서 돌아와

마을 시장에서 밤에 누런 송아지 타고 돌아와
작은 누각에 올라 난간에 기대노라니,
은하수는 한 줄로 기울고 새벽하늘은 푸른데
벽옥 같은 달 내려와 차가운 가을 강으로 들어가네.
우리들 몸은 한가롭고 또한 술 마시지만
인생사 관 뚜껑이 닫혀야 정해는 것이라네.
본디 가슴속에 운몽택이 붙어 있었으니
젊어 비환을 견뎌낸 것에 놀라지 마시게.

醉中夜自村市歸

村市夜騎黃犢還, 却登小閣倚闌干.
銀河斜界曉天碧,[1] 璧月下入秋江寒.
吾輩身閑且飮酒, 人生事定須闔棺.[2]
元自胸中著雲夢,[3] 莫驚綠鬢奈悲歡.[4]

【해제】

60세 때인 순희淳熙 11년1184 가을 산음山陰에서 쓴 것으로, 삶에 대한 단상과 젊은 시절의 회상이 나타나 있다.

『검남시고』에서는 제8구의 '나奈'가 '내耐'로 되어 있다.

【주석】

1 斜界(사계) : 한 줄로 기울어지다. '계(界)'는 선을 긋는 것을 의미한다.

2 闔棺(합관) : 관 뚜껑을 덮다. 죽는 것을 의미한다.

3 著雲夢(착운몽) : 운몽택(雲夢澤)이 붙어 있다. 사마상여(司馬相如)의 「자허부(子虛賦)」에서 "운몽택과 같은 것 여덟아홉 개를 가슴에 삼켜도 작은 가시 정도에 지나지 않습니다(呑若雲夢者八九於其胸中, 曾不蒂芥)"라 한 뜻을 차용한 것으로, 커다란 포부를 지닌 것을 비유한다.

4 綠鬢(녹빈) : 푸른 빛이 도는 검은 머리. 젊음을 비유한다.

奈(나) : 견디다, 참다. '내(耐)'와 같다.

【해설】

이 시에서는 마을 시장에서 밤에 술에 취해 돌아와 누각에 올라 달빛 비치는 가을 강의 풍경을 바라보고 있다. 이어 지금은 비록 하는 일 없이 그저 술 마시며 한가롭기만 하지만 인생사 어찌 될지는 죽을 때까지 알 수 없음을 말하고, 커다란 포부를 간직한 채 수많은 슬픔과 즐거움을 지나왔던 젊은 시절을 회상하고 있다.

병석에서 일어나

산촌에서 병석에서 일어나니 모자 둘레가 넓고
봄 다한 강남은 아직 약간 쌀쌀하네.
지사는 처량히 한가로운 곳에서 늙고
이름난 꽃은 시들어 빗속에 보이네.
피어오르는 향기 자욱한데 베개에 기대고
향기로운 풀 무성한데 홀로 난간에 의지하네.
시편을 모아 정리하고 술잔을 멈추니
근년에 겪은 일들에 시름겨운 생각 일어나네.

病起

山村病起帽圍寬, 春盡江南尙薄寒.
志士淒涼閑處老, 名花零落雨中看.
斷香漠漠便支枕,[1] 芳草離離獨倚闌.[2]
收拾吟牋停酒椀,[3] 年來觸事動憂端.[4]

【해제】

61세 때인 순희淳熙 12년1185 봄 산음山陰에서 쓴 것으로, 병석에서 일어난 후의 감회를 나타내고 있다.

『검남시고』에서는 제6구의 '독獨'이 '회悔'로 되어 있다.

【주석】

1 斷香(단향) : 피어오르는 향기.

漠漠(막막) : 왕성한 모양, 가득 펼쳐져 있는 모양.

2 離離(이리) : 많고 무성한 모양.

3 吟牋(음전) : 시편(詩篇).

4 憂端(우단) : 시름겨운 생각.

【해설】

이 시에서는 병석에서 일어나 한결 수척하고 쇠약해진 자신을 말하고, 시골에서 늙어가는 지사와 빗속에 시들어 버린 이름난 꽃을 묘사하며 뜻을 이루지 못한 자신의 처지를 비유하고 있다. 이어 그동안의 자신의 시들을 정리하고 돌아보며, 기쁜 일보다는 시름겨운 일들이 많았음을 안타까워하고 있다.

임안에 비가 개어

세상 사는 재미는 해가 갈수록 깁처럼 얇아만 가는데
누가 명해 말을 타고 도성에서 객이 되게 했는가?
작은 누각에선 밤새도록 봄비 소리 들리고
깊은 골목에선 다음 날 아침 살구꽃을 파네.
자그마한 종이에 비스듬하게 한가로이 초서를 쓰고
비 갠 창가에서 물거품 피우며 놀이 삼아 차를 맛보네.
먼지바람에 흰옷 더럽혀질까 탄식하지 말지니
그래도 청명에는 집에 도착할 수 있으리.

臨安雨晴

世味年來薄似紗, 誰令騎馬客京華.[1]
小樓一夜聽春雨, 深巷明朝賣杏花.
矮紙斜行閑作草,[2] 晴窗細乳戲分茶.[3]
素衣莫起風塵歎,[4] 猶及清明可到家.

【해제】

62세 때인 순희淳熙 13년1186 봄 임안臨安에서 쓴 것으로, 관직 생활에 대한 회의와 고향에 은거하고 싶은 바람이 나타나 있다.

『검남시고』에서는 제목에서 '우雨'가 '춘우春雨'로, '청晴'이 '초제初霽'

로 되어 있다.

【주석】

1 京華(경화) : 도성(都城). 임안(臨安)을 가리킨다.

2 矮紙(왜지) : 폭이 짧은 종이.

3 細乳(세유) : 물을 끓일 때 생기는 포말.

分茶(분차) : 차를 분류하다. 차를 마시며 품평하는 것을 가리킨다.

4 風塵歎(풍진탄) : 먼지바람이 이는 것을 탄식하다.

【해설】

육유는 산음에 있다가 엄주지사嚴州知事로 임명되어 황명을 받기 위해 잠시 임안臨安으로 가서 머물렀다. 이 시에서는 새로이 시작하는 관직 생활에 대한 회의와 내키지 않는 일을 기다리고 있는 무료함을 말하고, 하루빨리 고향으로 돌아가고픈 바람을 나타내고 있다.

막 추워져

배꼬리의 차가운 바람은 깃발에 가득하지 않고
강가 수풀 속 사당은 늘 문이 닫혀 있네.
행인은 호랑이 무서워 새벽에 일어나는 것이 적고
배는 물고기 잡느라 밤에 돌아오는 것이 많네.
띠풀 잎은 흔들거리며 간밤의 비를 띠고 있고
갈대꽃은 흐드러져 석양을 희롱하네.
곳곳에서 들리는 다듬이 소리에 마음 아프니
구월인데 올해 아직 옷을 주지 못했구나.

初寒

船尾寒風不滿旗, 江邊叢祠常掩扉.
行人畏虎少晨起, 舟子捕魚多夜歸.
茅葉翻翻帶宿雨,[1] 葦花漠漠弄斜暉.[2]
傷心到處聞碪杵,[3] 九月今年未授衣.

【해제】

46세 때인 건도乾道 6년1170 9월 기주夔州로 부임하며 장강의 배에서 쓴 것으로, 초가을 장강의 풍경을 묘사하고 있다.

【주석】

1 翻翻(번번) : 바람에 날려 흔들리는 모양.

2 漠漠(막막) : 왕성하고 가득한 모양.

3 碪杵(침저) : 다듬잇돌과 다듬잇방망이.

【해설】

이 시에서는 장강 배에서 바라본 초가을의 경관을 강과 강 언덕의 아침과 밤으로 구분하여 묘사하고 있다. 마지막에서는 곳곳에서 울리는 다듬이 소리를 듣고, 이미 찬 기운이 느껴지는 구월이 되었음에도 아직 원정 나간 이의 옷을 다 마련하지 못했음을 안타까워하고 있다.

말 위에서

등불 앞 소박한 밥상엔 절임 채소가 놓여 있고
졸음 겨워 억지로 나가 강둑으로 가네.
오경의 지는 달은 나무 그림자를 옮기고
시월의 맑은 서리는 말발굽에 스미는데,
황량한 언덕엔 끼룩대며 기러기 이미 날아가고
작은 시장에선 꼬끼오하며 닭이 처음 우네.
가련하도다, 만 리 밖에서 돌아가는 꿈 찾건만
고향에 이르기도 전에 먼저 길을 잃었네.

馬上

燈前薄飯陳鹽虀,[1] 帶睡强出行江隄.
五更落月移樹影, 十月淸霜侵馬蹄.
荒陂嗈嗈已度雁,[2] 小市喔喔初鳴鷄.[3]
可憐萬里覓歸夢, 未到故山先自迷.

【해제】

46세 때인 건도乾道 6년1170 10월 기주夔州로 부임하며 강릉江陵에서 쓴 것으로, 여정 중에 느끼는 향수를 나타내고 있다.

【주석】

1 鹽虀(염제) : 잘게 썰어 소금에 절인 채소.

2 嗈嗈(옹옹) : 기러기가 짝하여 우는 소리.

3 喔喔(악악) : 닭 울음소리.

【해설】

이 시에서는 이른 새벽에 일어나 소박한 아침 식사를 마치고 졸음을 깨려 말을 타고 강둑으로 나가고 있다. 이어 달이 지고 서리가 짙게 깔려 기러기와 닭 울음소리가 들려오는 새벽 경관을 묘사하고, 만 리 밖에서 고향 돌아가는 꿈을 꾸려 하지만 이조차도 여의치 않음을 한스러워하고 있다.

황주에서

몸 움츠러들어 늘 초나라 죄수와 같음을 슬퍼하고
떠돌아다니며 제나라 배우를 배운 것을 탄식하네.
강물 소리는 다함이 없어 영웅은 한스럽고
하늘 뜻은 사사로움이 없어 초목은 가을인데,
만 리 나그네 시름은 백발을 더하고
한 척 돛배는 차가운 날 황주를 지나네.
그대 보시게, 적벽이 끝내 옛 흔적이 되어 버린 것을.
아들을 낳아 어찌 손권과 같아야만 하리?

黃州[1]

局促常悲類楚囚,[2] 遷流還歎學齊優.[3]
江聲不盡英雄恨,[4] 天意無私草木秋.
萬里羈愁添白髮, 一帆寒日過黃州.
君看赤壁終陳迹,[5] 生子何須似仲謀.[6]

【해제】

46세 때인 건도乾道 6년1170 8월 기주夔州로 부임하며 황주黃州에서 쓴 것으로, 떠도는 관직 생활과 공업 수립에 대한 회의를 나타내고 있다.

【주석】

1 黃州(황주) : 지명. 지금의 호북성 황강현(黃岡縣)이다.

2 局促(국촉) : 구속되어 움츠러든 모양.

楚囚(초수) : 초나라 죄수. 춘추시대 진(晉)나라의 옥에 갇혔던 초나라 사람 종의(鍾儀)를 가리킨다.

3 齊優(제우) : 제나라 배우. 공자가 노(魯)나라에서 관직에 있을 때 제(齊)나라에서 여악(女樂)을 보냈는데, 공자는 여악이 온 이후로 정치가 문란해졌다고 여기고 관직을 버리고 떠나가 버렸다.

4 英雄(영웅) : 옛날의 뛰어난 인물들을 가리킨다.

5 赤壁(적벽) : 지명. 황주 적벽산(赤壁山) 아래에 있는 적벽기(赤壁磯)를 가리킨다. 실제 한말(漢末)에 조조(曹操)와 주유(周瑜)의 적벽지전(赤壁之戰)이 벌어졌던 곳과는 다른 곳이다.

6 仲謀(중모) : 손권(孫權). 삼국시대 오(吳)나라의 개국 군주로, 자가 중모(仲謀)이다. 이 구는 조조(曹操)가 오나라를 공격할 때 손권의 군대가 단정하고 엄숙한 것을 보고 "아들을 낳으면 마땅히 손중모와 같아야 한다(生子當如孫仲謀)"라 탄식했던 뜻을 차용하였다.

【해설】

이 시에서는 관직에 메어 이곳저곳을 떠돌아다녀야만 하는 자신의 삶에 회의를 나타내고, 유구하고 변함없는 산수 자연과 유한하고 덧없기만 한 인생을 대비하고 있다. 이어 뱃길 따라 먼 타향으로 가고 있는 나그네의 시름을 말하고, 이제는 진부한 옛 흔적이 되어 버린 적벽을 바라보며 인간 세상 공업의 허망함을 나타내고 있다.

영 땅을 슬퍼하며

형주의 시월은 이른 매화 피는 봄인데

세월 가는 것은 참으로 산비탈 내려가는 수레바퀴와 같네.

천지는 무슨 마음으로 장사를 곤궁하게 하는지?

강호엔 예로부터 폄적된 신하들이 몸을 기탁하였네.

흠뻑 취해 마음껏 술 마시는 장정의 저녁

강개하여 비통히 노래하니 백발이 새로워지네.

장화대를 조문하려 해도 물어볼 곳 없고

황폐한 성의 서리 이슬에 가시덤불은 축축하네.

哀郢[1]

荊州十月早梅春,[2] 徂歲眞同下阪輪.[3]

天地何心窮壯士, 江湖從古著羈臣.[4]

淋漓痛飮長亭暮,[5] 慷慨悲歌白髮新.

欲弔章華無處問,[6] 廢城霜露濕荊榛.[7]

【해제】

46세 때인 건도乾道 6년1170 9월 기주夔州로 부임하며 강릉江陵을 지날 때 쓴 것으로, 망국의 한과 인생무상의 감회를 나타내고 있다. 총2수 중 제2수이다.

【주석】

1 郢(영) : 고대 읍(邑) 이름. 춘추시대 이래 초(楚)나라의 도성으로, 강릉(江陵) 또는 영도(郢都)라고 불렀다. 지금의 호북성 형주시(荊州市) 강릉현(江陵縣)이다.

2 荊州(형주) : 지명. 형산(荊山)과 형산(衡山) 사이 지역으로 지금의 호북성(湖北省) 일대이다.

3 下阪輪(하판륜) : 산비탈을 내려가는 수레바퀴. 매우 빠름을 비유한다.

4 羈臣(기신) : 폄적되어 떠도는 신하.

5 淋漓(임리) : 흠뻑 젖은 모양. 술에 흠뻑 취하는 것을 의미한다.

長亭(장정) : 고대 큰길에 십 리마다 하나씩 설치한 나그네의 휴게소. 역참을 겸하기도 하였으며, 성 가까운 곳에서는 송별의 장소이기도 하였다.

6 章華臺(장화대) : 초(楚)나라의 이궁(離宮)으로, 춘추시대 초(楚) 영왕(靈王)이 만들었다고 한다. 지금의 호북성 감리현(監利縣)에 옛터가 있다.

7 荊榛(형진) : 가시나무와 개암나무. 가시덤불을 의미하며, 황량한 경관을 비유한다.

【해설】

일찍이 굴원屈原은 초사楚辭「구장九章」중「애영哀郢」에서 국가의 패망을 슬퍼하며 애도하였는데, 이 시에는 이를 차용하여 초나라의 옛 도성인 영郢을 들른 감회를 나타내고 있다. 시에서는 먼저 산비탈을 구르는 수레바퀴처럼 세월의 흐름이 빠름을 말하고, 예나 지금이나 강호에는 회재불우懷才不遇한 사람이 많음을 탄식하고 있다. 이어 거침없이 들이켜는 술과 비통한 노래로 울적한 심정을 달래보려 하지만 마음속 시름은 더욱 깊어지기만 할 뿐임을 말하고, 황폐한 초나라 궁성의 남은 자취를 바라보며 망국의 회한을 나타내고 있다.

물가 정자에서 생각나는 바 있어

고기잡이 마을에서 술잔 쥐어 단풍을 마주하고
물가 역참에서 난간 기대어 가는 기러기 전송하네.
길은 반년이나 가도 이르지 못하고
강산은 만 리 보아도 끝도 없는데,
옛 친구는 궁궐에서 조서를 쓰고
나는 삼협에서 시를 쓰네.
웃으며 붓에 여한이 없다 말하니
서생이지만 곳곳에서 공경과 같기 때문이라네.

水亭有懷

漁村把酒對丹楓, 水驛憑軒送去鴻.
道路半年行不到,[1] 江山萬里看無窮.
故人草詔九天上,[2] 老子題詩三峽中.[3]
笑語毛錐可無恨,[4] 書生處處與卿同.[5]

【해제】

46세 때인 건도乾道 6년1170 9월 기주夔州로 부임하며 강릉江陵을 지날 때 쓴 것으로, 고되고 힘든 여정의 감회가 나타나 있다.

『검남시고』에서는 제7구의 '어語'가 '위謂'로 되어 있다.

【주석】

1 半年(반년) : 기주로 길을 떠난 기간을 가리킨다. 『입촉기(入蜀記)』에 따르면 육유는 건도(乾道) 6년(1170) 윤(閏) 5월 18일에 산음을 출발하였으니, 실제로는 4개월 남짓한 기간이었다.

2 九天(구천) : 하늘 가장 높은 곳. 여기서는 궁궐을 가리킨다.

3 老子(노자) : 늙은이. 자신을 가리킨다.

三峽(삼협) : 장강(長江) 상류의 세 협곡. 구당협(瞿塘峽), 무협(巫峽), 서릉협(西陵峽)을 가리킨다.

4 毛錐(모추) : 털 송곳. 붓을 비유한다.

5 與卿同(여경동) : 공경과 같다. 시를 통해 우국애민의 뜻을 나타내는 것을 말한다.

【해설】

이 시에서는 기주로 가던 도중 강릉의 물가 역참에 잠시 머물러 휴식을 취하고 있음을 말하고, 그동안의 고된 여정을 회상하며 앞으로 남은 멀고 험한 길을 바라보고 있다. 이어 조정에서 조서를 쓰고 있을 친구와 삼협 멀리 떠나와 시를 쓰고 있는 자신을 대비하며, 비록 조정의 공경이 아니어서 나라의 정책에 직접 참여하지는 못하지만 그래도 지나는 곳곳마다 나라와 백성을 위한 마음을 담아 시로 써왔던 까닭에 붓에 여한이 없음을 말하고 있다.

강 위에서

강 위 서리는 차가워 나그네 옷을 파고드니
창 닫고 파리하게 누워 견디지를 못하네.
나그넷길의 외로움을 몸과 그림자가 서로 위로하고
노쇠하여 쓸쓸함을 머리는 이미 안다네.
쌓인 물이 줄어 비 지나가는 협곡을 편안히 지나고
대나무 성기어 원숭이 매달린 가지를 많이 보네.
맑은 술 동이에 취할 수 있으면 힘써 취해야 하리니
늙어서의 공명은 바라지 말지니.

江上

江上霜寒透客衣, 閉窗羸臥不支持.[1]
羈孤形影眞相弔, 衰颯頭顱已可知.[2]
潦縮穩經行雨峽,[3] 竹疎賸見挂猿枝.[4]
淸樽可醉須勤醉, 莫望功名老大時.

【해제】

46세 때인 건도乾道 6년1170 10월 기주夔州로 부임하며 강릉江陵을 떠난 후에 쓴 것으로, 가을에 느끼는 객수를 나타내고 있다.

『검남시고』에서는 제7구의 '취醉'가 '치置'로 되어 있다.

【주석】

1 羸(리) : 파리하다, 수척하다.

2 衰颯(쇠삽) : 노쇠하여 쓸쓸하다.

頭顱(두로) : 머리뼈, 두개골. 머리를 가리킨다.

3 潦(료) : 쌓인 물. 협곡을 흐르는 물을 가리킨다.

4 賸見(승견) : 많이 보이다.

【해설】

이 시에서는 가을 추위가 몸을 파고들어 홀로 떠나는 여정의 외로움과 쓸쓸함을 더욱 견디기 어려움을 말하고, 대나무는 드물고 원숭이가 많이 서식하는 협곡의 독특한 경관을 묘사하고 있다. 이어 훗날의 공업을 미리 헤아려 근심 걱정에 빠지지 말고 지금 누릴 수 있는 즐거움은 마음껏 즐길 것을 말하며 스스로를 격려하고 있다.

원숭이 소리 들으며

수척해진 허리띠로 시를 쓰지 못하고
좋은 시절 떠돌아다니니 절로 슬퍼지네.
나그네에게 유독 느낌이 많을 줄 알고 있었건만
하늘 끝에서 그리워하는 이 있을 줄 누가 알았으리?
한나라 변새의 호각 소리 잦아드니 사람은 잠 못 들고
위성의 노래 끝나니 객은 장차 떠나려 하네.
예로부터 원숭이 소리 듣는 한을 견디지 못했을 텐데
하물며 무산의 사당 안에 있을 때임에랴?

聞猿

瘦盡腰圍不爲詩,[1] 良辰流落自成悲.
也知客裏偏多感, 誰料天涯有所思.[2]
漢塞角殘人不寐, 渭城歌罷客將離.[3]
故應未抵聞猿恨,[4] 況是巫山廟裏時.[5]

【해제】

46세 때인 건도乾道 6년1170 10월 기주夔州로 부임하며 무산巫山에서 쓴 것으로, 나그네의 객수를 노래하고 있다.

『검남시고』에서는 제2구의 '비悲'가 '쇠衰'로, 제4구의 '소사所思'가

'허비許悲'로 되어 있다.

【주석】

1 腰圍(요위) : 허리띠.

2 所思(소사) : 그리워하는 사람. 여기서는 고향에 있는 사람들을 가리킨다.

3 渭城歌(위성가) : 「위성곡(渭城曲)」. 장안에서 서역으로 떠나는 사람을 위해 불렀던 노래로, 「양관곡(陽關曲)」이라고도 한다. 앞의 권3 「향초의 노래(芳草曲)」 주석 1 참조.

4 抵(저) : 저항하다, 견디다.

5 巫山廟(무산묘) : 무산의 사당. 무산신녀(巫山神女)의 사당을 가리키며, 이름이 응진관(凝眞觀)이다.

【해설】

이 시에서는 고된 여정에 수척해진 몸으로 좋은 시절에 만 리 길을 떠돌고 있는 자신의 신세를 슬퍼하며 고향에 대한 그리움을 나타내고 있다. 이어 한대에 변새로 수자리 나온 병사의 시름과 당대에 위성에서 이별했던 사람들의 일을 말하며 고향을 떠나온 자신의 신세와 시름을 나타내고, 무산신녀의 사당에서 듣는 원숭이의 슬픈 울음소리를 차마 견딜 수 없음을 말하고 있다.

남정의 말 위에서

남정의 늦봄에 말 걸음 맡겨 가노라니
온 도시에 기상은 드높기만 하네.
하늘 가득한 버들 솜은 산언덕을 의지하여 가고
직선으로 날던 솔개는 하늘로 날아오르며 우네.
석양의 끊어진 구름에 당나라 궁궐은 황폐하고
옅은 연기 덮인 향기로운 풀에 한나라의 단은 평평하네.
가슴속 기운을 통하지 못해 싫은데
시야 멀리 종남산은 하늘 끝에 가로 놓여 있네.

南鄭馬上[1]

南鄭春殘信馬行,[2] 通都氣象尙崢嶸.[3]
迷空遊絮憑陵去, 曳線飛鳶跋扈鳴.[4]
落日斷雲唐闕廢, 淡煙芳草漢壇平.[5]
猶嫌未豁胸中氣, 目斷南山天際橫.[6]

【해제】

48세 때인 건도乾道 8년1172 3월 남정南鄭에 도착하여 사천선무사四川宣撫使 막부幕府에서 간판공사幹辦公事로 있으며 쓴 것으로, 활달한 기상을 드러내며 중원수복의 의지를 나타내고 있다.

『검남시고』에서는 제목 다음에 '작作'이 추가되어 있다. 또한 제5구 다음에 "당 덕종이 명하여 산남을 양경과 나란히 하였다德宗詔山南比兩京", 제6구 다음에 "근교에 한신이 대장군으로 임명된 단이 있다近郊有韓信拜大將壇", 제8구 다음에 "성안에서 장안의 종남산이 보인다城中望見長安南山"라는 자주自注가 있다.

【주석】

1 南鄭(남정) : 지명. 지금의 섬서성 한중시(漢中市)로, 당시 금(金)과 대치한 최전선이었다.

2 信馬(신마) : 말의 발걸음에 맡기다. 특정한 목적지 없이 말을 타고 거니는 것을 말한다.

3 崢嶸(쟁영) : 높이 솟은 모양.

4 曳線(예선) : 선을 끌다. 일직선으로 날아가는 것을 가리킨다.
跋扈(발호) : 날아오르는 모양.

5 漢壇(한단) : 장군단(將軍壇). 한(漢) 고조(高祖)가 단을 쌓고 한신(韓信)을 대장군에 봉한 곳이다.

6 目斷(목단) : 시선이 끊어진 곳. 시야의 먼 끝을 가리킨다.

【해설】

이 시에서는 말을 타고 남정을 거닐며 남정 곳곳에 드높은 기상이 가득함을 말하고, 하늘 가득 날리는 버들 솜과 용맹하고 민첩하게 날아오르는 솔개를 통해 이를 비유적으로 나타내고 있다. 이어 이곳이 당의 황제가 각별하게 여겼던 곳이자 한의 대장군 한신의 정기가 남아 있는 곳임을 말하고, 멀리 종남산을 바라보며 북벌의 바람과 승전의 자신감을 나타내고 있다.

밤에 가맹의 혜조사에 이르러 탑소각에서 머무르며

역참에서 말 달리며 넓적다리 살 빠지니
고향으로 돌아가는 꿈은 더욱 아득하기만 하네.
밤길에 만난 현위를 어찌 피할 수 있겠으며
아침에 떠나는 행각승을 부르지도 못하니,
비 온 후의 풍운은 더욱 참담하고
서리 앞의 초목은 이미 시들었네.
노쇠하여 일마다 더딘 것이 이전과 다르건만
취하여 시 쓰는 것은 또한 절로 즐긴다네.

夜抵葭萌惠照寺, 寓榻小閣[1]

亭驛驅馳髀肉消,[2] 故山歸夢愈迢迢.[3]
夜行觸尉那能避,[4] 旦過隨僧不放招.[5]
雨後風雲猶慘澹,[6] 霜前草木已蕭條.[7]
衰遲事事非前日, 醉裏題詩亦自聊.[8]

【해제】

48세 때인 건도乾道 8년1172 9월 가맹葭萌에서 쓴 것으로, 고단한 인생과 덧없는 세월의 흐름을 안타까워하고 있다.

『검남시고』에서는 제4구의 '방放'이 '대待'로, 제7구의 '전前'이 '평平'

으로, 제8구의 '자自'가 '부復'로 되어 있다.

【주석】

1 葭萌(가맹) : 고대 현(縣) 이름. 지금의 사천성 광원시(廣元市) 서남쪽 가릉강(嘉陵江) 가에 있다.

惠照寺(혜조사) : 사찰 이름. 육유의 다른 시에 「혜조사의 작은 누각에 올라(等慧照寺小閣)」가 있는데 아마도 같은 곳이라 여겨진다.

2 亭驛(정역) : 역참.

髀肉(비육) : 넓적다리 살.

3 迢迢(초초) : 아득히 먼 모양.

4 夜行觸尉(야행촉위) : 밤길에 만난 현위(縣尉). 한(漢)의 대장군 이광(李廣)이 장군의 직위에서 물러나 은거할 때 밤에 패릉(霸陵)을 지나려 하다가 현위에게 저지당하는 수모를 겪은 일을 가리킨다.

5 旦過隨僧(단과수승) : 단과료(旦過寮)의 자유로운 승려. 일정한 거처 없이 떠도는 행각승(行脚僧)을 가리킨다. 단과료는 승려의 침소로, 저녁에 왔다가 아침이면 떠난다고 하여 이와 같이 불렀다.

6 慘澹(참담) : 비참하고 처량하다.

7 蕭條(소조) : 시들어 떨어지다.

8 自聊(자료) : 절로 즐기다.

【해설】

이 시에서는 타향에서의 고된 종군생활에 고향을 향한 그리움이 더욱 깊어짐을 말하고, 현위에게 수모를 겪은 한漢의 대장군 이광과 붙잡아 머무르게 할 수 없는 행각승을 들어 자신의 암담한 현실과 덧없이 흘러가기만 하는 시간을 비유하고 있다. 이어 노쇠함을 핑계 삼아 일마다 더디고 지체되기만 하는 것으로 자신의 무력감을 나타내고, 그래도 술에 취해 시 쓰는 것만큼은 여전히 늦지 않고 즐기고 있음을 말하고 있다.

돌아와 한중 땅에서 유숙하며

연운잔과 금병산을 한 달간 돌아다녔더니
양주를 밟은 것을 말발굽이 막 기뻐하네.
땅은 진옹에 이어져 내와 들은 웅장하고
물은 형양으로 내려가며 밤낮으로 흐르네.
남은 오랑캐 쇠잔하니 어찌 원대한 책략이 있으랴만
외로운 신하는 초조해하며 홀로 걱정한다네.
좋은 시기가 다른 때의 한이 될까 두려우니
대산관 위로 또 한 해가 지나가네.

歸次漢中境上[1]

雲棧屛山閱月遊,[2] 馬蹄初喜蹋梁州.[3]
地連秦雍川原壯,[4] 水下荊揚日夜流.[5]
遺虜孱孱寧遠略,[6] 孤臣耿耿獨私憂.[7]
良時恐作他時恨, 大散關頭又一秋.[8]

【해제】

48세 때인 건도乾道 8년1172 8년 10월 낭중閬中으로 시찰 나갔다가 남정南鄭으로 돌아와 쓴 것으로, 중원수복의 자신감과 오지 않는 기회에 대한 아쉬움을 나타내고 있다.

『검남시고』에서는 제7구의 '시時'가 '년年'으로 되어 있다.

【주석】

1 漢中(한중) : 남정(南鄭). 지금의 섬서성 한중시(漢中市)이다.

2 雲棧(운잔) : 연운잔(連雲棧). 남정(南鄭)에서 포성(褒城) 일대까지 절벽에 걸어 만들어 놓은 다리로, 섬(陝) 지역에서 촉(蜀) 지역으로 들어가는 중요한 길이다.

屛山(병산) : 금병산(錦屛山). 지금의 사천성 낭중현(閬中縣)에 있다.

3 梁州(양주) : 고대 주(州) 이름. 당시 남정(南鄭)에서 이곳을 관할하였다.

4 秦雍(진옹) : 지금의 섬서성 지역. 섬서(陝西) 지역은 춘추전국시기 진(秦)의 땅이었고, 진(秦) 이전에는 옹주(雍州)라고 불렀던 까닭에 이와 같이 불렀다.

5 荊揚(형양) : 고대의 형주(荊州)와 양주(揚州). 지금의 호북성과 강소성 일대 지역이다.

6 孱孱(잔잔) : 나약하고 쇠잔한 모습.

7 耿耿(경경) : 초조하고 불안한 모양.

8 大散關(대산관) : 관문 이름. 당시 금(金)과 국경을 접하고 있었던 군사적 요충지로, 지금의 섬서성 보계현(寶鷄縣) 서남쪽에 있다.

【해설】

이 시에서는 오랜 외지 시찰을 끝내고 돌아오게 된 기쁨을 말하며 웅장하고 역동적인 한중의 지형을 지세地勢와 수세水勢로 나누어 묘사하고 있다. 이어 나약한 금金에 대한 자신감과 오지 않는 기회에 근심하고 있는 자신을 나타내고, 지금의 좋은 시기를 놓쳐 평생의 회한으로 남게 될 것을 걱정하며 또 한 해가 덧없이 지나가고 있는 것을 안타까워하고 있다.

성도로 부임하며 배를 띄워 삼천에서 익창에 이르러, 내년에는 삼협을 내려갈 것을 계획하고

시와 술을 방탕하게 즐긴 지 이십 년,
다시금 병든 눈 비비며 서천을 바라보네.
마음은 늙은 천리마처럼 늘 천 리를 생각하건만
몸은 봄 누에처럼 이미 두 번 잠들었다네.
저녁 눈 내리는 오노산에서 취한 모자를 멈추고
가을바람 부는 백제성에서 돌아가는 배 띄우네.
떠돌아다니며 절로 변방 관새가 천명이니
도리어 사람들에게 인간 세상의 신선이라 불리네.

赴成都, 泛舟自三泉至益昌, 謀以明年下三峽[1]

詩酒淸狂二十年,[2] 又摩病眼看西川.[3]
心如老驥常千里, 身似春蠶已再眠.[4]
暮雪烏奴停醉帽,[5] 秋風白帝放歸船.[6]
飄零自是關天命,[7] 却被人呼作地仙.[8]

【해제】

48세 때인 건도乾道 8년1172 11월 남정南鄭에서 성도成都로 부임하던 도중 쓴 것으로, 북벌의 꿈을 이루지 못한 채 성도로 돌아오는 쓸쓸한 심정이 나타나 있다.

『검남시고』에서는 제8구의 '각却'이 '착錯'으로 되어 있다.

【주석】

1 三泉(삼천) : 옛 현(縣) 이름. 지금의 사천성 광원시(廣元市) 북쪽 지역이다.

益昌(익창) : 옛 현(縣) 이름. 지금의 사천성 광원시(廣元市) 이주구(利州區) 이다.

三峽(삼협) : 장강(長江) 상류에 있는 세 협곡. 구당협(瞿塘峽, 지금의 사천성 봉절현(奉節縣) 동쪽), 무협(巫峽, 지금의 사천성 무산시(巫山市) 동쪽), 서릉협(西陵峽, 지금의 호북성 의창시(宜昌市) 서북쪽)을 가리킨다.

2 淸狂(청광) : 얽매임 없이 방탕하게 즐기다.

3 西川(서천) : 고대 지명으로, 익주(益州)라고도 하였다. 지금의 사천성 일대를 가리킨다.

4 再眠(재면) : 두 번 잠들다. 관직 생활에서의 두 번의 좌절을 가리키는 것으로, 융흥부통판(隆興府通判)으로 있다가 면직된 일과 남정의 간판공사(幹辦公事)에서 면직된 일을 가리킨 것으로 여겨진다.

5 烏奴(오노) : 산 이름. 지금의 사천성 광원시(廣元市) 서남쪽 가릉강(嘉陵江) 가에 있다.

6 白帝(백제) :백제성(白帝城). 지금의 사천성 봉절현(奉節縣)에 있으며, 장강 삼협 가운데 가장 상류인 구당협(瞿唐峽)의 북쪽 백제산에 있다.

7 飄零(표령) : 이리저리 떠도는 모양.

8 地仙(지선) : 인간 세상에 사는 신선.

【해설】

이 시에서는 시와 술과 함께 지내온 지난 20년의 삶을 회상하며 마음속엔 웅대한 포부로 가득하건만 육신은 좌절만 겪고 있음을 안타까워하고 있다. 이어 남정을 나와 실의에 빠져 성도로 돌아가는 쓸쓸한 심정을 나타내고, 마치 운명처럼 변방 관새를 떠도는 자신을 사람들은 인간 세상의 신선이라 부름을 자조하고 있다.

칠월 일일 밤에 집 북쪽의 물가에 앉아

호상에 오만하게 앉아 술에서 반쯤 깨니

낚시통 다 거둔 몇 척 배들이 가로놓여 있네.

바람은 가는 베옷에서 생겨나 삼복더위는 없고

달은 성긴 숲으로 올라가니 바야흐로 사경인데,

북두성은 반짝이며 내려와 사라지려 하고

은하수는 길게 이어져 소리 없이 흘러가네.

폄적된 신선이 어찌 다시 속세를 그리워하리?

고래 타고 옥경으로 돌아가려 하네.

七月一日夜坐舍北水涯

兀傲胡床酒半醒,[1] 釣筒收盡數舟橫.

風生細葛無三伏, 月上疎林正四更.

北斗離離低欲盡,[2] 明河脈脈去無聲.[3]

斥仙豈復塵中戀, 便擬騎鯨返玉京.[4]

【해제】

67세 때인 소희紹熙 2년1191 가을 산음山陰에서 쓴 것으로, 선계에 대한 지향이 나타나 있다.

『검남시고』에서는 제목 다음에 '희작戲作'이 추가되어 있다.

【주석】

1 兀傲(올오) : 오만하고 구속받지 않은 모양.

胡牀(호상) : 교의(交椅). 팔걸이와 등받이가 있고 다리가 접이식으로 된 이동식 의자로, 외지에서 전래되어 이와 같이 불렀다.

2 離離(이리) : 밝게 비치는 모양.

3 脈脈(맥맥) : 끊임없이 이어지는 모양.

4 玉京(옥경) : 도가에서 천제가 거주하는 곳. 신선 세계를 가리킨다.

【해설】

이 시에서는 술에 취해 물가에 나와 앉아 지상과 하늘에 펼쳐진 가을밤의 풍경을 바라보고, 스스로를 폄적된 신선에 비유하며 인간 세상을 떠나 다시금 신선 세계로 돌아가고 싶은 마음을 나타내고 있다.

새로운 가을에 일을 느껴

강 위로 맑은 가을이 어젯밤에 돌아오고
어부의 집 사립문은 물억새 섬을 마주하고 열려 있네.
뜻은 천하에 있건만 먹는 것은 부족하고
절개는 옛사람을 흠모하건만 참언은 갈수록 오니,
바람 끝의 솔개연은 어찌 오래도록 풀어놓았는지?
제사 후의 풀 강아지는 슬픔을 견디고 있으리.
풀어헤쳐 산발한 채 가을비 소리 듣노라니
옷깃에 남은 새로운 서늘함이 술잔으로 들어오네.

新秋感事

江上淸秋昨夜回, 漁扉正對荻洲開.[1]
志存天下食不足, 節慕古人讒愈來.
風際紙鳶那解久,[2] 祭餘芻狗會堪哀.[3]
蕭然散髮聽秋雨,[4] 剩領新涼入酒盃.

【해제】

67세 때인 소희紹熙 2년1191 가을 산음山陰에서 쓴 것으로, 뜻을 실현하지 못하는 궁벽한 현실을 비통해하고 있다. 총2수 중 제1수이다.

【주석】

1 荻洲(적주) : 물억새 섬.

2 紙鳶(지연) : 종이로 만든 솔개. 솔개연을 가리키며, 여기서는 묶인 채 바람에 날리며 시련을 겪는 존재를 의미한다.

3 芻狗(추구) : 꼴로 만든 강아지. 제사 때 시축(尸祝)이 사용하는 도구로, 여기서는 제사가 끝난 후 쓸모없이 버려지는 존재를 의미한다.

4 蕭然(소연) : 흐트러져 정돈되지 않은 모양.

【해설】

이 시에서는 새로 찾아온 가을에 세월의 흐름을 느끼고 고난으로 가득한 자신의 삶을 말하고 있다. 이어 오래도록 바람에 날리는 솔개연과 제사 후에 버려지는 풀 강아지에 자신을 비유하며 현실의 고달픔과 고뇌를 나타내고, 술에 의지하여 자신의 번민을 달래고 있다.

비바람 속에 용동각을 지나며

취한 소매 휘날리며 노한 사람이 지탱하고 있으니
그 속에 어찌 일찍이 길을 두려워함이 있었으리?
땅을 말며 검은 바람은 참담하게 불고
하늘 가운데 붉은 누각은 청허하게 꽂혀 있네.
난간 가 돌아가는 학은 다투듯 민첩하고
구름 밖 날아가는 신선은 가히 부를 수가 있네.
쇠한 늙은이 심지가 대담하다 탓하지 말지니
이 몸 본디 한 그루 마른 나무였다네.

風雨中過龍洞閣[1]

飄然醉袖怒人扶, 箇裏何曾有畏塗.[2]
卷地黑風吹慘澹,[3] 半天朱閣揷虛無.[4]
闌邊歸鶴如爭捷, 雲表飛仙定可呼.
莫怪衰翁心膽壯,[5] 此身元是一枯株.[6]

【해제】

48세 때인 건도乾道 8년1172 봄 남정南鄭으로 부임하던 도중 면곡綿谷에서 쓴 것으로, 자신의 굳센 의지와 불굴의 기상을 나타내고 있다.

【주석】

1 龍洞閣(용동각) : 누각 이름. 당시 면곡현(綿谷縣, 지금의 사천성 광원시(廣元市) 북쪽 지역) 북쪽 청강(淸江) 가의 높은 절벽 위에 있었다.

2 箇裏(개리) : 그 안. 바람을 지탱하고 서 있는 모습을 가리킨다.

3 慘澹(참담) : 비참하고 처량하다.

4 虛無(허무) : 허무하다. 청정무욕(淸靜無欲)한 모습이나 청허(淸虛)한 경지를 가리킨다.

5 心膽壯(심담장) : 심지와 담력이 굳세다. 겁도 없이 대담한 것을 의미한다.

6 枯株(고주) : 마른 나무. 수양하여 득도한 사람을 비유한다.

【해설】

이 시에서는 용동각에 올라 취한 채 한치의 두려움도 없이 바람을 맞고 서 있는 자신을 말하고, 거센 바람 속에 하늘 위로 높이 솟아 있는 용동각의 모습을 묘사하고 있다. 이어 학과 신선이 나는 선계의 모습을 상상하며, 자신 또한 본디 신선이기에 이처럼 높고 험한 곳에 있어도 아무런 두려움이 없음을 말하고 있다.

홀로 성 서쪽의 여러 사찰을 노닐며

나는 천공의 관심 밖 사람이라
산 보고 물 보는 자유로운 몸이라네.
이끼 낀 벼랑에 곧장 올라 한 쌍 나막신을 날리고
구름 낀 동굴 앞에서 이마 드러내어 두건 쓰며,
만 리 밖 우저기의 달을 부르고자 하고
일생토록 유량의 먼지는 받지 않았네.
부를 수 있는 좋은 객이 없는 것은 아니지만
홀로 가니 높고 아득히 깨달음이 더욱 참되네.

獨游城西諸僧舍

我是天公度外人,[1] 看山看水自由身.
蘚崖直上飛雙屐,[2] 雲洞前頭岸幅巾.[3]
萬里欲呼牛渚月,[4] 一生不受庾公塵.[5]
非無好客堪招喚, 獨往飄然覺更眞.[6]

【해제】

49세 때인 건도乾道 9년1173 여름 가주嘉州에서 쓴 것으로, 홀로 자유로이 사찰들을 유람하며 다니는 즐거움을 나타내고 있다.

『검남시고』에서는 제목에서 '유游'가 '유遊'로 되어 있다.

【주석】

1 天公(천공) : 하늘. 의인화해서 나타낸 것이다.

度外人(도외인) : 생각 바깥에 있는 사람. 상관없거나 관심 없는 사람을 가리킨다.

2 蘚崖(선애) : 이끼 낀 벼랑. 사람의 왕래가 드문 험한 산길을 가리킨다.

雙屐(쌍극) : 한 쌍 나막신. 산을 오르내릴 때 유용한 신발로, 올라갈 때는 앞굽을 없애고 내려올 때는 뒷굽을 없애 편하게 보행할 수 있었다.

3 岸幅巾(안폭건) : 이마가 드러나게 두건을 올려 쓰다. 구속됨이 없는 자유로운 모습을 의미한다.

4 牛渚(우저) : 산 이름. 산의 북쪽으로 채석강(采石江) 가운데 솟아 있는 부분을 '우저기(牛渚磯)' 또는 '채석기(采石磯)'라고도 하며, 지금의 안휘성 마안산시(馬鞍山市) 채석진(采石鎭)에 있다.

5 庾公塵(유공진) : 유량(庾亮)의 먼지. 동진(東晉)의 왕도(王導)가 큰바람에 먼지가 불어오자 부채로 이를 쓸어내며 "유량의 먼지가 사람을 더럽힌다"라 말하며 당시 권세가였던 유량을 비판한 것에서 유래한 말로, 높은 권세를 비유한다.

6 飄然(표연) : 높고 먼 모양, 초탈한 모양.

【해설】

이 시에서는 자신이 천공의 뜻과 상관없는 사람인지라 매임 없이 자유로이 다니며 산수를 구경하고 있음을 말하고, 험한 벼랑과 깊숙한 동굴을 찾아다니며 즐기는 모습을 나타내고 있다. 이어 스스로 자연과 더불어 살며 평생토록 높은 권세를 추구하지 않았음을 말하고, 여럿이 함께 보다는 홀로 사찰들을 다니며 얻는 깨달음이 더욱 깊고 진실됨을 말하고 있다.

농부의 집을 지나며

강 언덕에서 말고삐 풀어 거닐며 석양을 보내니
어느 집인가 우물과 절구가 사립문 사이로 비치네.
울타리 너머 개는 짖으며 사람 지나는 것을 보고
잠박 가득한 누에는 굶주려 뽕잎 돌아오길 기다리네.
천 년을 이어온 세상의 모습은 익히 본 것이거늘
만 리 밖 고향은 꿈속에서 흐릿하기만 하네.
몸소 밭 가는 일은 본시 영웅의 일이니
남양에서 늙어 죽어도 잘못된 것은 아니리.

過野人家

縱轡江皐送夕暉,[1] 誰家井臼映荊扉.[2]
隔籬犬吠窺人過, 滿箔蠶飢待葉歸.[3]
世態千年看爛熟,[4] 家山萬里夢依稀.[5]
躬耕本是英雄事,[6] 老死南陽未必非.[7]

【해제】

52세 때인 순희淳熙 3년1176 3월 성도成都에서 쓴 것으로, 시골 농가의 정경을 바라보며 고향에 대한 그리움과 농경 생활의 지향을 나타내고 있다.

『검남시고』에서는 제목 다음에 '유감有感'이 추가되어 있다. 또한 제4구 다음에 "오 땅 사람들은 뽕을 일컬어 다만 잎이라 말한다吳人直謂桑曰葉"라는 자주自注가 있으며, 제5구의 '천千'이 '십十'으로 되어 있다.

【주석】

1 縱轡(종비) : 말 고삐를 풀다. 말을 타고 자유롭게 거니는 것을 말한다.

2 荊扉(형비) : 사립문.

3 箔(박) : 잠박(蠶箔). 대나무나 갈대를 엮어 만든 양잠 도구이다.

4 爛熟(난숙) : 익어 문드러지다. 오래도록 보아왔음을 말한다.

5 家山(가산) : 고향 집이 있는 산. 고향을 가리킨다.

依稀(의희) : 은미하다, 분명하지 않다.

6 躬耕(궁경) : 몸소 밭을 갈다. 직접 농사짓는 것을 말한다.

7 南陽(남양) : 옛 군(郡) 이름. 삼국시대 제갈량(諸葛亮)이 은거하며 몸소 농사를 지은 곳으로, 지금의 호북성 양양시(襄陽市) 또는 하남성 남양시(南陽市)라 한다.

【해설】

이 시에서는 저물녘 말을 타고 거닐며 시골 농가를 지나게 되었음을 말하고, 마당 안에는 우물과 절구가 있고 개와 누에를 기르며 살아가는 소박하고 한가로운 시골 농가의 모습을 묘사하고 있다. 이어 사람들이 사는 이와 같은 모습들은 오랜 세월 이어져 온 것으로 고향에서도 익히 봐온 것이지만, 지금은 떠나와 있어 꿈속에서 고향의 모습이 희미하게 보일 뿐임을 안타까워하고 있다. 마지막에서는 공업의 수립만이 아니라 직접 농사지으며 살아가는 삶도 영웅의 삶이라 말한다. 제갈량이 출사하지 않고 남양에서 농사짓다 늙어 죽었어도 그가 얻었던 영웅의 명성에 어긋난 것은 아니었음을 말하며 관직에서 벗어나 고향으로 돌아가 직접 농사지으며 살고 싶은 바람을 나타내고 있다.

저녁의 흥

늙고 병들어 공업을 향해 달리는 것에 시름겨워하니
하늘이 완화촌에 편안히 눕게 하였네.
산림으로 홀로 가 짐승 잡고 물고기 잡은 이들과 어울리지만
세계가 모두 공空이니 누구를 원망하고 누구를 사랑하리?
천 권 낡은 책으로 세월을 잊고
한 동이 탁주로 세상일 내맡겨 버리네.
흥이 일어 맑은 강가에서 지팡이에 의지하니
끊어진 호각 소리 잦아든 종소리가 황혼을 거두어 가네.

晩興

老病愁趨畫戟門,[1] 天教高臥浣花村.[2]
山林獨往雜屠釣,[3] 世界皆空誰怨恩.
千卷蠹書忘歲月, 一尊濁酒信乾坤.[4]
興來倚杖淸江上, 斷角殘鐘正斂昏.[5]

【해제】

52세 때인 순희淳熙 3년1176 4월 성도成都에서 쓴 것으로, 공업을 이루지 못한 무력감이 나타나 있다.

『검남시고』에서는 제4구 다음에 "『선비요경禪祕要經』에서 말하기를,

관공觀空의 법은 한 고을 한 나라 한 세계로부터 삼천대천 세계에 이르기까지 모두 공空이라 하였다禪祕要經言觀空之法, 自一城一國一世界, 至三千大千世界皆空"라는 자주自注가 있으며, 제8구의 '잔殘'이 '소疎'로 되어 있다.

【주석】

1 畫戟門(화극문) : 두 갈래 창을 그려놓은 문. 권세 있는 집을 가리키는 것으로, 당대에 삼품 이상 관원들은 대문에 두 갈래 창을 그려 장식하였다. 여기서는 공업을 이루는 것을 비유한다.

2 高臥(고와) : 베개를 높이 하고 눕다. 산림 속에서 편안하게 지내는 삶을 비유한다.

浣花村(완화촌) : 완화계(浣花溪)의 마을. 완화계는 탁금강(濯錦江) 또는 백화담(百花潭)이라고도 하며, 지금의 사천성 성도시(成都市) 서쪽 교외에 있다.

3 雜(잡) : 섞이다. 함께 어울리는 것을 말한다.

屠釣(도조) : 백정과 낚시꾼. 천한 일을 하는 사람을 가리킨다.

4 乾坤(건곤) : 하늘과 땅. 천하를 가리킨다.

5 斂昏(염혼) : 황혼을 거둬들이다. 밤이 되는 것을 말한다.

【해설】

이 시에서는 공업을 이루지 못하고 성도로 물러 나와 한가롭게 지내고 있는 자신을 말하고, 인생의 성패이건 신분의 귀천이건 모든 것이 결국은 다 헛된 것이라는 말로 스스로를 위안하고 있다. 이어 책과 술을 통해 세상 모든 일을 잊고 시름에서 벗어나려 하고 있는 자신을 나타내고, 지팡이에 의지하여 강가로 나와 호각 소리와 종소리에 저물녘 어둠이 짙어가는 풍경을 바라보고 있다.

방화루에서 밤에 연회하며

호랑이 쏘던 장군은 제후에 봉해지진 못했어도
오히려 강가 누각에서 호방하게 취할 수는 있다네.
생황과 노랫소리 뒤섞여 맑은 밤은 즐겁고
바람 이슬은 높고 차가워 가을로 이어지네.
젊어서의 굳센 마음은 옥문관을 가볍게 여겼건만
늙어서의 그윽한 꿈은 물가 모래톱에 떨어지네.
인간 세상의 원수와 상수 길은 빼어나게 아름답거늘
굴원은 이처럼이나 시름이 많았음을 늘 우스워하네.

芳華樓夜宴[1]

射虎將軍老不侯,[2] 尙能豪縱醉江樓.
笙歌雜沓娛淸夜,[3] 風露高寒接素秋.[4]
少日壯心輕玉塞,[5] 暮年幽夢墮滄洲.[6]
人間淸絶沅湘路,[7] 常笑靈均如許愁.[8]

【해제】

52세 때인 순희淳熙 3년1176 6월 성도成都에서 쓴 것으로, 고향으로 돌아가 은거하고 싶은 마음을 나타내고 있다.

『검남시고』에서는 제8구의 '여如'가 '작作'으로 되어 있다.

【주석】

1 芳華樓(방화루) : 누각 이름. 성도 합강원(合江園) 안에 있다.

2 射虎將軍(사호장군) : 호랑이를 쏘던 장군. 남정(南鄭)에서 종군할 때 종남산에서 수렵하며 호랑이를 잡던 자신을 가리킨다.

3 雜沓(잡답) : 번잡하고 많은 모양.

4 素秋(소추) : 흰 가을. 가을을 가리킨다. 오행(五行)에 따르면 가을은 금(金)에 속하고 색이 백색이므로 이와 같이 불렀다.

5 玉塞(옥새) : 옥문관(玉門關). 여기서는 변방을 범칭한다.

6 滄洲(창주) : 물가 모래톱. 여기서는 고향에서의 은거 생활을 비유한다.

7 淸絶(청절) : 빼어나게 아름답다.

沅湘(원상) : 원수(沅水)와 상수(湘水). 전국시대 굴원(屈原)이 쫓겨나 유랑하던 곳이다.

8 靈均(영균) : 굴원(屈原). 이름이 평(平)이고 자가 원(原) 또는 영균(靈均)이다. 전국시대 초(楚)나라의 삼려대부(三閭大夫)를 지냈으며 참소되어 상수(湘水)로 추방당해 유랑하다가 자신의 억울함을 호소하며 멱라수(汨羅水)에 투신하였다.

如許(여허) : 이처럼이나 많다. '여(如)'는 '여차(如此)'의 뜻이고 '허(許)'는 '허다(許多)'의 뜻이다.

【해설】

이 시에서는 가을밤에 방화루에서 올라 연회 하는 상황을 나타내며,

비록 공업을 이루지는 못했으나 술만큼은 호탕하게 마실 수 있음을 자부하고 있다. 이어 젊어서는 변방으로 나가는 것을 아무렇지 않게 여겼으나 나이가 들수록 고향으로 돌아가 은거하고 싶은 마음이 깊어짐을 말하고, 아름다운 산수를 눈앞에 두고도 깊은 시름에서 벗어나지 못했던 굴원을 탓하고 있다.

가을 생각

대면산 봉우리 앞 가을 피리 소리는 맑고
초나라 궁성 가 저녁 여울은 평탄하네.
오 땅과 초 땅 향하는 배에 돌아가고픈 생각 일고
농산의 달과 파산의 구름에 공연히 정이 다시 생겨나네.
만 리 풍진 속의 옛 조정 관원이요
백 년 문장 속의 늙은 서생이로다.
물가 마을과 어시장의 삶을 지금부터 시작하니
어찌 구구하게 천하의 명성을 구하리?

秋思

大面峯前秋笛淸,[1] 細腰宮畔暮灘平.[2]
吳檣楚柂動歸思,[3] 隴月巴雲空復情.[4]
萬里風塵舊朝士, 百年鉛槧老書生,[5]
水村漁市從今始, 安用區區海內名.

【해제】

50세 때인 순희淳熙 원년1174 7월 촉주蜀州에서 쓴 것으로, 고향에 대한 그리움과 은거 생활의 지향을 나타내고 있다.

『검남시고』에서는 제1구의 '봉峯'이 '산山'으로 되어 있으며, 총3수

중 제1수이다.

【주석】

1 大面(대면) : 산 이름. 성도 앞에 있다.

2 細腰宮(세요궁) : 초(楚)나라의 궁성. 초나라 왕이 사람들의 가는 허리를 좋아하여 궁에서 굶어 죽은 사람이 많았다고 한 것에서 유래하였다.

3 吳檣楚柁(오장초타) : 오 땅으로 가는 돛대와 초 땅으로 가는 키. 고향으로 돌아가는 배를 가리킨다.

4 隴月巴雲(농월파운) : 농산의 달과 파산의 구름.

5 鉛槧(연참) : 납 가루와 목판. 고대 글을 쓰는 도구로, 여기서는 문장을 의미한다.

【해설】

이 시에서는 촉 지역의 가을 풍경을 바라보며 고향을 향한 그리움과 객수를 나타내고 있다. 이어 조정과 지방의 관직을 전전하며 평생 시문을 쓰고 살아왔던 지난날의 자신의 삶을 되돌아보고, 이제부터라도 세상의 명성에 구애되지 않고 시골 사람들과 더불어 은거하며 살고 싶은 바람을 나타내고 있다.

달 아래에서

누런 고니 날아가며 울면서 배고픔을 면치 못하니
이 몸 어디로 가려 하는지 스스로 우습기만 하네.
문 닫고 채소 심으며 영웅은 늙어가고
검 두드리며 물고기 생각하건만 부귀는 더디기만 하네.
살아서는 산으로 들어가 이광을 따르고
죽어서는 마땅히 무덤 뚫고 요리를 가까이해야 하리.
한 동이 술로 남루의 달에 흠뻑 취하고
강개하여 길게 읊조리니 지나치게 슬퍼질까 걱정하네.

月下

黃鵠飛鳴未免飢, 此身自笑欲何之.
閉門種菜英雄老,[1] 彈鋏思魚富貴遲.[2]
生擬入山隨李廣,[3] 死當穿冢近要離.[4]
一樽彊醉南樓月, 感慨長吟恐過悲.

【해제】

52세 때인 순희淳熙 3년1176 5월 성도成都에서 쓴 것으로, 고단한 현실과 공업을 이루지 못한 회한이 나타나 있다.

『검남시고』에서는 제목 다음에 '취제醉題'가 추가되어 있다.

【주석】

1 閉門種菜(폐문종채) : 문을 닫고 채소를 심다. 삼국시대 유비(劉備)가 하비(下邳)에 있을 때 일부러 문을 닫고 채소를 심으면서 조조(曹操)에게 자신이 큰 뜻이 없는 것처럼 보이게 한 것을 가리킨다.

2 彈鋏思魚(탄협사어) : 칼을 두드리며 물고기를 생각하다. 전국시대 맹상군(孟嘗君)의 식객이었던 풍훤(馮諼)이 맹상군이 자신을 대우해주지 않자 칼을 두드리며 "큰 칼이여 돌아가자(長鋏歸來乎)"라고 세 차례 노래를 불러 각각 물고기와 수레, 집을 얻은 일을 가리킨 것으로, 곤궁한 처지에 있으며 마음에 바라는 것이 있는 것을 의미한다.

3 李廣(이광) : 한대(漢代)의 명장. 『사기(史記)·이장군열전(李將軍列傳)』에 따르면 이광이 우북평군(右北平郡)의 태수로 있을 때 흉노가 이를 듣고는 그를 '한(漢)의 비장군(飛將軍)'이라 부르며 수년 동안 피하면서 감히 우북평군으로 들어오려 하지 않았다.

4 要離(요리) : 춘추시대 오(吳)나라 자객. 『여씨춘추(呂氏春秋)·충렴(忠廉)』에 따르면 오왕 합려(闔閭)가 전제(專諸)를 보내어 오왕 요(僚)를 암살한 후, 다시 요리를 보내어 요의 아들 경기(慶忌)를 암살하게 하였는데 일이 실패하자 자결하였다.

【해설】

이 시에서는 굶주려 울며 날아가는 고니를 묘사하며 어디로 향하는지 알 수 없는 자신의 고달픈 삶을 비유하고, 유비와 풍훤의 일을 들어

커다란 뜻을 지니고 있으나 이를 이루지 못하고 궁벽한 처지에 놓여 있는 자신을 나타내고 있다. 이어 이광과 요리에 대한 추숭으로 자신의 포부와 기개를 나타내고, 술과 시로 주체할 수 없는 비분강개한 심정을 드러내고 있다.

생각을 쓰다

시름으로 조정 향하고 번화한 곳 다니다가
잠시 옛날 은거처로 돌아오니 즐거움이 끝이 없네.
석지에서 깨끗한 물에 약을 씻고
고깃배에서 부드러운 바람에 낚싯대를 던지며,
마름 따는 노래 속에 종일토록 취했다 깨고
대나무 그늘 속 이웃을 왕래하네.
장안 저택에 창을 나열할 필요 있으리?
사방 구름 덮인 산이 이 노인을 껴안고 있으니.

書懷

愁向東華蹋軟紅,[1] 暫歸舊隱樂無窮.
石池洗藥涓涓水,[2] 漁艇投竿嫋嫋風.[3]
盡日醉醒菱唱裏, 隣家來往竹陰中.
何須列戟長安第,[4] 四望雲山擁此翁.

【해제】

54세 때인 순희淳熙 5년1178 10월 성도에서 돌아와 잠시 산음山陰에 머물 때 쓴 것으로, 고향으로 돌아와 즐기는 여유로운 삶이 나타나 있다.

『검남시고』에서는 제8구의 '망望'이 '면面'으로 되어 있다.

【주석】

1 東華(동화) : 궁성의 동쪽 문 이름. 조정을 가리킨다.

軟紅(연홍) : 부드러운 홍진. 번화하고 떠들썩한 곳을 가리킨다.

2 涓涓(연연) : 맑고 깨끗한 모양.

3 嫋嫋(요뇨) : 부드럽고 가녀린 모양.

4 列戟(열극) : 창을 나열하다. 조정 고관의 집 앞에 창을 나열하여 의장으로 삼은 것을 가리킨다.

【해설】

이 시에서는 성도에서 돌아와 도성에 들렀다가 잠시 고향으로 돌아왔음을 말하고 있다. 이어 한가로이 낚시하고 이웃과 왕래하며 즐기는 여유롭고 편안한 일상을 묘사하고, 세상의 권세와 영화보다는 자연과 더불어 살아가는 삶이 더욱 나은 것임을 말하고 있다.

순 임금의 사당에서 옛날을 생각하며

구름 끊어진 창오에서 마침내 돌아오지 못했고
강가 옛 사당은 붉은 문이 닫혀 있네.
산천은 세상의 흥망 때문에 바뀌지는 않으니
풍월은 응당 세상의 감개가 다른 것을 가련히 여기리.
외로이 드는 잠에 때때로 꾀꼬리가 꿈을 깨우고
비끼어 부는 바람에 어쩔 수 없이 나그네는 옷을 더하네.
천 년 세월 돌아보면 공적이 모두 사라져 버렸으니
고깃배에서 석양을 보내는 것만 못하다네.

舜廟懷古

雲斷蒼梧竟不歸,[1] 江邊古廟鎖朱扉.
山川不爲興亡改, 風月應憐憾慨非.
孤枕有時鶯喚夢, 斜風無賴客添衣.[2]
千年回首消磨盡,[3] 輸與漁舟送落暉.[4]

【해제】

43세 때인 건도乾道 3년1167 상우上虞에서 쓴 것으로, 순 임금을 애도하며 공업 수립에 대한 회의와 은거 생활의 지향을 나타내고 있다.

『검남시고』에서는 제4구의 '감憾'이 '감感'으로 되어 있다. 저본의 오류로 여겨진다.

【주석】

1 蒼梧(창오) : 옛 지명. 순(舜) 임금이 매장된 곳이다.

2 無賴(무뢰) : 의지할 바 없이, 어쩔 수 없이.

3 消磨(소마) : 갈아 없어져 버리다. 순 임금의 공적이 사라져 남아 있지 않음을 말한다.

4 輸(수) : 못하다, 떨어지다.

【해설】

이 시에서는 창오에서 순 임금이 죽어 매장된 일을 말하며 그를 기리는 사당의 굳게 닫힌 문으로 그를 추모하지 않는 현실을 나타내고, 산천은 변함이 없건만 인간의 세태는 시대에 따라 다름을 탄식하고 있다. 이어 고향을 그리는 자신의 객수를 말하고, 인간사 공업의 헛되고 덧없음을 생각하며 강호에 은거하여 살고 싶은 바람을 나타내고 있다.

수계정선육방옹시집
須溪精選陸放翁詩集

권7

육유(陸游) 무관(務觀) 찬(撰)

유진옹(劉辰翁) 회맹(會孟) 선(選)

주필역

산가지를 움직였던 유적은 옛날처럼 여전하니

깃발 보려 길가에 멈추었네.

인간 관성자와 같았으니

초주가 항복 문서 썼던 일을 견디기 어렵구나.

籌筆驛[1]

運籌塵迹故依然,[2] 想見旌旗駐道邊.

一等人間管城子,[3] 不堪譙叟作降牋.[4]

【해제】

48세 때인 건도乾道 8년1172 봄 면곡綿谷에서 쓴 것으로, 주필역에 들러 망국의 회한을 나타내고 있다.

저본에서는 제목 다음에 "제갈량의 사당이 있다有武侯祠"라는 자주自注가 있는데, 『검남시고』에서는 '사祠' 다음에 '당堂'이 추가되어 있다. 또한 제1구의 '진塵'이 '진陳'으로 되어 있다.

【주석】

1 籌筆驛(주필역) : 역참 이름. 당시 면곡현(綿谷縣, 지금의 사천성 광원시(廣元市) 북쪽 지역) 북쪽에 있었다. 제갈량(諸葛亮)이 출정할 때면 항상 이곳에 주둔하였다고 한다.

2 運籌(운주) : 산가지를 움직이다. 군중에서 전략을 세우는 것을 말한다.

3 一等(일등) : 같다. 한 종류.

管城子(관성자) : 붓의 별칭. 한유(韓愈)가 「모영전(毛穎傳)」에서 붓을 의인화하여 관성자라 칭한 것에서 유래하였다.

4 譙叟(초수) : 초주(譙周). 삼국시대 촉(蜀)의 대신으로 위(魏)의 등애(鄧艾)가 성도를 공격해왔을 때 후주(後主)에게 투항할 것을 권유하였다.

【해설】

이 시에서는 주필역에 들러 옛 촉나라의 유적을 돌아보고, 초주가 후주에게 투항을 권유했던 일을 떠올리며 망국의 한을 나타내고 있다. 시에서는 초주를 관성자에 비유하여 그가 투항 문서를 쓴 것으로 말하고 있는데, 실제 문서를 썼던 사람은 극정郤正이었다.

가랑비 매우 시원하여 배 안에서 저녁까지 깊이 잠들어

배 안의 한 줄기 비가 날아다니던 파리를 쫓아내고
두건 반쯤 벗고선 푸른 등나무 침상에 누워있네.
맑은 꿈에서 막 깨어나니 선창의 해는 저물고
몇 번의 부드러운 노 소리에 파릉을 지나가네

小雨極涼舟中熟睡至夕

舟中一雨掃飛蠅, 半脫綸巾臥翠藤.[1]
清夢初回窗日晚,[2] 數聲柔櫓下巴陵.[3]

【해제】

54세 때인 순희淳熙 5년1178 5월, 성도成都를 떠나 임안臨安으로 돌아오던 도중 파릉巴陵에서 쓴 것으로, 여행길에 느낀 여유와 평안함이 나타나 있다.

【주석】

1 綸巾(윤건) : 푸른 비단 띠를 엮어 만든 두건. 삼국시대 촉(蜀) 제갈량(諸葛亮)이 처음으로 만들었다 하여 '제갈건(諸葛巾)'이라고도 한다.

2 淸夢(청몽) : 맑은 꿈. 좋은 꿈을 의미한다.

3 巴陵(파릉) : 옛 현(縣) 이름. 지금의 호남성 악양시(岳陽市)이다.

【해설】

이 시에서는 가랑비에 날이 시원해지고 파리도 날지 않아 배 안에서 아무런 방해도 받지 않고 저녁까지 깊은 잠이 들었음을 말하고, 선창 밖으로 지는 해를 바라보며 파릉을 지나가는 부드러운 노 소리를 듣고 있다.

겨울밤에 빗소리를 듣고 놀이 삼아 쓰다 2수

젊었을 적 사귀던 벗들은 모두 영웅호걸이었으니
오묘한 이치가 때로 상세한 평어를 얻었네.
늙어가며 함께하는 건 다만 밤비뿐이니
향 사르고 누워 아름다운 주렴의 빗소리를 듣네.

처마를 둘러 거문고와 축 소리처럼 방울져 떨어지니
그윽한 방에서 베개 기대어 있노라니 참으로 기이하게 들리네.
금관성에서 바다를 노래하고 피리 불던 일 생각나니
지난 칠 년 동안의 밤비에서는 일찍이 알지 못하였네.

冬夜聽雨戲作二首

少年交友盡豪英, 妙理時時得細評.[1]
老去同參惟夜雨, 焚香臥聽畫簾聲.[2]

遶簷點滴如琴筑,[3] 支枕幽齋聽始奇.
憶在錦城歌吹海,[4] 七年夜雨不曾知.[5]

【해제】

54세 때인 순희淳熙 5년1178 10월 산음山陰에서 쓴 것으로, 밤빗소리를 들으며 젊었을 때의 친구들과 성도에서의 생활을 회상하고 있다.

『검남시고』에서는 제1수 제4구의 '렴簾'이 '첨簷'으로 되어 있다.

【주석】

1 細評(세평) : 상세한 평어(評語). 이치에 대한 상세한 해설과 다양한 견해를 가리킨다.

2 畫簾(화렴) : 아름다운 장식이 있는 주렴.

3 琴筑(금축) : 거문고와 축. 축(筑)은 쟁(箏)과 비슷한 고악기로, 줄의 수가 5현이나 13현 또는 21현이라는 설이 있다.

4 錦城(금성) : 금관성(錦官城). 성도(成都)를 가리킨다.

歌吹海(가취해) : 바다를 노래하고 피리 불다. 공업 수립의 포부를 비유한다.

5 七年(칠년) : 성도에서 있었던 기간을 가리킨다. 육유는 건도(乾道) 8년(1172) 11월 남정(南鄭)에서 나와 세모에 성도(成都)에 도착하였고, 순희(淳熙) 5년(1178) 2월 성도(成都)를 떠나 임안(臨安)으로 향했으니, 햇수로 7년 동안 성도에 머물렀다.

【해설】

제1수에서는 친구들과 함께 이치를 추구하고 토론했던 젊은 시절과 늙어 홀로 누워 밤빗소리를 듣고 있는 현재를 대비하며 쓸쓸하고 처연한 심정을 나타내고 있다.

제2수에서는 처마에서 떨어지는 빗소리가 거문고와 축의 연주 소리처럼 기이하게 들림을 말하고, 공업 수립의 포부를 지니고 성도에서 지냈던 지난 7년 동안 빗소리가 이와 같음을 느끼지 못했음을 말하고 있다. 아마도 성도에서는 절망과 좌절 속에 울분의 나날을 보냈던 까닭에 마음의 안정과 평안을 얻지 못해서였을 것이다.

사찰 누각에서 밤에 취하여

바다 위의 산은 아득한데 옥비가 있어
얼음 수레바퀴 보느라 돌아가려 하지 않네.
누각 위 삼경의 바람 이슬 차가워
이내 휘장 두르고 비단옷 갈아입네.

寺樓月夜醉中

海山縹緲玉眞妃,[1] 貪看冰輪不肯歸.[2]
樓上三更風露冷, 旋圍步障換羅衣.[3]

【해제】

52세 때인 순희淳熙 3년1176 4월 성도成都에서 쓴 것으로, 누각에서 바라본 밤의 경관을 선경으로 상상하여 나타내고 있다.

『검남시고』에서는 제목 다음에 '희작戲作'이 추가되어 있다. 총3수 중 제3수이다.

【주석】

1 海山(해산) : 바다 위에 솟아 있는 산. 여기서는 상상의 경관을 의미한다.
玉眞妃(옥진비) : 전설상의 선녀(仙女) 이름. '옥비(玉妃)', '옥진(玉眞)' 또는 '태진(太眞)'이라 불린다.

2 冰輪(빙륜) : 얼음 수레바퀴. 달을 비유한다.

3 步障(보장) : 가림막.

【해설】

이 시에서는 선녀 옥비가 내려와 달구경에 빠져 돌아갈 줄 모른다고 말하며 누각에서 보이는 아름다운 경관을 부각하고, 안개가 자욱이 덮여 있는 모습을 선녀가 휘장을 가리고 옷을 갈아입는 상황으로 상상하고 있다.

화엄각의 승방을 보고

칼 어루만지던 그때는 기운이 무지개를 토했고
오열하며 앉아 오랑캐 정권이 사라지는 것을 느꼈네.
장대한 뜻이 어리석음의 극치임을 일찍이 알았으니
만 승복 속에 이름을 감추지 않은 것을 후회하네.

觀華嚴閣僧齋[1]

拂劍當年氣吐虹, 喑嗚坐覺朔庭空.[2]
早知壯志成癡絶, 悔不藏名萬衲中.[3]

【해제】

52세 때인 순희淳熙 3년1176 4월 성도成都에서 쓴 것으로, 공업을 이루지 못한 회한을 나타내고 있다.

『검남시고』에서는 제목 다음에 "누각 아래에선 4월 초부터 7월 말까지 날마다 승려 수천 명에게 공양한다閣下自四月初至七月末, 日飯僧數千人"라는 자주自注가 있다.

【주석】

1 華嚴閣(화엄각) : 성도 대성자사(大聖慈寺)에 있는 누각 이름.

2 喑嗚(암오) : 비통하여 목이 메다, 오열하다.

朔庭(삭정) : 북방 이민족의 정권. 여기서는 금(金)나라를 가리킨다.

3 衲(납) : 승복. 본디 기워 만든 옷이라는 뜻으로, 승복이 많은 천 조각을 꿰매어 만들었다 하여 이와 같이 불렀다. 여기서는 승려를 의미한다.

【해설】

이 시에서는 남정에 종군하던 시절 호방했던 기개를 떨치며 금에 대한 울분으로 북벌을 꿈꿨던 것을 회상하고 있다. 이어 자신이 품었던 장대한 뜻이 가장 어리석은 행동이었음을 깨닫고, 인간 세상 모든 일에서 벗어나 승려가 되지 않은 것을 후회하고 있다. 그러나 그의 이러한 생각은 북벌이 좌절된 것에 대한 절망과 반발에서 나온 것이라 할 수 있다.

책을 읽다

광대뼈는 솟고 살쩍 머리는 성기려 하는데
물러나 숨으니 그저 달팽이 집에 눕는 것이 어울리네.
여전히 인간 세상에 뜻이 있음을 스스로도 싫으니
꿩 사냥하고 돌아와 밤에 책을 읽네.

讀書

面骨峥嵘鬢欲疎,[1] 退藏只合臥蝸廬.[2]
自嫌尙有人間意,[3] 射雉歸來夜讀書.

【해제】

53세 때인 순희淳熙 4년1177 정월 성도成都에서 쓴 것으로, 세상사의 시름을 잊어버리려 사냥과 독서에 빠져 있는 모습이 나타나 있다. 총2수 중 제1수이다.

【주석】

1 面骨(면골) : 안면의 뼈. 광대뼈를 가리킨다.
峥嵘(쟁영) : 높이 솟은 모양.

2 蝸廬(와려) : 달팽이 모양의 오두막집. 좁고 누추한 집을 의미한다.

3 人間意(인간의) : 인간 세상을 향한 뜻. 공업 수립의 욕망을 가리킨다.

【해설】

이 시에서는 수척하고 늙은 몸으로 성도로 물러 나와 있는 자신을 말하고, 뜻을 이루지 못한 자신에게는 좁고 누추한 집이 합당하다는 말로 스스로를 비하하고 있다. 이어 자신의 마음속에 공업 수립의 욕망이 여전히 남아 있음을 탓하며, 사냥과 독서로 애써 이를 외면하려 하고 있다.

여러 일을 읊다

미풍에 흔들리며 토란잎은 하얗고
석양에 가득히 벼꽃은 향기롭네.
문 나서 말 고삐 풀고 어디로 가려 하나?
만리교 남쪽으로 저녁 서늘함을 좇아간다네.

세상사 성쇠를 누가 알 수 있으리?
혜릉에 풀은 안개에 덮여 있고 사립문은 닫혀 있네.
능 주변의 인가는 대나무 속에 모여 있고
등불 밝혀 소리치며 돌아오는 여인을 맞이하네.

雜詠

微風翻翻芋葉白,[1] 落日漠漠稻花香.[2]
出門縱轡何所詣,[3] 萬里橋南追晚涼.[4]

世事盛衰誰得知, 惠陵煙草掩柴扉.[5]
陵邊人家叢竹裏, 燈火呼喧迎婦歸.[6]

【해제】

53세 때인 순희淳熙 4년1177 7월 성도成都에서 쓴 것으로, 성도에서의 일상과 성도 사람들의 모습을 노래하고 있다.

『검남시고』에서는 제2수 제4구의 '호훤呼喧'이 '훤호喧呼'로 되어 있으며, 총4수 중 제3수와 제4수이다.

【주석】

1 翻翻(번번) : 바람에 날려 흔들리는 모양.

2 漠漠(막막) : 왕성한 모양, 가득 펼쳐져 있는 모양.

3 縱轡(종비) : 말 고삐를 풀다. 말을 타고 자유롭게 거니는 것을 말한다.

4 萬里橋(만리교) : 다리 이름. 지금의 사천성 성도시(成都市)에 있는 남문대교(南門大橋)이다.

5 惠陵(혜릉) : 한혜릉(漢惠陵). 유비(劉備)의 묘로, 성도 무후사(武侯祠) 안에 있다.

煙草(연초) : 안개에 싸인 풀.

6 呼喧(호훤) : 떠들썩하게 소리치다.

【해설】

제1수에서는 토란잎과 벼꽃이 가득 자라 있는 성도의 여름 경관을 묘사하고, 한가로이 말을 타고 더위를 식히려 만리교로 가고 있는 자신을 나타내고 있다.

제2수에서는 풀이 무성하고 사립문이 굳게 닫혀 있는 황량한 혜릉의 모습을 묘사하며 인생무상의 감회를 나타내고, 밤늦도록 일하고 돌아오는 여인들과 등불 밝혀 소리치며 이를 맞이하러 나온 사람들의 모습을 묘사하고 있다.

밤에 앉아서

큰바람이 비끼어 불어 북두칠성의 자루가 꺾이고
급한 우레 내려쳐 산의 돌이 갈라지는데,
방탕한 늙은이는 문 닫고 있어 적막하여 들리지 않고
능엄경 다 읽으니 등불 심지가 맺히네.

夜坐

大風橫吹斗柄折,[1] 迅雷下擊山石裂.[2]
放翁閉戶寂不聞, 楞嚴卷盡燈花結.[3]

【해제】

53세 때인 순희淳熙 4년1177 7월과 8월 사이 성도成都에서 쓴 것으로, 외물에 흔들리지 않는 불굴의 기상을 나타내고 있다.

『검남시고』에서는 제2구의 '석石'이 '벽壁'으로 되어 있다.

【주석】

1 斗柄(두병) : 북두칠성의 자루 부분.

2 迅雷(신뇌) : 빠르고 사나운 우레.

3 楞嚴(능엄) : 『능엄경(楞嚴經)』. 불교의 경전이다.

【해설】

이 시에서는 태풍이 불고 우레가 내리치는 밤과 홀로 문 닫고 고요히 앉아 능엄경을 읽고 있는 자신의 모습을 대비하며, 시련과 고난으로 가득한 현실과 이에 굴하지 않는 자신의 기개와 의지를 비유적으로 나타내고 있다.

문군정

서천에서 실의에 빠져 술잔 적시고
술에 취해 몇 번이나 금대에 올랐네.
푸른 짚신으로 구속됨이 없음이 스스로도 우스운데
다시금 문군정 가를 향해 왔네.

文君井[1]

落魄西川泥酒盃,[2] 酒酣幾度上琴臺.[3]
靑鞋自笑無拘束, 又向文君井畔來.

【해제】

53세 때인 순희淳熙 4년1177 8월 공주邛州에서 쓴 것으로, 탁문정을 찾아간 감회를 나타내고 있다.

『검남시고』에서는 제1구의 '천川'이 '주州'로, 제3구의 '구拘'가 '기羈'로 되어 있다. 또한 제4구 다음에 "사마상여의 금대는 성도성 안에 있고 탁문정은 공주에 있는데, 전하기에 탁문군의 옛집이라 한다相如琴臺在成都城中, 文君井在邛州, 相傳爲卓氏故宅"라는 자주自注가 있다.

【주석】

1 文君井(문군정) : 우물 이름. 탁문군(卓文君)의 우물이라는 뜻으로, 지금의

사천성 공래시(邛崍市)에 있다.

2 落魄(낙백) : 곤궁하고 실의하다.

西川(서천) : 고대 지명으로, 익주(益州)라고도 하였다. 지금의 사천성 일대를 가리킨다.

3 琴臺(금대) : 누대 이름. 사마상여(司馬相如)가 거문고를 타던 곳이라 한다.

【해설】

이 시에서는 공업을 이루지 못한 실의에 빠져 성도에서 술에 취해 사마상여의 금대에 자주 올랐음을 말하고, 공주에서는 그의 부인이었던 탁문군의 우물에 들러 다시금 성도에서와 같은 심정을 느끼고 있음을 말하고 있다.

꿈을 적다

검은 두건과 흰 모시옷 입던 그때를 생각하면
죽음 무릅쓰고 임금 따르며 자신을 아끼지 않았네.
검남에선 초췌하여 두 살쩍 머리 변하였지만
꿈속에서는 오히려 암문 달린 배에 올랐네.

記夢

烏巾白紵憶當年,[1] 抵死尋君不自憐.[2]
憔悴劍南雙鬢改,[3] 夢中猶上暗門船.[4]

【해제】

53세 때인 순희淳熙 4년1177 11월 성도成都에서 쓴 것으로, 북벌을 향한 불굴의 의지를 나타내고 있다.

『검남시고』에서는 제2구의 '군君'이 '춘春'으로 되어 있다. 총2수 중 제1수이다.

【주석】

1 烏巾白紵(오건백저) : 검은 두건과 흰 모시옷. 벼슬을 하지 않은 선비를 의미한다.

2 抵死(저사) : 죽음을 무릅쓰다.

尋(심) : 따르다, 추종하다.

3 劍南(검남) : 지명. 사천성 검각(劍閣) 남쪽에서 장강(長江) 북쪽 지역을 가리키며, 일반적으로 촉(蜀) 지역을 의미한다.

4 暗門船(암문선) : 적을 습격하기 위해 암문을 설치한 배.

【해설】

이 시에서는 벼슬길에 나아가기 전부터 나라와 임금을 위해 헌신하고자 했었던 옛날의 포부를 회상하고, 지금은 비록 촉 땅에서 부질없이 늙어가고 있지만 꿈에서만큼은 오랑캐를 정벌하는 배에 오르고 있음을 말하고 있다.

강가에서 매화를 찾아

작은 뜰에 아름다운 경관은 아직 많지 않아
한 그루 매화만 피어나 아직 시들지 않았네.
똑똑 문 두드리는 것이 돌연 싫어
옆으로 눕힌 지팡이 천천히 끌며 울타리 너머로 보네.

江上尋梅

小園風月不多寬,[1] 一樹梅花開未殘.
剝啄敲門嫌特地,[2] 緩拖橫杖隔籬看.[3]

【해제】

53세 때인 순희淳熙 4년1177 11월 성도成都에서 쓴 것으로, 한겨울에 핀 매화를 감상하는 즐거움이 나타나 있다.

『검남시고』에서는 제목이 「강가에서 산책하다 매화를 찾고는 우연히 절구 세 수를 얻다江上散步尋梅偶得三絶句」로 되어 있으며, 제4구의 '횡橫'이 '등藤'으로 되어 있다. 총3수 중 제1수이다.

【주석】

1 風月(풍월) : 청풍명월(淸風明月). 아름다운 경관을 가리킨다.
多寬(다관) : 많다, 흐드러지다.

2 剝啄(박탁) : 의성어. 문 두드리는 소리.

特地(특지) : 돌연, 홀연.

3 横杖(횡장) : 옆으로 누인 지팡이.

【해설】

이 시에서는 아직 한겨울이라 다른 곳에서는 매화를 구경할 수 없는데, 작은 정원에서 한 그루만 피어 있는 매화를 발견하고 기쁨과 아쉬움을 나타내고 있다. 이어 번거롭게 문 두드리고 들어가 주인에게 인사하고 청하기보다는, 천천히 걸으며 울타리 너머로 감상하는 것으로 매화에만 집중된 자신의 관심과 사랑을 나타내고 있다.

돌아오는 말 위에서 매화를 보고

본디 매화 때문에 홀로 술 마시는데
외려 매화 향기 맡으니 숙취가 사라지네.
해가 지려 할 때 비로소 말에 오르니
청양궁 앞에서 밤 시간을 알리는 소리 들리네.

看梅歸馬上

本爲梅花判獨飮,[1] 却嗅梅花消宿酲.[2]
日欲落時始上馬, 靑羊宮前聞發更.[3]

【해제】

53세 때인 순희淳熙 4년1177 12월 성도成都에서 쓴 것으로, 매화에 대한 애정을 희화적으로 나타내고 있다.

『검남시고』에서는 제목 다음에 '희작戱作'이 추가되어 있으며, 제1구의 '독獨'이 '통痛'으로, 제2구의 '화花'가 '향香'으로 되어 있다. 총5수 중 제2수이다.

【주석】

1 判(판) : 결단하다, 실행하다.

2 宿酲(숙정) : 숙취(宿醉).

3 靑羊宮(청양궁) : 도관(道觀) 이름. 지금의 사천성 성도시(成都市)에 있다.
發更(발경) : 밤 시간을 알리다. 고대에 밤을 오경(五更)으로 구분하였고 매경(更)마다 북이나 종을 쳐서 시간을 알렸다.

【해설】

이 시에서는 평소 매화 때문에 늘 술에 취하다가 지금은 오히려 매화 향기에 숙취가 사라짐을 말하며 매화가 술과 뗄 수 없는 관계임을 희화적으로 나타내고 있다. 이어 오래도록 매화를 감상하다 출발이 늦어져 밤이 되어서야 성도에 도착하였음을 말하고 있다.

조서를 맞이하며

관서의 문 앞에서 황제의 의장 바라보던 때를 생각하면
어선의 그림자와 말채찍 소리가 구천에서 내려왔었네.
적막한 가주의 조서 맞이하는 곳에서
홀연 북과 피리 소리 들으니 문득 처연해지네.

迎詔書

憶瞻鑾仗省門前,[1] 扇影鞭聲下九天.[2]
寂寞嘉州迎詔處,[3] 忽聞鼓吹却悽然.

【해제】

49세 때인 건도乾道 9년1173 가을 가주嘉州에서 쓴 것으로, 변방에서 황제의 조서를 받게 된 감회를 나타내고 있다.

【주석】

1 鑾仗(난장) : 황제의 의장.
省門(성문) : 조정 관서의 문. 여기서는 도성을 가리킨다.

2 扇(선) : 어선(御扇). 황제의 행차 때 햇빛을 가리는 양산이다.
九天(구천) : 하늘 가장 높은 곳. 여기서는 궁궐을 가리킨다.

3 嘉州(가주) : 지명. 지금의 사천성 낙산시(樂山市) 지역이다.

【해설】

이 시에서는 옛날 조정에 있을 때 보았던 위엄 있고 웅장했던 황제의 의장을 회상하고, 만 리 떨어진 변방에서 황제의 조서를 받게 되니 옛날 자신의 모습과 대비되어 오히려 서글픈 감정이 생겨남을 말하고 있다.

반딧불을 보고

촉주의 관사에 물과 대나무가 많아

사월에 반딧불이가 들보를 에워싸며 나네.

흐르는 세월은 사람을 핍박할 뿐 빌려주지 않으니

나그네 권태로이 떠돌며 어느 날에나 돌아갈지?

見螢

蜀州官居富水竹,[1] 四月螢火遶梁飛.

流年迫人不相貸,[2] 客子倦遊何日歸.[3]

【해제】

50세 때인 순희淳熙 원년1174 4월 촉주蜀州에서 쓴 것으로, 타향에서 지내는 권태로운 관직 생활을 나타내고 있다.

『검남시고』에서는 제목 앞에 '사월오야四月五夜'가 추가되어 있다.

【주석】

1 蜀州(촉주) : 고대 주(州) 이름. 지금의 사천성 숭주시(崇州市)이다.

官居(관거) : 관사(官舍). 관원이 거주하는 집.

2 貸(대) : 빌려주다. 여분의 시간을 주는 것을 말한다.

3 倦遊(권유) : 권태로이 떠돌다. 관직 생활에 염증을 느끼는 것을 의미한다.

【해설】

이 시에서는 물과 대나무에 둘러싸이고 대들보에 반딧불이가 날고 있는 촉주 관사의 적막한 모습을 묘사하고, 고향으로 돌아갈 기약 없이 타향에서 쓸쓸한 관직 생활을 보내고 있는 자신의 신세를 안타까워하고 있다.

가을밤 연못 가에서 쓰다

짧은 머리는 쇠해지고 병든 몸은 가벼운데
연못에 임해 한가로이 이슬 젖어 기우는 연을 보네.
달은 밝은데 뜬구름 이는 일이 어찌 함께하는지?
둥그러져 갈 때 늘 생겨난다네.

秋夜池上作

短髮颼颼病骨輕,[1] 臨池閑看露荷傾.[2]
月明何與浮雲事,[3] 正向圓時故故生.[4]

【해제】

50세 때인 순희淳熙 원년1174 8월 촉주蜀州에서 쓴 것으로, 자신의 삶에 대한 연민과 혼탁한 세태에 대한 비판이 나타나 있다.

【주석】

1 颼颼(수수) : 시들어 쇠한 모양.

2 露荷傾(노하경) : 이슬에 젖어 기울어진 연. 여기서는 노쇠한 모습으로 회한의 눈물을 흘리고 있는 시인 자신을 비유한다.

3 與(여) : 함께하다, 참여하다. 달이 밝을 때 뜬구름이 함께 이는 것을 말한다.

4 故故(고고) : 늘, 항상.

【해설】

이 시에서는 공업을 이루지 못한 회한에 날로 노쇠해져 가고 있는 자신을 말하고, 연못가로 가 이슬에 젖어 기울어져 있는 연을 바라보며 자신의 모습을 떠올리고 있다. 이어 밝은 달이 떠오르면 구름도 늘 함께 일어남을 말하며, 인재를 가로막고 시기하는 소인배가 득세하는 암울한 현실을 비판하고 있다.

꽃 피는 때 여러 정원을 두루 노닐며 2수

이름난 꽃을 사랑하는 것이 죽고 미치는 것과 같아
다만 바람과 해가 붉은 꽃 상하게 할까 걱정이네.
초록 종이 상소로 밤에 통명전에 아뢰어
봄 그늘 빌려달라 청하여 해당화를 보호한다네.

말 위에서 펄럭이며 모자 모서리는 기울고
종일토록 봄을 찾아다니느라 집에 이르질 못하네.
장씨 정원의 좋은 풍경을 특히 사랑하니
하늘 가운데 높이 자란 버들과 개울에 누워있는 꽃이 있다네.

花時遍遊諸園二首

爲愛名花抵死狂,[1] 只愁風日損紅芳.
綠章夜奏通明殿,[2] 乞借春陰護海棠.[3]

翩翩馬上帽簷斜,[4] 盡日尋春不到家.
偏愛張園好風景,[5] 半天高柳臥溪花.[6]

【해제】

52세 때인 순희淳熙 3년1176 2월 성도成都에서 쓴 것으로, 성도의 여러 정원을 노닐며 꽃을 감상하는 즐거움을 나타내고 있다.

『검남시고』에는 제목에서 '제원諸園'이 '제가원諸家園'으로 되어 있다. 총10수 중 제2·3수이다.

【주석】

1 抵(저) : 비견되다, 해당하다.

死狂(사광) : 죽고 미치다. 꽃을 사랑하는 정도가 심한 것을 비유한다.

2 綠章(녹장) : 초록빛 종이에 쓴 상소.

通明殿(통명전) : 전설상 옥황상제가 거주하는 궁전.

3 春陰(춘음) : 봄날의 흐릿한 날씨.

4 翩翩(편편) : 바람에 나부끼는 모양.

帽簷(모첨) : 모자의 각진 부분.

5 偏愛(편애) : 편애하다, 남달리 아끼고 사랑하다.

6 臥溪花(와계화) : 개울에 드러누운 꽃. 개울가에 흐드러지게 핀 꽃을 가리킨다.

【해설】

제1수에서는 자신이 꽃을 사랑하는 것이 마치 죽고 미치는 것과 같음을 말하고, 바람과 햇살에 행여 꽃이 상할까 걱정되어 옥황상제께 봄날의 흐릿한 날씨를 달라 청하여 해당화를 보호하고 싶은 마음을 나타내고 있다.

제2수에서는 꽃 구경을 하러 여러 정원을 누비고 다니느라 집으로 돌아갈 시간이 없음을 말하고, 여러 정원 중 하늘 높이 솟은 버들과 개울가에 만발한 꽃이 있는 장씨의 정원이 특히 사랑스러움을 말하고 있다.

봄날 저녁에 일을 느껴

한식날 양주의 십만 집은
그네 타고 공을 차며 더욱 호화로웠네.
소 수레 삐걱거리며 성으로 돌아오는 저녁이면
다투어 평원을 굴러 어지러운 꽃으로 들어갔었네.

春晚感事

寒食梁州十萬家,[1] 鞦韆蹴鞠尙豪華.[2]
犢車轣轆歸城晚,[3] 爭碾平蕪入亂花.[4]

【해제】

74세 때인 경원慶元 4년1198 봄 산음山陰에서 쓴 것으로, 남정南鄭에 종군할 때 보았던 한식날 양주의 모습을 회상하고 있다. 총2수 중 제2수이다.

【주석】

1 梁州(양주) : 지명. 옛 구주(九州) 중의 하나로 지금의 사천성 일대를 가리킨다.

2 蹴鞠(축국) : 공차기 놀이.

尙(상) : 오히려, 더욱.

3 轣轆(역록) : 의성어. 바퀴가 구르는 소리.

4 碾(년) : 바퀴가 구르다, 회전하다.

平蕪(평무) : 풀이 무성한 넓은 들판.

【해설】

이 시에서는 한식날이 되면 온 양주梁州 사람들이 교외로 나가 그네 타기와 공차기를 즐기며 여느 때보다 더 호화롭게 지냈던 광경을 떠올리고, 저녁이면 송아지 수레를 타고 꽃들이 만발한 들판을 지나 성으로 돌아오던 모습을 회상하고 있다.

매화

하나둘 피는 꽃에 봄소식이 돌아오고

남쪽 북쪽 가지마다 바람과 해가 재촉하네.

흐드러지면 오히려 시들 때 가까워짐이 시름겨우니

부탁하건대 다 피지는 말려무나.

梅

一花兩花春信回, 南枝北枝風日催.

爛熳却愁零落近,[1] 丁寧且莫十分開.[2]

【해제】

74세 때인 경원慶元 4년1198 겨울 산음山陰에서 쓴 것으로, 매화가 빨리 시들까 걱정하는 마음이 나타나 있다.

『검남시고』에서는 제목 다음에 '화花'가 추가되어 있다. 총6수 중 제3수이다.

【주석】

1 爛熳(난만) : 꽃이 흐드러지게 핀 모양.

2 丁寧(정녕) : 부탁하다, 당부하다.

【해설】

이 시에서는 하나둘씩 피는 매화와 함께 봄이 다가오고 바람과 햇살이 매화의 개화를 재촉하고 있음을 말하고, 매화가 만개하면 오히려 시들 때가 가까워져 시름겨워짐을 말하며 부디 다 피지는 말라 부탁하고 있다.

심씨 정원 2수

성 위 석양에 호각 소리 슬픈데
심원은 더는 옛날의 못과 누대가 아니네.
상심한 다리 아래 봄 물결은 푸르른데
일찍이 놀란 기러기 그림자 비치었던 곳.

꿈 깨어지고 향기 사그라든 지 사십 년,
심원의 버드나무도 이제는 늙어 버들솜마저 날리지 않네.
이 몸도 회계산의 흙이 될 터인데
남은 발자취 애도하며 한줄기 눈물만 흘리네.

沈園二首[1]

城上斜陽畫角哀,[2] 沈園非復舊池臺.
傷心橋下春波綠, 曾是驚鴻照影來.[3]

夢斷香消四十年, 沈園柳老不吹綿.
此身行作稽山土,[4] 猶弔遺蹤一泫然.[5]

【해제】

75세 때인 경원慶元 5년1199 봄 산음山陰에서 쓴 것으로, 전 부인 당완

唐琬에 대한 그리움을 노래하고 있다.

【주석】

1 沈園(심원) : 심씨(沈氏)의 정원.

2 畫角(화각) : 아름다운 장식이 새겨져 있는 호각(號角). 주로 군중(軍中)에서 신호용으로 사용하였다.

3 驚鴻(경홍) : 놀란 기러기. 여기서는 당완(唐琬)의 청순하고 아름다운 모습을 가리킨다.

4 稽山(계산) : 회계산(會稽山). 절강성 소흥시(紹興市) 동남쪽에 있다.

5 泫然(현연) : 눈물이 줄줄 흐르는 모양.

【해설】

육유는 20세 때인 소흥紹興 14년1144에 당완唐琬과 결혼하였으나 그녀를 싫어한 어머니의 반대로 결혼 2년 만에 결국 헤어지게 되었다. 이듬해 소흥 17년1147에 그는 왕씨王氏와 재혼하였고 당완 또한 종사정宗士程과 재혼하게 된다. 그로부터 8년 후인 소흥 25년1155 봄날, 31세의 육유는 우적사禹跡寺 남쪽에 있는 심원沈園을 거닐다가 우연히 그녀와 해후하게 된다. 두 사람은 여전히 서로를 그리워하며 애틋한 감정이 남아 있었지만 이미 둘 다 따로 가정을 가진 상태라 어찌할 수 없었다. 이날 그녀는 그를 위해 음식을 장만하고 술자리를 만들어 대접하였고, 이에 감동한 그가 자신의 애달픈 심정을 사詞로 노래하여 심원沈

園의 벽 위에 옮겨 놓았는데 이것이 유명한 「차두봉釵頭鳳」이다. 이 일이 있은 지 4년 후 당완은 병이 들어 세상을 떠나게 된다. 육유는 그녀가 죽은 후 40년 뒤인 경원慶元 5년1199에 다시 이곳 심원을 찾아와 옛 추억을 회상하고 당완에 대한 그리움을 나타내었다.

제1수에서는 석양에 들려오는 슬픈 호각 소리에 자신의 심정을 기탁하고, 심원이 더는 옛날의 못과 누대가 아님을 말하며 당완이 없는 현실을 나타내고 있다. 이어 아픈 마음으로 다리 아래 물결을 바라보며 옛날 청순하고 어여뻤던 당완과 마주쳤던 일을 떠올리고 있다.

제2수에서는 그녀와 이별한 지 이미 40년의 오랜 시간이 흘러 그들을 지켜보던 버드나무조차 늙어 버렸음을 말하고, 머지않아 그녀처럼 죽음을 맞이할 자신을 생각하며 당완의 자취를 찾아 그리움의 눈물을 흘리고 있다.

백낙천의 시에서 "수놓은 침상에 권태로이 기대어 시름겨워 움직이지 않는데, 푸른 살쩍 머리 느슨하게 드리우고 쪽 머리는 내려왔네. 요양의 봄 다하도록 소식이 없어, 밤에 야합화는 피고 해는 다시 서쪽으로 기우네"라 하였는데, 일 꾸미기 좋아하는 사람이 「권수도」로 그렸다. 이 꽃은 오뉴월 간에 산중에서 피는데, 사람들이 도리어 이를 귀하게 여기지 않는다

왕실이 동쪽으로 옮기고 세월이 오래되니
두 도성은 자욱이 오랑캐 먼지로 어둑하네.
수놓은 침상에 권태로이 기대던 이는 어디 있나?
비바람은 산에 가득하고 밤에 꽃은 합해지는데.

白樂天詩, 倦倚繡牀愁不動, 緩垂綠鬢髻鬟低, 遼陽春盡無消息, 夜合花開日又西, 好事者畫爲倦繡圖. 此花以五六月間開山中, 人殊不貴之[1]

王室東遷歲月賒,[2] 兩京漠漠暗胡沙.[3]
繡牀倦倚人何在, 風雨漫山夜合花.

【해제】

75세 때인 경원慶元 5년1199 여름 산음山陰에서 쓴 것으로, 백거이 시의 뜻과 표현을 차용하여 우국의 심사를 나타내고 있다.

『검남시고』에는 제목에서 '운云'이 없으며, '빈鬢'이 '대帶'로, '개開'가 '전前'으로, '회畫'가 '화지畫之'로, '월간月間'이 '월月'로, '인수人殊' 구

앞뒤로 '다우자극多于茨棘'과 '위부소시이기감탄爲賦小詩以寄感歎'이 추가되어 있다.

【주석】

1 白樂天(백락천) : 백거이(白居易). 당(唐) 하규(下邽, 지금의 섬서성 위남현(渭南縣)) 사람으로 자가 낙천(樂天)이고 호가 취음선생(醉吟先生) 또는 향산거사(香山居士)이다. 인용한 시의 제목은 「규방 부인(閨婦)」으로, 원시의 첫 두 구는 '수 놓은 침상에 비스듬히 기대어 시름겨워 움직이지 않는데, 붉은 비단 띠는 느슨하고 푸른 쪽 머리는 내려왔네.(斜凭繡牀愁不動, 紅綃帶緩綠鬟低)'이다. 육유의 착오로 여겨진다.

夜合花(야합화) : 자귀나무 꽃. 밤이면 꽃이 겹쳐 오므라들어 '합환수(合歡樹)'라고도 하며, 부부간의 애정을 비유한다.

2 王室東遷(왕실동천) : 왕실이 동쪽으로 옮기다. 송의 도성이 임안(臨安)으로 옮긴 것을 말한다.

賖(사) : 늘이다, 연장하다. 시간이 오래된 것을 의미한다.

3 兩京(양경) : 서경(西京) 장안(長安)과 동경(東京) 낙양(洛陽). 여기서는 금에 점령된 중원 지역을 가리킨다.

【해설】

이 시에서는 왕실이 임안으로 물러 내려오고 중원 지역이 오래도록 금金에 점령되어 있는 상황을 말하고, 백거이 시에서 남편을 기다리던 여인은 찾을 길 없이 온산에 비바람만 가득한 채 야합화만 피어 있음을 말하며 북벌의 기약이 없는 암울한 현실과 부질없는 바람을 나타내고 있다.

해오라기

눈옷 입고 총총히 날아가 버리지 않고

잠시 여울머리에 머물러 낚싯배와 짝하네.

우 임금의 사당과 난저의 정자 삼십 리 길에서

늘 저녁 안개 속에 만나는구나.

鷺

雪衣飛去莫忽忽, 小住灘頭伴釣篷.[1]

禹廟蘭亭三十里,[2] 相逢多在暮煙中.

【해제】

75세 때인 경원慶元 5년1199 가을 산음山陰에서 쓴 것으로, 물길에서 늘 마주치는 해오라기를 노래하고 있다.

『검남시고』에서는 제목 앞에 '증贈'이 추가되어 있으며, 제2구의 '두頭'가 '전前'으로 되어 있다.

【주석】

1 釣篷(조봉) : 고기잡이 봉선(篷船). 여린 부들로 지붕을 엮은 배를 가리킨다.

2 禹廟(우묘) : 우(禹) 임금의 사당. 지금의 절강성 소흥시(紹興市) 동남쪽 외곽의 회계산(會稽山) 기슭에 있다.

蘭亭(난정) : 난저(蘭渚)의 정자. 지금의 절강성 소흥시(紹興市) 서쪽에 있다.

【해설】

이 시에서는 눈처럼 새하얀 해오라기가 여울머리에 앉아 자신의 낚싯배와 함께하고 있음을 말하고, 우 임금의 사당과 난저의 정자를 오가는 뱃길에서 저녁 안개 속에 늘 마주치게 됨을 반가워하고 있다.

호숫가 마을의 달밤

나그넷길 먼지바람은 흰옷을 더럽혔고
이유 없는 시름에 어느새 살쩍 머리는 실이 되어 버렸네.
평생토록 달 밝은 곳 저 버리지 않아
신녀묘 앞에서 「죽지가」를 들었었네.

湖村月夕

客路風塵化素衣, 閑愁冉冉鬢成絲.[1]
平生不負月明處, 神女廟前聞竹枝.[2]

【해제】

57세 때인 순희淳熙 8년1181 7월 산음山陰에서 쓴 것으로, 밝은 달을 바라보며 촉蜀 지역에 있을 때의 일을 회상하고 있다. 총4수 중 제1수이다.

【주석】

1 閑愁(한수) : 이유 없이 불현듯 생겨나는 시름.

冉冉(염염) : 시간이 빨리 흐르는 모양.

鬢成絲(빈성사) : 살쩍 머리가 실이 되다. 머리칼이 가늘어지는 것을 말하며, 늙고 쇠한 것을 의미한다.

2 神女廟(신녀묘) : 무산신녀(巫山神女)의 사당. 지금의 사천성 무산현(巫山縣) 무협(巫峽)에 있다.

竹枝(죽지) : 죽지가. 사천성 일대의 민가이다.

【해설】

이 시에서는 지난 10년 세월 동안 촉 지역을 떠돌며 깊은 객수에 노쇠해졌던 자신을 말하고, 달 밝은 밤에 무협의 신녀묘에서 죽지가를 들었던 옛 기억을 떠올리고 있다.

군영의 노래

금관 쓴 오랑캐 군주가 옥을 차고 절룩거리며
큰 깃발 아래 흰 천으로 얼굴 덮은 채 흐느끼며 우네.
고가에서 너의 머리를 급히 필요로 하지 않으니
술집에 팔아 칼 채워 노비로 삼네.

여양의 여자아이들은 꽃처럼 아름다워
봄바람 부는 누각에 올라 비파를 배우네.
지금 죽어도 여한이 없는 줄 아니
오랑캐 나라에 속하지 않고 한나라에 속해졌기 때문이네.

북정은 아득히 가을 풀은 시들고
동쪽 만 리는 도성이라네.
원정 간 사람은 누각에서 태백성 바라보며
성 남쪽에서 자고신 맞이하고 있을 아내를 그리워하네.

軍中雜歌

名王金冠玉蹀躞,[1] 面縛纛下聲呱呱.[2]
藁街未遽要汝首,[3] 賣與酒家鉗作奴.[4]

漁陽女兒美如花,[5] 春風樓上學琵琶.

如今便死知無恨, 不屬番家屬漢家.[6]

北庭茫茫秋草枯,[7] 正東萬里是皇都.
征人樓上看太白,[8] 思婦城南迎紫姑.[9]

【해제】

59세 때인 순희淳熙 10년1183 5월 산음山陰에서 쓴 것으로, 금과의 전쟁에서 승리한 모습을 상상하고 원정 나간 병사의 향수를 나타내고 있다. 『검남시고』에서는 제1수 제1구의 '위踒'가 '섭躞'으로, 제2수 제1구의 '여가女兒'가 '아녀兒女'로 되어 있다. 총8수 중 제4·7·8수이다.

【주석】

1 名王(명왕) : 이민족의 이름난 왕. 여기서는 금(金)의 군주를 가리킨다.
蹀踒(접위) : 비틀거리며 걷는 모양.

2 面縛(면전) : 흰 천을 덮은 얼굴. 형장에 끌려가는 죄수의 모습을 의미한다.
纛(독) : 소나 꿩의 꼬리털로 장식한 깃발. 군영의 큰 깃발을 가리킨다.
呱呱(고고) : 울며 흐느끼는 소리.

3 藁街(고가) : 거리 이름. 한대(漢代) 장안성 남쪽 안에 있었으며, 흉노 등 이민족 장수의 목을 베어 걸어놓았다.

4 鉗(겸) : 칼. 죄수의 목에 채운 형구(刑具).

5 漁陽(어양) : 고대 군(郡) 이름. 전국시대 연(燕)나라에 속한 지역으로, 지금의 북경시 밀운현(密雲縣) 서남쪽이다.

6 番家(번가) : 변방 이민족의 국가. 여기서는 금(金)나라를 가리킨다.

漢家(한가) : 한나라. 송나라를 비유한다.

7 北庭(북정) : 한대(漢代) 흉노의 선우(單于)에 의해 다스려지던 지역. 변방 이민족의 점령지역을 의미하며, 여기서는 금의 점령지를 가리킨다.

茫茫(망망) : 멀고 광활한 모양.

8 太白(태백) : 태백성(太白星). 고대에 전쟁과 살육을 주관하는 별로 여겼다.

9 紫姑(자고) : 측간(厠間)의 신. '자고(子姑)'라고도 한다. 전설에 본처의 질투를 받은 첩이 구박과 천대에 시달리다 정월 보름에 측간에서 자결하니, 상제가 이를 불쌍히 여겨 측간의 신으로 삼았다고 한다. 이후 세간에서는 정월 보름이면 그녀의 형상을 만들어 측간에다 제사 지냈다고 한다.

【해설】

제1수에서는 전쟁에서 승리하여 금의 군주가 사로잡혀 형장으로 향하고 있는 모습을 상상하고, 그를 참수하기보다는 술집에 팔아 평생을 노예로 지내게 하는 것이 나음을 말하고 있다.

제2수에서는 여양의 여인들이 누각에서 비파를 배우고 있는 모습을 묘사하며 이 지역이 이미 송에 의해 수복되었음을 말하고, 금의 치하에서 벗어나 마침내 송에게 귀속되어 이제 이들에게 여한이 없을 것이라 말하고 있다.

제3수에서는 시든 풀이 아득히 만 리 밖 도성까지 이어져 있는 변방의 황량한 풍경을 묘사하고, 원정 나간 병사가 멀리 고향에서 자신의 무사귀환을 기원하고 있을 아내를 그리워하고 있는 모습을 나타내고 있다.

무제

벽옥은 당시 십육 세가 되지 않아
춤과 노래를 배워 제후 집으로 들어갔었네.
나는 지금 초췌하여 오두막집 창 아래에서
푸른 하늘 날아오르며 지는 꽃을 시기한다네.

無題

碧玉當年未破瓜,[1] 學成歌舞入侯家.[2]
如今憔悴蓬窗底, 飛上青天妒落花.

【해제】

59세 때인 순희淳熙 10년1183 9월 산음山陰에서 쓴 것으로, 노쇠하고 궁벽한 자신의 처지를 안타까워하고 있다.

『검남시고』에서는 제3구의 '봉蓬'이 '봉篷'으로, '저底'가 '리裏'로 되어 있다.

【주석】

1 碧玉(벽옥) : 동진(東晉) 여남왕(汝南王)의 첩 이름.

破瓜(파과) : 16세. '과(瓜)'자를 쪼개면 '이팔(二八)'자가 되어 16세를 의미한다.

2 侯家(후가) : 제후의 집. 여기서는 여남왕을 가리킨다.

【해설】

이 시에서는 꽃다운 나이에 춤과 노래로 여남왕의 총애를 받았던 벽옥을 떠올리고, 늙고 초췌한 모습으로 초라한 오두막에 은거한 채 아름다움을 한껏 발하고 지는 꽃을 시기하고 있는 자신과 대비하고 있다.

매화를 보며 2수

매화나무 아래 누런 풀 덮인 무덤,
옛사람도 매화를 사랑하지 않았을까?
달은 옅고 안개는 짙어 목동의 피리 소리 들리는데
죽고 사는 것이야 늘 있는 일이니 시름겨울 필요 없다네.

열 무 황량한 둑에 오리가 몸을 씻고
끊어진 갈대 마른 부들에 차가운 기운이 짙네.
어디에서 배를 얻어 가득히 술 싣고
취했을 때 오래된 매화 숲에 묶어두리?

看梅二首

梅花樹下黃茆丘,[1] 古人尙能愛花不.
月淡煙深聽牧笛, 死生常事不須愁.[2]

荒陂十畝浴鳧鴨,[3] 折葦枯蒲寒意深.
何處得船滿載酒, 醉時繫著古梅林.[4]

【해제】

30세 때인 소흥紹興 24년1154 겨울 산음山陰에서 쓴 것으로, 매화를 보며 인생에 대한 달관의 심정을 나타내고 있다.

『검남시고』에서는 제목 다음에 '절구絶句'가 추가되어 있다. 총5수 중 제2·3수이다.

【주석】

1 黃茆丘(황묘구) : 누런 풀이 덮인 언덕. 무덤을 가리킨다.

2 常事(상사) : 예사로운 일, 늘 있는 일.

3 荒陂(황피) : 황량한 둑.

4 繫著(계착) : 묶어 붙들어두다.

【해설】

제1수에서는 매화나무 아래에 있는 무덤을 보고 고인도 생전에 매화를 사랑했으리라 여기고, 겨울의 처연한 풍경을 바라보며 삶과 죽음에 초연한 태도를 나타내고 있다.

제2수에서는 오리가 자맥질하고 갈대와 부들이 시들어 있는 겨울 둑의 경관을 묘사하고, 배를 얻어 가득히 술 싣고 매화 수풀 아래에 정박하여 마음껏 술에 취하고 싶은 바람을 나타내고 있다.

진노산의 새 거처에 차운하여

낮은 담장 빈 곳에 성긴 울타리 꽂고
누추한 거리 작은 수레에 집은 둑을 마주하고 있네.
천하에 공께서 계시게 됨을 특히 경하드리니
그 자리에 제가 있어 기이해도 무방하리.

次韻魯山新居[1]

短牆缺處揷疎籬, 巷劣容車堂對陂.[2]
天下有公殊可賀, 坐中著我不妨奇.[3]

【해제】

33세 때인 소흥紹興 27년1157 산음山陰에서 쓴 것으로, 진노산이 산음에 새 거처를 만든 것을 축하하고 있다.

『검남시고』에서는 제목 다음에 '절구絶句'가 추가되어 있다. 총2수 중 제2수이다.

【주석】

1 魯山(노산) : 진산(陳山). 산음(山陰) 사람으로 자가 노산(魯山)이다. 소흥 연간에 형호북로안무사참의관(荊湖北路安撫司參議官)과 비서성정자(秘書省正字) 등을 지냈으며, 육유와 친분이 있었다.

2 容車(용거) : 고대 여인들이 타는 작은 수레. 덮개에 장막을 설치하여 얼굴을 가렸다 하여 이와 같이 불렀으며, 여기에서는 작고 허름한 수레를 가리킨다.

3 不妨(부방) : 방해되지 않다, 무방하다.

【해설】

이 시에서는 낮은 담장과 성긴 대나무를 울타리 삼아 둑 마주한 궁벽한 곳에 소박하게 자리한 진노산의 집을 묘사하고, 진노산이 산음에 새 거처를 마련한 것을 축하하며 비록 그 자리에 어울리지 않지만 그곳에 자신을 초대해주길 바라고 있다.

풍교사에서 유숙하며

칠 년 동안 풍교사에 오질 않았건만
나그네 베갯머리에 한밤중의 종소리는 여전하네.
풍월에 쉬이 감동해서는 아니 되리니,
파산은 여기서 아직도 너무나 멀기 때문이네.

宿楓橋[1]

七年未到楓橋寺, 客枕依然半夜鐘.[2]
風月未須輕感慨, 巴山此去尙千重.[3]

【해제】

46세 때인 건도乾道 6년1170 6월 기주夔州로 부임하며 평강平江에서 쓴 것으로, 풍교사의 밤 풍경을 묘사하며 다가올 촉蜀 지역에서의 일에 희망과 기대를 나타내고 있다.

『검남시고』에서는 제1구의 '미未'가 '불不'로 되어 있다.

【주석】

1 楓橋(풍교) : 풍교사(楓橋寺). 남조(南朝) 양대(梁代)에 세워진 사찰로, 당대(唐代)에는 명승 한산(寒山)이 기거해 한산사(寒山寺)라 불렀다. 가까이에 풍교(楓橋)가 있어 송대에는 이와 같이 불린 듯하다. 현재는 다시 한산사로 개

칭되었다.

2 依然(의연) : 옛날과 같다.

3 巴山(파산) : 산 이름. 지금의 섬서성(陝西省) 남정현(南鄭縣) 서남쪽에 있다. 여기서는 시인이 부임하러 가는 사천(四川) 지역을 가리킨다.

千重(천중) : 천 겹. 파산까지의 거리가 멀고 험함을 의미한다.

【해설】

39세 때인 융흥隆興 원년1163에 육유는 진강통판鎭江通判으로 부임하며 이곳을 지나간 적이 있었다. 이 시에서는 당시의 일을 떠올리며 당唐 장계張繼의 「풍교에서 밤에 정박하며楓橋夜泊」 중 '고소성 밖 한산사, 한밤중의 종소리가 나그네의 배에 이르네姑蘇城外寒山寺, 夜半鐘聲到客船'라는 구를 차용하여 자신의 감회를 나타내고 있다. 그러나 당시 장계의 감회와 지금 자신의 감회는 완전히 다르니, 시인은 일월 풍광에 감화되어 객수客愁에 빠져들기보다는 다가올 사천 지역에서의 생활에 부푼 기대를 나타내고 있다.

중양절

강에 단풍잎에 비치고 온 숲엔 서리인데

누런 꽃 꺾어 드니 더욱 애간장이 끊어지네.

생각하면 이때는 반드시 술에 흠뻑 취해야 하니

초나라 궁성 가에서 중양절을 지나네.

重陽

照江丹葉一林霜, 折得黃花更斷腸.

商略此時須痛飮,[1] 細腰宮畔過重陽.[2]

【해제】

46세 때인 건도乾道 6년1170 9월 기주夔州로 부임하며 탑자기塔子磯에서 쓴 것으로, 타지에서 중양절을 맞는 감회를 나타내고 있다.

【주석】

1 商略(상략) : 헤아려 생각하다. '상량(商量)'과 같다.

2 細腰宮(세요궁) : 초(楚)나라의 궁성. 초나라 왕이 사람들의 가는 허리를 좋아하여 궁에서 굶어 죽은 사람이 많았다고 한 것에서 유래하였다.

【해설】

이 시에서는 강에 단풍이 비치고 온 숲에 서리가 내린 가을 장강의 모습을 묘사하며 고향을 그리는 시름을 나타내고, 중양절에는 술에 흠뻑 취해야 마땅함을 말하며 옛 초나라 궁성을 지나고 있다.

비 갠 밤에 달을 보고

구름 겹겹 하여 흩어지는 때가 없어 참으로 시름겨웠는데
불어오는 밤바람 사랑스러움을 어찌하지 못하네.
남은 빛 이와 같거늘 어찌 얻지 못하고
누가 잘못하여 허공에 많은 어리석음을 만들어 놓았는지?

霽夜觀月

雲重眞愁無散時, 可憐不奈夜風吹.[1]
殘暉如此那休得,[2] 誰誤虛空作許癡.[3]

【해제】

32세 때인 소흥紹興 26년1156 4월 산음山陰에서 쓴 것으로, 구름이 개어 밝은 달을 보게 된 기쁨을 나타내고 있다.

『검남시고』에서는 제2구의 '야夜'가 '일一'로, 제3구의 '殘暉'가 '청휘清輝'로 되어 있다.

【주석】

1 可憐(가련) : 사랑스럽다.
不奈(불내) : 어찌할 수 없다. 견딜 수 없음을 말한다.

2 殘暉(잔휘) : 남은 빛. 구름에 걷혀 드러난 달빛을 가리킨다.

休得(휴득) : 얻지 못하다. '부득(不得)'과 같다.

3 許癡(허치) : 많은 어리석음. 어둡고 흐린 것을 비유한다.

【해설】

이 시에서는 짙은 구름이 오랫동안 이어져 내내 답답해하다 밤바람이 불어 구름이 걷힌 것을 기뻐하고, 남은 환한 달빛을 만끽하며 그동안 이를 즐기지 못하게 했던 날씨를 원망하고 있다.